CW01665041

Liefde in de grote stad

Sang Young Park

LIEFDE IN DE GROTE STAD

Uit het Koreaans vertaald door
Mattho Mandersloot

DAS MAG UITGEVERS

Sang Young Park (1988) is een van de meest spraakmakende jonge schrijvers van Zuid-Korea. Hij groeide op in het conservatieve Daegu, verhuisde als twintiger naar Seoel en studeerde Frans en journalistiek. In 2016 won hij de New Writers Award voor zijn eerste verhaal en daarna publiceerde hij een succesvolle verhalenbundel. *Liefde in de grote stad* is zijn romandebuut.

Dit boek is tot stand gekomen met steun van het
Literature Translation Institute of Korea (LTI Korea).

Eerste druk: oktober 2021

Oorspronkelijk in Korea uitgegeven in 2019 als
대도시의 사랑법 (Daedosiui Sarangbeop) door
Changbi Publishers.

Deze uitgave kwam tot stand in overeenkomst
met Changbi Publishers, Inc door bemiddeling
van Grove Atlantic, Inc., New York, NY, Verenigde
Staten en Ulf Töregård Agency AB.

Omslagillustratie: Soña Lee
Zetwerk: Frank August
Productiebegeleiding: Tim Beijer
Auteursfoto: Bong-Gon Kim

NUR 302

www.dasmag.nl

Jaehie

1

Ik nam de lift naar de derde verdieping van het hotel en liep de Emerald Hall binnen. Had ze gezegd dat ze vierhonderd man verwachtte? Het leek wel het dubbele. Ik zocht mijn naambordje en keek de tafel rond: mijn voormalige studiegenoten van de faculteit Franse taal- en letterkunde, ieder in zijn eigen tempo oud aan het worden. Waren ze allemaal komen opdagen? Misschien was het Jaehies verdienste; zelf had ze nooit een afstudeerfeest of reünie gemist. Op dit soort momenten grensde Jaehies sociale leven aan het doldwaze. Ik voelde me verplicht om bij te praten met kennissen die ik op zijn minst vijf, soms tien jaar niet had gezien. 'Gefeliciteerd! Ik hoorde dat je tegenwoordig boeken schrijft.' 'Laat eens wat vaker van je horen, joh.' 'Nee maar, er werd gezegd dat je het loodje had gelegd, maar je mankeert helemaal niets!' 'Hoe kom ik aan je verhalen? Op internet kan ik ze niet vinden.' 'Jeetje, al dat schrijven gaat je ook niet in de koude kleren zitten. Waar heb je al die extra kilo's vandaan?' 'Zuip je nog steeds zoveel als vroeger?'

Jullie zijn minstens even oud en dik als ik, mijn volgende boek komt bijna uit en ik drink tegenwoordig een stuk minder, maar als jullie zo door blijven vragen zie ik mezelf genoodzaakt om weer naar de fles te grijpen – mijn weerwoord lag op het puntje van mijn tong, maar ik slikte het in en lachte hun venijnige opmerkingen weg om de schijn op te houden dat ik een welgemanierde, maatschappelijk betrokken dertiger ben. Als iemand had gezegd dat ze mijn verhalen hadden gelezen, had ik klaargestaan om met de hand op mijn hart te zweren dat alles verzonnen was. Suf, om me voor te bereiden op een vraag die niemand ooit ging stellen. Een overdaad aan zelfbewustzijn is een heuse afwijking.

– U wordt vriendelijk verzocht om plaats te nemen. De plechtigheid gaat zo beginnen.

De ceremoniemeester was een vriend van Jaehies echtgenoot in spe. De man had een hoekige kaaklijn en zijn huid was zo vet dat hij glom – bepaald niet mijn type. Nog afgezien van zijn tongval – een buitengewoon sterk Gyeongsang-accent – was deze boerenpummel niet bepaald een wereldster in het aan elkaar praten van de avond. En dat werkte voor tv? Ze hadden het beter aan mij kunnen overlaten. Wie gaf er überhaupt nog om tradities van het type wiens-beste-vriend-doet-wat? Enter grafstemming.

Op een enorm scherm naast het podium flitsten foto's van Jaehie en haar bruidegom voorbij. Ik nipte van mijn rode wijn terwijl de ene na de andere wazige foto van telefoonkwaliteit voorbijkwam. Cheolgu, mijn buurman aan tafel die kortgeleden was aangenomen bij de Industriële Bank van Korea, porde me in mijn zij.

– Zeg nou eens eerlijk. Jij en Jaehie. Is het waar wat ze zeiden?

Alles wat ze zeiden is waar, lieve Cheolgu, maar ik denk dat jij – iemand die dacht dat hij een kans bij Jaehie maakte, om vervolgens snoeihard het deksel op zijn neus te krijgen – beter je smoel kunt houden.

*

In de zomer van ons twintigste levensjaar werden Jaehie en ik beste vrienden.

Ik zwoer in die tijd bij de levensregel om in te stemmen met welk verzoek dan ook van iedereen die me een drankje aanbood, wat ertoe leidde dat ik op die gedenkwaardige dag met een man van onbekende leeftijd stond te tongen op de parkeerplaats van het Hamilton Hotel in Itaewon. Hij had me op grofweg zes shotjes tequila getrakteerd in een niet nader te noemen ondergrondse club. De maan, de straatlantaarns en alle neonlampen van de hele wereld leken speciaal voor mij te schitteren en in mijn oren galmde het refrein van een Kylie Minogue-remix na. Het deed er niet toe wie de man was. Het enige wat ertoe deed was het feit dat ik daar, in de donkere krochten van de stad, met *iemand* was en daarom ging ik volledig op in het tongworstelen met deze vreemdeling. Precies op het moment dat de wereld – speciaal voor mij – haar smeltpunt leek te bereiken sloeg iemand me hard op mijn rug. In mijn stomdronken toestand dacht ik meteen: *discriminatie!* en ik trok mijn vochtige lippen los van de zijne, draaide me met een ruk om en maakte me, dramaqueen die ik ben, klaar om op de vuist te gaan met degene die het in zijn hoofd had gehaald om... maar daar stond Jaehie. Een met lippenstift besmeurde Marlboro Red tussen haar vingers geklemd, zoals altijd. Ik was op slag nuchter. Bij het zien van de beduusde blik op mijn gezicht proestte ze het uit en tussen twee lachstuipen door zei ze met de rauwe stem die haar zo eigen was:

– Vreet 'm anders gewoon op.

Ik stamelde wat voor me uit zonder te merken wat er om me heen gebeurde en barstte toen ook in lachen uit, tot ik me realiseerde dat de vent met wie ik had staan zoenen zich uit de voeten had gemaakt. Zijn gezicht kan ik me al lang niet meer voor de geest halen, maar wat Jaehie en ik op de parkeerplaats tegen elkaar zeiden weet ik nog wel.

– Je houdt het wel geheim op de uni, hoop ik?

– Tuurlijk. Ik mag dan een arme sloeber zijn, ik ben geen rat.

– Was je niet verbaasd? Ik met een man.

– Dacht het niet.

– Hoelang weet je het al?

– Sinds de eerste keer dat ik je voorbij zag lopen.

Het gebruikelijke cliché.

Op dat moment wist ik weinig over Jaehie; ik kende haar als het meisje dat de kortst mogelijke broekjes droeg en na college altijd als eerste naar buiten rende om een sigaret op te steken. Kort gezegd, Jaehie had zo ongeveer de slechtste reputatie van de hele faculteit.

Zelf was ik een buitenbeentje onder de studenten Frans, maar dat was niet altijd zo geweest. Aan het begin werd ik door de ouderejaars uitgenodigd voor feestjes bij hen op de kamer, want ik voldeed nu eenmaal aan de omschrijving 'langer dan gemiddelde man'. Het was altijd hetzelfde liedje: om te beginnen spraken ze af in een biljart- of internetcafé, daarna trokken ze een paar flessen soju open in een restaurant dat gespecialiseerd was in smaakversterkers om uiteindelijk te verhuizen naar de kamer van de minst rommelige knaap, waar ze doorzopen en over meisjes praatten tot ze een voor een omvielen – zo ging het. Typisch jongens van negentien, twintig jaar die zichzelf heel belangrijk vonden en niet konden ophouden met pochen over de geweldige seks die ze hadden, de fenomenale wijze waarop ze in staat waren om meisjes te bevredigen en wie van de faculteit de makkelijkste prooi was. Jaehies naam werd vaak genoemd. Ik begon me af te vragen waarom ik die grotendeels verzonnen verhalen nog bleef slikken nu ik op de universiteit zat, tot het moment dat ik explodeerde en, aangemoedigd door de alcohol, tetterde: 'Kap eens met die opschepperij, stelletje kloothommels!', waarbij ik de tafel omvergooide. Daarna ben ik nooit meer uitgenodigd.

Volledig volgens de voorschriften van groepsgedrag werd ik, zodra ik de gelederen verliet, het onderwerp van genadeloze roddelpraat. Toen de jongens het eenmaal zat waren om eerstejaarsmeisjes te bespreken, werd ik door de gehaktmolen gehaald. Ze hielpen geruchten de wereld in waar alleen naïeve negentienjarigen iets om gaven – dat ik ultragay was en allerlei smerige dingen in Itaewon uitspookte – maar in feite kenden ze maar de helft van het verhaal. (De werkelijkheid ging de verbeelding ver te boven.) Nog voor het einde van mijn eerste semester wist praktisch iedereen wie ik was en bereikten de roddels ook mijn oren – ik was de risee van de faculteit. *Vrienden maken kan ik wel vergeten. Maar goed, die klojo's kunnen niet drinken en ze zijn nog saai ook*. Terwijl ik mijn frustratie met dat soort teksten de kop in probeerde te drukken, stormde Jaehie mijn leven binnen.

Omdat ik mezelf min of meer had geout door voor haar op de bres te springen, vond ze in mij een betrouwbare gesprekspartner om verhalen over jongens uit te wisselen. Geen van ons had tot dan toe iemand gehad om zulke verhalen mee te delen – we waren allebei wanhopig op zoek naar een klankbord.

Jaehie en ik namen het begrip 'deugdelijkheid' uiterst ruim, of beter gezegd, het stond niet eens in ons woordenboek, had er nooit in gestaan ook, en om die laatste opvatting schenen we bekend te staan in onze respectievelijke kringen. We waren met onze een meter zevenenzestig en eenenvijftig kilo versus een meter zevenenzeventig en achtenzeventig kilo allebei groter dan gemiddeld, maar geen van ons was woest aantrekkelijk dan wel oerlelijk – gewoon net knap genoeg om een eventuele wederhelft niet voor schut te zetten. (Misschien moet ik erbij vertellen dat toen ik de Jonge Schrijversprijs voor fictie won, de jury mij unaniem de hemel in prees voor mijn 'objectieve zelfbeeld'.) Helaas was de wereld er simpelweg nog niet klaar voor om arme, wulpse twintigjarigen te omarmen. We spraken klakkeloos af met willekeurige mannen, dronken onszelf het schompes en hergroepeerden 's ochtends in een van onze kamers om een gezichtsmasker op onze pafferige gezichten aan te brengen en grappige feitjes uit te wisselen over de mannen die we de afgelopen nacht hadden ontmoet.

– Hij werkt voor een wandelkledingproducent. Kleine lul maar het voorspel mocht er wezen, dus ik zeg vijftig punten?

– Hij beweert dat hij statistiek heeft gestudeerd aan Yonsei, maar volgens mij zuigt hij dat uit zijn duim. Zijn gezicht is een soort leeg vel papier en telkens als hij zijn mond opendeed moest ik bijna lachen, want zijn hersenpan is duidelijk net zo leeg.

– Hij probeerde een video te maken terwijl we in bed lagen, dus ik smeet zijn telefoon tegen de muur. Hij zou het zogenaamd met niemand delen. Yeah right.

Zo bespraken we onze mannen van de vorige nacht, totdat we onze ogen niet meer open konden houden en we zij aan zij, met de opgedroogde gezichtsmaskers nog op, in slaap vielen. Aangezien ik geen grote uitslaper ben kwam ik meestal als eerste uit bed en liet ik

Jaehie met de deken over haar hoofd achter om instant kabeljauwsoep of noedels op het fornuis te zetten, totdat ze wakker werd van de etenslucht en aanschoof voor het ontbijt, bestaande uit de soep met koude rijst en zure kimchi. Op een gegeven moment had Jaehie in haar kamer een extra potje haarwax en een reserve Gillette-scheermes van mij en in mijn kamer had ik een wenkbrauwpotlood en een MAC-poederdoosje van haar. Jaehie wist het niet, maar als ik alleen thuis was pakte ik soms haar potlood om mijn wenkbrauwen bij te werken of nam ik haar poederdoosje en bracht ik achteloos een paar dotjes aan op mijn wangen en voorhoofd. Het was de vraag of Jaehie mijn Gillette gebruikte om haar benen en oksels te scheren.

In de lente van het jaar dat ze twintig werd verbrak Jaehie het contact met haar ouders. Geen van beiden hadden we een geweldig sterke band met onze ouders, maar dat wilde niet zeggen dat we waren opgevoed door meneer en mevrouw Satan; het waren heel normale middenklassers met een conservatieve inborst. Zoals de meeste ouders zeurden ze hun kinderen constant aan het hoofd over manieren en goed gedrag, terwijl ze zelf opvallend makkelijk verwikkeld raakten in buitenechtelijke affaires, religieuze excessen, de aandelenmarkt of een piramidespel. Ik had de parasitaire neiging om mijn ouders weliswaar te verachten, maar tegelijkertijd aanspraak te maken op elke cent die mij toekwam (werd ik daarom steeds doortrapter?). Ik deed net lief genoeg om een paar honderdduizend won per maand aan zakgeld te kunnen cashen. Jaehie daarentegen kreeg het gigantisch met haar ouders aan de stok en wilde niets meer met ze te maken hebben, zozeer dat ze iedere vorm van financiële steun weigerde. Deze dame liet niet met zich sollen.

Haar eerste baantje was bij een koffiezaak genaamd Destiné. Haar keuze was niet zozeer gemotiveerd door het enorme uithangbord met de zweverige Franse naam als wel door het feit dat het een van de weinige overgebleven koffiezaken in haar buurt was waar nog gerookt mocht worden. Zoals Jaehie al kettingrokend de espressomachines bediende, dat was een tafereel waar de ongekunstelde charme van een vroege twintiger vanaf droop. Elke man die ik aan de haak sloeg nam ik mee naar Destiné om hem door Jaehie te laten keuren, met elke keer als eindoordeel dat ik op mannen viel van het type 'hitsig met duidelijke klootzaktrekjes'. Ze kreeg altijd gelijk.

Jaehie werkte overdag als barista en 's avonds als bijleslerares, om vervolgens tot in de kleine uurtjes aan de zuip te gaan alsof het haar derde baan was. Toch miste ze geen enkel college en slaagde ze op het nippertje voor al haar vakken. Hoewel ze bovengemiddeld presteerde in alles waarvoor ze enigszins haar best deed, ontbrak het haar aan ieder talent voor het vinden van een degelijke vent en het tijdig lozen van de rampfiguren met wie ze graag aanpapte. Daarom was het soms aan mij om haar mannen per app de laan uit te sturen. Gelukkig gold ik als expert op dat gebied, met dank aan de oneindige stoet mannen die me hadden afgewezen, wier teksten ik klakkeloos kon overnemen. In die periode had ik mezelf ongeveer net zo hoog zitten als de deurmat van een simpel noedelrestaurant: eventjes uw voeten vegen en u kunt weer doorlopen. Dat was ik. (Ik herhaal: 'objectief zelfbeeld'.)

Rond de tijd dat Brown Eyed Girls het land veroverden met 'Abracadabra', werd ik opgeroepen voor de dienstplicht. Omdat ik had gehoord over een soldaat die in een regelrechte hel was beland toen hij een brief van zijn vriendje ontving – gericht aan 'Lieve, lieve hyung'* – en daardoor was geout, instrueerde ik K, met wie ik toentertijd iets had, dat hij zijn brieven met Jaehies naam moest ondertekenen. Op dat soort momenten vormde ze een perfect rookgordijn. Niet alleen K maar ook de echte Jaehie vroeg ik of ze me alsjeblieft op de hoogte wilde houden van ieder wissewasje, maar haar luie karakter kennende koesterde ik geen hoge verwachtingen.

Maar na week twee van de bootcamp, toen ik mijn eerste levering post ontving, klopte mijn hart in mijn keel. In tegenstelling tot K, die naar eigen zeggen bereid was geweest zijn lever of galblaas aan me af te staan maar vervolgens niet verder was gekomen dan één schamele brief (gast, nog geen driekwart A4'tje), had Jaehie alle verwachtingen overstegen. De eerste helft van haar twaalf epistels bestond uit een potpourri

---

* Zie ook de noot van de vertaler op pagina 273.

aan updates over haar dagelijkse bezigheden (*Gisteren ging ik wat drinken bij de Inktvis aan Zee en toen stootte ik per ongeluk de tafel om...*) en een rits verwensingen gericht aan studiegenoten (*Die schijtluis van een Cheolgu vroeg of ik met hem naar bed wilde, terwijl ik donders goed weet dat hij me achter mijn rug om belachelijk maakt, met die vieze rotkop van hem*), maar na verloop van tijd begon ze te schrijven over dingen die we samen hadden meegemaakt of dat ze me miste. Sterker nog, in haar laatste brief schreef ze: *Men schijnt pas te beseffen hoeveel men om iets geeft als datgene er niet meer is. Een beetje zoals met jou*, wat ze vast ergens had gelezen en waar ongetwijfeld een paar glaasjes aan vooraf waren gegaan. Toch scheelde het weinig of ik had een traantje moeten wegpinken. Ik pakte onmiddellijk een vel papier uit de voorraadkast en begon mijn repliek met: *Allerlelijkste Jaehie*, waarbij het me nauwelijks lukte om mijn pen recht te houden.

Kort nadat ik bij een regiment was ingedeeld schreef Jaehie dat ze het had bijgelegd met haar ouders en dat ze mede dankzij hun financiële bijdrage op uitwisseling ging in Australië. Daarnaast waarschuwde ze me dat K zich uiterst verdacht gedroeg en dat ik hem aan de tand moest voelen zodra ik de kans kreeg. (Het zou niet lang duren voordat haar voorgevoel terecht bleek.) En zo deed Jaehie dienst als mijn trouwe vriendinnetje tijdens mijn zes maanden in het leger, van het begin tot aan het incident dat mijn ontslag op medische gronden zou betekenen.

Op het moment dat ik werd teruggeschopt naar de burgermaatschappij zat Jaehie al in Australië. Met andere woorden, ik moest het maar liefst een halfjaar zonder haar uitzingen. Omdat ik niet bepaald iets te doen had en niemand in het bijzonder wilde zien lag ik voornamelijk in bed, ik at en ik sliep. Mijn moeder ergerde zich dood aan mijn luiheid en toen ik vanwege haar constante gemekker besloot uit huis te gaan, kwam ik terecht in een goshiwon van bezemkastformaat vlak bij de campus, eindelijk alleen.

*

Een nieuw jaar brak aan en voor ik het wist stond ik Jaehie op te wachten in de aankomsthal van Incheon Airport. Toen ze me vanaf de andere kant van de grenscontrole zag liet ze onmiddellijk haar koffer op de grond vallen en vloog ze in mijn armen. Door de sigarettenwalm die haar omgaf wist ik dat we vanaf nu weer samen door het leven zouden gaan.

Zodra Jaehie terug was vond ze een ruime studio van tien pyeong, schreef ze zich in voor Engelse les bij een privé-instituut en begon ze te blokken om haar TOEIC-score te verbeteren. Daarnaast begon ze aan een minor economie en werd ze lid van een studievereniging voor aspirant-marketeers, waardoor ze ging lijken op alle andere studenten die zich voorbereidden op de arbeidsmarkt. Ik moest behoorlijk wennen aan de nieuwe Jaehie, maar toen ik zag dat ze nog altijd zeven keer per week aan de toog hing dacht ik: *there she is.*

Niet lang nadat Jaehie naar haar studio was verhuisd ontdekte ze iets zorgwekkends. Elke avond rond een uur of tien verscheen er voor haar gebouw een vreemde man, die naar haar raam bleef staren.

– Oké, maar studio's met een borgsom als de jouwe vind je tegenwoordig niet zo makkelijk. Misschien is hij een of andere makelaar?

Ondanks mijn nonchalante antwoord had ik er een naar gevoel bij. Eén keer, toen ze in haar ondergoed haar haar had staan föhnen, zei Jaehie, had haar blik die van de man gekruist. De plafonds van haar gebouw waren vrij laag en ze woonde op de tweede verdieping, dus als hij wilde kon de man makkelijk via het balkon naar binnen klimmen. Als ze zich zo'n zorgen maakte, was het een idee als ik een paar nachten kwam logeren? Ondanks alles bleef ik nog altijd een man. Jaehie antwoordde dat het met de zorgen wel meeviel, maar ik was evengoed van harte welkom want ze verveelde zich dood.

Als een scholier aan de vooravond van zijn eerste schoolreisje stopte ik wat onderbroeken, een hemd dat als pyjama dienstdeed en een korte broek in een tas en vertrok naar Jaehies huis. We kookten Japanse curry en keken naar een debiel praatprogramma waarin panelleden deelnemers voorzagen van relatieadvies, dat wij vervolgens volledig afkraakten. Daarna ging ik op bed met mijn telefoon liggen klooien, terwijl

Jaehie een douche nam. Toen ze haar haar stond te drogen zag ik achter het gordijn een silhouet bewegen. Ik stond als aan de grond genageld, maar Jaehie marcheerde kordaat naar het raam en rukte het gordijn open. Een spichtige man zat op zijn hurken naast de buitenunit van de airconditioning. *Het is nog waar ook*, dacht ik, nog net voordat Jaehie met een serie strak uitgevoerde bewegingen het raam openschoof en de man in zijn verbaasde gezicht schopte. Hij tuimelde gestrekt achterover. Toen hij kreunend zijn hoofd optilde, druppelde er bloed uit zijn neus en mond. Jaehie was opgegroeid in een wijk waar zelfontplooiing hoog in het vaandel stond en was al op de peuterspeelzaal begonnen met piano- en taekwondolessen, waardoor ze in groep zeven haar tweede dan had behaald. Lang leve de pedagogiek. Ik greep de man, inmiddels bijna buiten westen, bij de kraag en riep naar Jaehie dat ze zowel 112 (politie) als 119 (ambulance) moest bellen. Ik kon mijn lachen nog net inhouden.

Vier dagen later propte ik al mijn spullen in een koffer en trok ik bij Jaehie in.

Een contract leek ons overbodig. Ik stemde ermee in om driehonderdduizend won aan huur en de helft van de energierekening te betalen. Een groot deel van mijn spullen stond toch al bij haar, een studio van tien pyeong was ruim genoeg voor twee bewoners en geen van ons had ooit een serieuze relatie gehad, wat betekende dat we aan niemand meer gehecht waren dan aan elkaar.

Jaehie maakte heerlijke perillabladeren in zoete sojasaus en ik had een ongeëvenaard recept voor pittige pasta vongole. Ik was verantwoordelijk voor de afwas en Jaehie was dapper genoeg om verdwaalde haren uit het doucheputje te vissen. Toen ze me een keer een handje blauwe bessen uit de diepvries zag snoepen, kocht ze elke keer dat ze boodschappen deed een voordeelpak bevroren, uit Amerika afkomstige blauwe bessen. In ruil daarvoor kocht ik een pakje Marlboro Red, de sigaretten waar ze zo dol op was, en legde het naast de blauwe bessen in het vriesvak. Ze vond het verkoelende gevoel aan haar lippen zo lekker als ze de eerste sigaret uit een nieuw pakje rookte.

2

Het eerste wat ik zei toen Jaehie vertelde dat ze ging trouwen was: 'Ongelukje gehad?' Jaehie antwoordde lachend dat iedereen, maar dan ook iedereen, hetzelfde zei. Verrassend genoeg had ze geen ongelukje gehad, verre van zelfs. Het was gewoon zo gelopen – dat waren haar woorden. En de manier waarop ze het zei deed me vermoeden dat ze het deze keer meende.

Jaehie? Trouwen?

Het had iets onwerkelijks. Ik zag mezelf nog eerder met een vrouw in het huwelijksbootje stappen dan dat zij met wie dan ook trouwde. Jaehie leek nu eenmaal geen huisje-boompje-beestje-type.

*

Halverwege de twintig zoop Jaehie alsof ze er een olympische sport van wilde maken en hield ze net zo veel mannen aan het lijntje als een octopus armen heeft. Omdat ik me niet graag gewonnen gaf en omdat ik van nature geen bezwaar had tegen mannen en drank, werd ook ik elke avond dronken, om uiteindelijk het bed te delen met een nieuwe man. En elke ochtend, als ik met een verkreukeld gezicht de motelwijk in Jongno verliet, besefte ik opnieuw dat de wereld wemelt van de eenzame zielen. Sommige mannen die ik zo ontmoette wilden meer dan een avondje tanken gevolgd door een onenightstand. Hoe vaak ik ook nee zei, ze bleven volhouden dat ze het serieus met me wilden proberen en dat ze mijn huis wilden zien, wat mijn cue was om roet in het eten te gooien: ik had een huisgenoot.

– Een huisgenoot?

Na uitvoerig te hebben overlegd hoe we elkaar tegenover onze bedpartners zouden noemen, besloten Jaehie en ik dat haar mannelijke alter ego Jaeho zou heten, mijn zogenaamde jaargenoot, en ik werd de lieftallige Jieun, een vriendin uit Jaehies geboortestad. Zo leefden we als Jaeho en Jieun in elkaars wereld en hadden we altijd een waterdicht excuus paraat.

Bijvoorbeeld die keer dat Jaehie een berichtje van haar (tijdelijke) vriendje kreeg:

Hé, Jaehie, waarom nam je gisteren niet op? En appjes lezen we ook niet meer?

Ugh. Jieun was ziek. Ik heb de hele nacht met haar bij de EHBO gezeten. ('Jieun' lag heerlijk te ronken, terwijl Jaehie vijf flessen soju soldaat maakte met jongens van haar studie.)

Hyung, heb je zin om wat te doen dit weekend?

Sorry, ik heb met Jaeho afgesproken om biertjes te drinken bij de Han-rivier. ('Jaeho' lag waarschijnlijk met iemand tussen de lakens en ik was van plan om met een ander te gaan rotzooien en jou te dumpen.)

Enzovoorts.

Jaehies vijfde of zesde scharrel noemde zichzelf dj en struinde, na te zijn gestopt met zijn opleiding tot boilertechneut, de meest nietszeggende clubs af. Mijn achtste of negende scharrel stond toevallig ook in Itaewon achter de draaitafels. Er liepen in Seoel zo veel dj's rond dat ik me begon af te vragen of er geen overkoepelende organisatie in het leven moest worden geroepen om vergunningen te verstrekken en de kwaliteit van de gedraaide plaatjes te waarborgen. Hoe dan ook, mijn dj had nu eenmaal een grote lul, zat onder de tattoos, zette goede achtergrondmuziek op tijdens de seks en was precies zo stupide als ik hem wilde hebben, zodat we ons een tijdje gedroegen als een normaal koppel. Nog geen twee maanden later kwam hij met de mededeling dat hij wel van me hield, maar niet genoeg om mijn dronken gedrag (zingend over straat slenteren, zoenen en plein public, vloeken in het openbaar, een scène schoppen en jankend op de stoep gaan zitten – in die volgorde) nog langer te kunnen tolereren. Sindsdien koester ik een compleet gefundeerde haat jegens alle dj's. Jaehie wist niets van deze gecompliceerde gevoelens en vertelde me zichtbaar opgetogen over haar nieuwe vriendje.

– Zijn haar is zo lang dat hij het meestal in twee vlechten draagt. Hij lijkt net op een knuffelpop. Ziet er hilarisch uit tijdens de seks.

Ik kreeg meteen een foto te zien, maar hij zag er bepaald niet hilarisch uit – zijn valse blik deed vermoeden dat er een klootzak in hem school. Iets voelde helemaal niet goed. De vent bleef aandringen om Jieun (mij dus) een keer mee te nemen naar de club, want hij wilde haar zo graag ontmoeten, maar Jaehie sloeg iedere uitnodiging af.

– Ze is gewoon verlegen. Echt heel, heel verlegen.

In werkelijkheid zat de verlegen Jieun in dezelfde koffiezaak als het stel om hen vanaf een tafel verderop te bespioneren, hun gesprekken af te luisteren en de man van top tot teen te inspecteren. Maar hoe ik ook naar hem keek of meeluisterde of wat dan ook, hij deugde niet.

– Jaehie, wat zie je in die vent?

– Gewoon. Hij is lief voor me.

– Hij mag blijven omdat hij een grote lul heeft, waar of niet?

Jaehie keek naar me als Mozes naar de brandende braamstruik en vroeg hoe ik dat in godsnaam wist. Ik antwoordde op de meest pruilerige toon die ik in me had:

– Dat is een geschenk Gods.

Verbaasd gaf Jaehie toe dat het bij deze vent alleen om het formaat van zijn genitaliën draaide. Ik keek in mijn glazen bol en zag rampspoed in het verschiet, dus ik zei dat ze hem zo snel mogelijk aan zijn lot moest overlaten en terug moest keren naar het licht, waarop Jaehie mijn hand vastpakte, me aankeek als een godvruchtige kerkganger en plechtig beloofde om voortaan elke kandidaat door mij te laten keuren. Ik knikte instemmend en omhelsde haar vertroebelde geest.

Helaas zat mijn geschenk Gods er nooit naast.

Toen ik op een dag thuiskwam van college, zat Jaehie lijkbleek op bed met een zwangerschapstest in haar hand. Zonder mijn rugzak af te doen liep ik naar haar toe en bekeek het schermpje: twee streepjes. Mijn mond viel open.

– Jezus, moet je nou altijd in zeven sloten tegelijk lopen?

– Ik ben de sjaak, hè?

– Er is helemaal niemand de sjaak. Kom, pak je tas. Ik ga met je mee naar de kliniek.

– Weet ik, weet ik. Dat is de beste oplossing. Maar er is één probleem.

– En dat is?

– Ben blut. Geen cent te makken.

– Heb je dat kind alleen gemaakt? Sleep die vent erbij.

– Dat is dus het probleem.

– Wat is het probleem? Draai er niet zo omheen!

– Ik weet niet welke vent ik erbij moet slepen.

Uit het verhaal dat volgde bleek dat de dj die Jaehie had geregeld weliswaar goed in bed was maar een absoluut onuitstaanbaar karakter had, om nog maar te zwijgen van zijn dronken gedrag. Hij was zo achterlijk dat hij zijn persoonlijkheid legitimeerde op basis van zijn zogenaamde kunstenaarsgeest, wat Jaehie had doen besluiten om hem eindelijk te dumpen. Tegelijkertijd was ze door een collega van de koffiezaak voorgesteld aan een student van de kunstacademie, maar ze kwam er later achter dat hij al lang en breed was gestopt met school en inmiddels als tatoeëerder werkte. Op de avond dat ze voor het eerst met deze vent afsprak sliep ik toevallig ergens anders, waardoor ze geen andere keus had(?) dan hem mee naar te huis sleuren en wilde seks met hem te hebben. Zonder condoom. Aangezien alles in het leven moeilijk is in het begin maar op den duur compleet vanzelf gaat, had Jaehie daarna nog een aantal keer onveilige seks gehad. Met beide mannen.

– De dj is beter in bed, maar de tatoeëerder ziet er beter uit, dus ik moest er gewoon even over nadenken.

In dit tijdperk van razendsnelle informatie zou je toch verwachten dat Jaehie, zoals ieder weldenkend mens, haar twijfels snel zou hebben verwerkt, maar nee, ze flikte het om maar liefst drie maanden lang te wikken en wegen, terwijl ze om en om met de mannen afsprak. Ik zei dat ze vooral nog een paar van dit soort dilemma's moest beleven, dan zou ze er genoeg kinderen aan overhouden om een weeshuis te stichten, maar ze negeerde mijn grap en stak me haar telefoon toe. Een foto van de tatoeëerder, zei ze. De vent op het scherm had weliswaar minder lang haar dan de dj, maar leek voor de rest sprekend op hem en was zo dun als een gedroogde ansjovis waarvan je nog niet eens bouillon zou willen trekken.

– Ik zie geen verschil. Als je de baby houdt, maakt het niet uit wie je als vader aanwijst.

Jaehie was zo sip dat ze niet eens om mijn flauwe grap kon lachen. Totaal tegen haar karakter in begon ze dingen te jammeren als: *Ik had nooit zoveel moeten drinken... Ik heb niet eens genoeg geld om te eten en kan ook niet van mijn moeder lenen... Wat moet ik nu...* Het deed me zo'n pijn haar zo te zien dat ik uiteindelijk zei:

– Vergeet die gasten. Ik betaal wel.

– Maar... Dat kan ik niet van je vragen.

– Niet gratis of zo, je betaalt het me ooit maar terug. Met rente. Maar schiet alsjeblieft op en laat het weghalen.

– Echt? Meen je dat? Ik kan ook altijd op je rekenen. Dank je.

Jaehie trok haar spijkerbroek uit, schoot een jurk met een wijde elastische taille aan en begon zich op te maken. De kleur van haar lippenstift had ik nooit eerder gezien, dus ik vroeg waar ze hem vandaan had, waarop ze met haar lippen smakte en zei dat ze hem een paar dagen geleden bij warenhuis Hyundai had gekocht. Voor ik er erg in had brulde ik: 'Hoe kun je in deze situatie doodleuk Dior-lippenstift opdoen?' Alsof ik het recht had om haar verwijten te maken en altijd alles voor haar over had gehad. Ze gleed in haar schoenen alsof het slippers waren, zonder haar hielen erin te stoppen, en liep weg. Ik liep achter haar aan.

– Als jij onder het mes gaat, waarom ben ik dan zo zenuwachtig?

– Joh, het is zo gepiept. We gaan een puistje laten uitknijpen, meer niet.

– Lijkt me toch net iets anders.

Ik staarde haar indringend aan, maar vanbinnen was ik enigszins gerustgesteld. Als het voor haar niets voorstelde, prima, dan had ik geen reden om zo dramatisch te doen. Jaehies stoere (bijna laconieke) houding, waar ik me gewoonlijk aan ergerde, was nu een enorme verademing.

We gingen op weg naar een gynaecoloog bij ons in de buurt. Ze zei dat de kliniek uit de prehistorie stamde en de dokter een brompot was, maar ze was er een paar keer eerder geweest omdat ze veertig procent korting gaven op HPV-vaccinaties. Of ze er überhaupt abortussen uitvoerden was nog maar de vraag. 'Moet je dat niet van tevoren op internet checken,' protesteerde ik, maar Jaehie stoorde zich niet aan dat soort onbelangrijke details. Eerst maar even kijken. Als ze weigerden haar te behandelen, dan zouden we wel verder zien. Er was niemand die met losse handen door de benarde situaties van het leven kon fietsen zoals Jaehie dat kon.

Behalve wij was er niemand in de kliniek en zodra Jaehie zich bij de balie had gemeld mocht ze doorlopen naar de spreekkamer. Ik ging zitten op een bank die zo aftands was dat er permanente kontafdrukken in stonden. Aan de muur hingen posters met de namen van allerlei virussen, de aandoeningen die je ervan kreeg en de miraculeuze spuitjes waarmee je ervan kon genezen. Ernaast hing een klein schoolbord met een reclametekst over laserontharing, botox en fillers die voor speciale zomerprijzen werden aangeboden. Ik ging de prijslijst af, waarbij ik me afvroeg hoeveel het in totaal zou kosten om mijn rotkop een beetje presentabel te krijgen, en wachtte op Jaehie. Het duurde langer dan verwacht. De jonge verpleegster achter de balie gaapte. Ze gingen toch niet meteen over op de ingreep? Waar bleef ze?

Ik nam een paar snoepjes met pruimensmaak die op de salontafel stonden en dacht terug aan de uroloog die ik een paar maanden geleden had bezocht. De sfeer was er precies hetzelfde geweest.

Het was begonnen met een ietwat prikkend gevoel bij het plassen, maar toen het voelde alsof iemand mijn plasbuis met beide handen dichtkneep besloot ik het te laten nakijken. Samen met de bouwkundestudent die ik af en toe zag ging ik op weg naar de kliniek vlak bij mijn metrostation. We hadden het ondertussen een paar keer met elkaar gedaan, dus het leek me wel zo gepast om hem mee te nemen. Had ik beter over na moeten denken.

Nadat ik in een potje had geplast en een tijdje in de wachtkamer had gezeten bleek het geen afgrijselijke soa te zijn of iets in die richting. Gewoon een bacteriele infectie in mijn plasbuis, met een lichte ontsteking tot gevolg. 'Dus daar kun je ook bacteriële infecties krijgen,' mompelde ik tegen mezelf, waarop de dokter een zorgelijk gezicht trok en ongevraagd een college gaf over de verschillende micro-organismen die behoren tot de natuurlijke vaginale flora en die af en toe in onze plasbuis terecht kunnen komen om daar een infectie te veroorzaken. Met een vreemd soort schuldgevoel en een rood aangelopen hoofd sloot ik de deur van de spreekkamer achter me. Ik liep de behandelkamer binnen, schoof mijn broek tot mijn knieën naar beneden en voelde me nog steeds nogal gegeneerd toen ik vanachter de scheidingswand twee verplegers tegen elkaar hoorde fluisteren.

– Zag je die twee van net? Denk je ook niet?

– Sowieso. Flikkers.

– Tering, wat ranzig.

Onwillekeurig lachte ik hardop. De bouwkundestudent kreeg te horen dat hij gezond was. Ik vertelde hem wat ik in de behandelkamer had gehoord alsof het een geinige anekdote was, maar hij sloeg volledig op tilt en riep dat die vuile hufters eens naar buiten moesten komen als ze durfden, met hun grote bek. Pas toen ik zijn reactie zag realiseerde ik me dat er iets was gebeurd waar je boos over hoorde te zijn en dat ik de gewoonte had om in dat soort situaties in lachen uit te barsten. De injectie bleef de rest van de dag vreselijk pijn doen en ik sprak nog een paar keer met de bouwkundestudent af, tot de prik uit de cola was en ik geen zin meer had om op zijn appjes te reageren.

Verzonken in herinneringen aan vervlogen liefdes hoorde ik Jaehie ineens schreeuwen vanuit de spreekkamer. De verpleegster die met haar mee naar binnen was gelopen kwam naar buiten en zei met een verontschuldigende blik: 'Ik denk dat u even binnen moet kijken.' Toen ik de deur opendeed, bleek dat zowel de dokter als de patiënt het veel te druk had om zich met mij bezig te houden. De dokter, een man van middelbare leeftijd, wapperde met een woedend gezicht een echofoto voor Jaehies neus heen en weer.

– Dit komt er nou van. Van die levensstijl van u. Ziet u?

– Man, doe eens rustig.

De dokter stond op het punt nog iets te zeggen, maar Jaehie pakte haar tas en stond op. Vervolgens griste ze het anatomisch model van een baarmoeder van het bureau. Ik had net genoeg tijd om te denken: *wat gebeurt...* voordat Jaehie de deur uit rende en er als een haas vandoor ging. De dokter kwam overeind en riep: 'Zeg! Geef dat eens gauw terug!' Jaehie was al lang en breed verdwenen en het had weinig zin om haar achterna te gaan – tot de middelbare school was ze kampioen op de tweehonderd meter geweest.

Ik bleef alleen bij de balie achter om voor haar consult af te rekenen. De schade bedroeg 48.900 won. Ik voelde me behoorlijk schuldig en zei tegen de verpleegster:

– Ik kom het baarmoedermodel direct terugbrengen. Ze heeft geen uithoudingsvermogen, dus ver weg kan ze niet zijn.

De verpleegster antwoordde met een lange gaap.

Ik had het goed ingeschat, want Jaehie stond een paar stappen van de ingang vandaan tegen een lantaarnpaal geleund, met het baarmoedermodel stevig tegen zich aan. Zodra ze me zag gebaarde ze dat ze een vuurtje wilde. Ik pakte een aansteker uit mijn zak en hield de vlam onder de Marlboro Red die ze tussen haar lippen klemde. Jaehie keek naar het baarmoedermodel.

– Dit ding is fucking antiek.

– Heeft-ie vast gekocht toen hij afstudeerde. In 1988 bij Seoul National University begonnen, schijnt.

– Hoe weet je dát nou weer?

– Zijn diploma's hingen aan de muur. Ik verveelde me.

– Eén ding is zeker: ik wil nooit meer iets met sukkels van SNU te maken te hebben.

– Allemaal leuk en aardig, maar waarom moest je dat ding zo nodig meejatten? Als hij je niet wil behandelen, loop je toch gewoon weg?

– Ik schreeuwde niet zomaar mijn longen uit mijn lijf. Die man is gestoord. Moet je horen.

Zodra ze had verteld dat ze zwanger was, had de dokter haar op de behandeltafel gelegd en het echoapparaat erbij gepakt. Een vlugge analyse wees uit dat Jaehies foetus (zoals hij het klompje cellen noemde) acht weken oud was.

– Hij stond erop dat ik de vader erbij riep, dus ik zeg meteen dat jij de vader niet bent en dat ik bij god niet weet wie wel, snap je.

– Is het zó moeilijk om een keertje te liegen? Verzin gewoon wat!

– Je weet toch dat ik niet kan liegen.

In werkelijkheid loog ze aan de lopende band over de meest onzinnige dingen; ze kon het gewoon niet als het erop aankwam. De dokter had een betoog van twintig minuten gehouden over het belang van geboortebeperking en een zedige levensstijl. Hij bladerde door haar dossier, opperde dat haar periodieke blaasontstekingen waarschijnlijk werden veroorzaakt door regelmatig geslachtsverkeer en bekritiseerde haar losbandigheid en wilde drinkgewoonten. Jaehie, die intussen een kruis aan de muur had zien hangen, wist haar woede te onderdrukken.

– Weet u, zonder sletten zoals ik was u werkloos geweest.

– Luister, ik zeg dit alleen omdat u mijn dochter had kunnen zijn en omdat ik me zorgen om u maak. Wat moet ervan komen als u op deze obscene manier doorgaat? Weet u wat de meest desastreuze gevolgen heeft voor een vrouwenlichaam? Een ongebreideld en onveilig seksleven. Knoopt u dat goed in uw oren.

– Voor zover ik weet zijn een zwangerschap en een bevalling erger.

– Waar haalt u dat vandaan?

– Op internet gelezen. Een ongeboren baby is een soort lichaamsvreemde substantie die zich in de baarmoeder nestelt. Er is niets ergers dan zwangerschap en geboorte. Dus doet u mij maar een abortus.

– Wie verspreidt die onzin? Wie?!

De dokter praatte nog ongeveer drie minuten op haar in over de verschrikkingen van de internetcultuur en het hersenloze volk dat experts niet vertrouwde, greep vervolgens weer naar de echo en hield hem onder haar neus.

– Er groeit op dit moment *leven* in uw buik. Uw lichaam is een heilige tempel, begrijpt u dat dan niet?

– Stop nou maar met die stichtelijke onzin, dokter. Zegt u nou gewoon of u me gaat behandelen of niet.

De dokter vatte dit kennelijk op als uitnodiging om aan een preek over het belang van (haar al lang vervlogen) maagdelijkheid te beginnen, wat voor Jaehie de laatste druppel was en haar ertoe aanzette te gaan schreeuwen. Ze hijgde na van woede terwijl ze me vertelde wat er was gebeurd.

– Het is nog kleiner dan een pinda. Hoe kun je dat *leven* noemen?

– Gelijk heb je. Echt, je hebt helemaal gelijk, maar dat baarmoedermodel stelen heeft geen zin. Het is belangrijk voor ze.

– Weet ik. Daarom heb ik het juist gestolen.

Ik had ook niets anders van je verwacht, lachte ik, terwijl we samen een sigaret rookten. Uit de verte zag ik de verpleegster van de kliniek onze kant op komen. Met net zo'n wezenloze blik als waarmee ze achter de balie had gezeten keek ze Jaehie aan en hield haar hand op.

– Mevrouw Jaehie, wilt u dat alstublieft teruggeven?

– Het spijt me van daarnet, unni, maar die man is echt een griezel.

– Weet ik. Hij is een verschrompelde dinosaurus en jaagt iedereen op de kast. Maar hier heeft u alleen mij mee.

Jaehie trapte haar sigaret uit.

– Goed, ik geef hem terug. Maar alleen omdat u het bent.

Alsof ze een andere keus had. De verpleegster pakte het model van Jaehie aan.

– Er zit een kliniek in de buurt van Sungshin Women's University. Daar doen ze de ingreep, en de service is stukken beter. Ik kom daar zelf ook.

– Bedankt, unni!

Van het ene op het andere moment stond Jaehie met de verpleegster in een innige omhelzing en stelde ze voor om een keer wat te gaan drinken als het allemaal achter de rug was, zij trakteerde, er werden nummers uitgewisseld, alles. *Tuurlijk*, dacht ik, *komt het biergeld uit de lucht vallen of zo?*

Toch kon ik er niet omheen: Jaehie was een sociale duizendpoot.

En zo kwamen we bij de gynaecoloog in de buurt van Sungshin Women's University, waar een gigantisch roze uithangbord aan de voorgevel hing dat me een beetje in verlegenheid bracht. Toen Jaehie mijn bedeesde blik zag grapte ze:

– Wat zeg je ervan? *Expeditie Abortus*, aflevering twee?

Ik forceerde een glimlach terwijl we gearmd naar binnen liepen. Alles deed me denken aan een franchise-koffiezaak: het was er schoon, ruim en er liep mechanisch vriendelijk personeel rond. Hoewel het een raar tijdstip was, zat de wachtkamer stampvol. Ik was (uiteraard) de enige man in de ruimte en om te laten zien dat ik me totaal op mijn gemak voelde ging ik met een strak gezicht de *Cosmopolitan* zitten lezen. De zweverige artikelen kopten met 'Gezonde én spannende seks', 'Het geheim achter het orgasme van de ander' en nog meer dingen die me totaal abstract in de oren klonken. Net toen ik me begon af te vragen of ik ooit van het nagelbijten af ging komen, kwam Jaehie naar buiten. Stralend fluisterde ze in mijn oor:

– Het is geregeld.

Vier dagen later vond de behandeling plaats. Ik betaalde in drie termijnen. Net iets minder dan zevenhonderdduizend won in totaal. Jaehie nam een taxi terug naar huis. Bij binnenkomst liep ze in een rechte lijn door naar bed, wat zó niets voor haar was dat ik besloot zeewiersoep voor haar te koken. Ik had het nog nooit geprobeerd, afgezien van de kant-en-klaar-variant, en schatte verkeerd in hoeveel gedroogd zeewier ik moest laten weken, waardoor de gootsteen in een kelpwoud veranderde. Ik pakte een hoopje wier, kwakte het als een toupetje op mijn kruin en danste heen en weer. 'Ik presenteer u de allergrootste idioot ter wereld,' zei ik met een stemmetje, maar Jaehie keek niet eens naar me om. Onder normale omstandigheden had ze gebruld van het lachen.

– Doet het veel pijn?

– Wil je het echt weten?

– Niet per se. Wacht maar, je eten is zo klaar.

Mijn eerste zelfgemaakte zeewiersoep was een grandioos fiasco. Het vlees was bitter omdat ik het in veel te hete sesamolie had gebakken, het zeewier was klef en de bouillon smaakte naar niets. Jaehie stopte drie lepels in haar mond en kroop weer in bed. Ze kreunde een paar keer en zei:

– Sigaret.

– Ben je gek! Zelfs na een ooglidcorrectie moet je vier dagen wachten.

– Sigaret!

Ik pakte een nieuw pakje uit de vriezer. Jaehie beet in het gele filter van de Marlboro Red en nam een gretige hijs.

– Fuck zeg. Ik leef weer.

Twee weken later keerde Jaehie terug naar de wereld van het functioneel alcoholisme.

*

Toen we op een avond dronken in slaap waren gevallen, werden we gewekt door luid geschreeuw.

– Kom dan! Laat je gezicht eens zien, teringlijer!

Er volgde een oneindige rits verwensingen van soortgelijke aard, almaar toenemend in volume. Ik trok mijn deken over mijn hoofd. *Gladiool*, dacht ik, *als je zo nodig aan de zuip moet, heb dan ten minste het fatsoen om naar huis te gaan als je niet meer op je benen kunt staan.* Ik was alweer bijna in slaap toen de naam van degene tot wie de man zijn verwensingen richtte me vaag bekend voorkwam. Eigenlijk leek het ongeveer, hoe zal ik het zeggen, *mijn* naam. Jaehie kwam overeind, wreef in haar ogen en zei:

– Hé, hij moet jou hebben. Ga eens kijken.

Ik deed het raam open en zag de bouwkundestudent met wie ik naar de uroloog was geweest voor de deur staan. Hij had nooit goed tegen drank gekund, maar dit sloeg alles. Hij was straalbezopen en ging volledig uit zijn plaat. Hij bleef schreeuwen, 'Homo', 'Vieze vuile teringnicht', 'Kontneuker', het bekende riedeltje. *Elke dag weer wat nieuws*, dacht ik, terwijl ik op mijn slippers naar buiten strompelde, waar hij me zodra ik binnen handbereik was zonder enige waarschuwing in mijn gezicht sloeg. Dat ik zijn liefde, zijn onvoorwaardelijke liefde had vernield en dat ik daar nu voor zou boeten, zoiets. Hij blèrde dat hij mijn familie ging vertellen dat ik homo was, een dweil zo goor dat er geen vloer mee te schrobben viel. *Wat bazelt die gast over mijn familie*, dacht ik, tot ik me realiseerde dat ik hem telkens als hij mee naar huis wilde had afgewimpeld door te zeggen dat ik bij familie woonde. Jaehie kwam in haar pyjama naar buiten en mompelde: 'Zijn jullie nou nog niet klaar?' Zonder verder aandacht te schenken aan de schermutseling die zich voor haar neus afspeelde stak ze een sigaret op. De bouwkundestudent duwde me opzij, stormde op Jaehie af en riep: 'Zal ik jou eens vertellen wat je broertje allemaal uitspookt in zijn vrije tijd?', waarna hij moord en brand begon te schreeuwen over het aantal mannen met wie ik wekelijks naar bed ging en wat mijn favoriete standjes waren en dat ik lovehandles had, maar geen achterwerk. Omdat Jaehie niet bepaald onder de indruk was, greep hij mij weer bij de keel en brulde op een denkbeeldige hiphopbeat: 'Eerst krijg je een soa en dan ga je eraan', waar natuurlijk een kern van waarheid in zat. Ik gaapte en zei:

– Weet je, je zou eens mee moeten doen aan dat tv-programma, *Show Me the Money*.

Hij brulde nog het een en ander, zakte toen door zijn knieën en begon te huilen.

– Het is geen misdaad om verliefd te zijn!

Nee, verliefd zijn niet, maar wat jij hier staat te doen wel, een grove misdaad zelfs. We hadden gewoon een paar keer seks gehad en dat was dat, dus van mij mocht hij naar huis. Terwijl ik hem probeerde te kalmeren, hielp Jaehie hem grinnikend overeind. 'Kom, laten wij twee nog wat gaan drinken.' En voor ik er iets tegenin kon brengen liepen ze gearmd de straat uit. Ik wilde ze achterna, maar Jaehie wierp me een strenge blik toe en zei dat ik naar binnen moest gaan.

Er was nog geen uur voorbij of Jaehie kwam thuis en zei dat alles opgelost was.

– Je bent een held. Hoe heb je hem stil gekregen?

– Fluitje van een cent. Doen alsof je naar hem

luistert en wachten tot hij helemaal van de kaart is. En dan stop je hem in een taxi.

Moet je dit zien, zei ze vervolgens, en ze gaf me haar telefoon. Ze had foto's van zijn collegekaart en rijbewijs genomen. Met zijn adres in Gaepodong, Gangnam, in kleine letters. Er viel me meteen iets op.

– Die lul heeft over zijn leeftijd gelogen. Hij is in 2006 begonnen met studeren, net zo oud als ik.

– Als hij nog een keer langskomt, gaan wij een keertje herrie schoppen in Gaepodong.

Ik gaf Jaehie een knuffel. Mijn duivel, mijn messias, mijn Jaehie.

Zo leerden we dankzij elkaar hoe het was om andermans leven te leven. Jaehie leerde dat het leven van een gay behoorlijk ruk kon zijn en ik leerde dat het leven van een vrouw niet veel beter was. Onze nachtelijke gesprekken eindigden altijd met dezelfde diepzinnige vraag.

– Waarom zijn we zo geboren?

– Wie zal het zeggen.

*

Terwijl dit drama zich voltrok, deed op de faculteit het gerucht de ronde dat Jaehie en ik samenwoonden en dat Jaehie zwanger was geraakt en een abortus had gehad. Technisch gezien was er geen gelogen woord bij, wat de alwetendheid van het collectieve brein eens te meer aantoonde, maar we zaten inmiddels in ons laatste jaar en hadden het te druk met de zoektocht naar werk om ons er veel van aan te trekken. Zulke geruchten hadden zelden enige uitwerking op de aanstichter dan wel gedupeerde.

Jaehie oversteeg haar typische gebrek aan gezond verstand en wist haar cijfers op peil te houden, terwijl ze haar wekelijkse aantal drinkgelagen terugbracht van acht naar drie en ze zich weer onder de levenden begaf. Ik sliep mijn roes uit tijdens eindeloze colleges over Franse literatuur van bejaarde professoren die niet konden ophouden over de liefde en zocht ondertussen elke avond iemand om het bed mee te delen. Mocht dat onverhoopt mislukken, dan wachtte ik met een kom blauwe bessen op schoot op Jaehie, als de mythische vissersvrouw die in afwachting van haar geliefde versteende aan de kust van Jeju Eiland. Als ik ze met mijn blote handen at, kleurden mijn vingertoppen paars. Dat vond ik op de een of andere manier grappig.

In het eerste semester van ons vierde en laatste jaar schudde Jaehie de welbekende ketenen – het feit dat ze een vrouw was, nota bene met een alfa-opleiding – van zich af en werd aangenomen bij een groot elektronicabedrijf. Ze was ongeveer een maand van huis om het trainingsprogramma voor nieuwe werknemers te volgen en ik verveelde me dood. Zonder Jaehie was er niemand om mee te drinken, nutteloze gesprekken mee te voeren of de tijd mee te doden. De nachten werden ondraaglijk lang, wat me ertoe aanzette iets te doen wat ik normaal nooit deed: de lijst met mannen die ik had gedumpt afscrollen. Toevallig was de bouwkundestudent net aangenomen bij een autofabrikant, had hij een Kia K3 gekocht en – de crux van het verhaal – zocht hij een excuus om er trots mee rond te rijden. Ik had daar verder niets op tegen. Het was niet alsof ik stond te springen om weer iets met hem te beginnen na die hele scheldpartij bij ons voor de deur, maar de uitjes met de K3 naar de Namsan-toren en het Sanjeong-meer leken akelig veel op dingen die stelletjes deden. We hadden inmiddels zo vaak seks gehad dat mijn lichaam als het zijne aanvoelde en andersom – niet bijster spannend dus – maar we hadden allebei een lage zelfdunk en sporadische zelfmoordneigingen, waren op school buitenbeentjes geweest en hadden genoeg pretenties om te dwepen met arthousefilms en intellectuele romans terwijl we onze neus ophaalden voor basic troep (Murakami en Hong Sangsu), Franse literatuur en Audi's, waardoor we onszelf uiteindelijk een heel bijzonder stel vonden.

Ook Jaehie zat niet stil en slaagde er tijdens haar trainingsperiode in om een drie jaar oudere collega in te palmen. Ik had verwacht dat ze een tijdje met hem zou aanklooien en hem daarna aan de kant zou schuiven, maar toen ze me drie maanden later uitnodigde om met hen uit eten te gaan moest ik toegeven dat mijn conclusie voorbarig was geweest – het begon serieus te worden.

– Als je geen derde wiel aan de wagen wilt zijn, neem je toch gewoon je vriendje mee?

– Hij is m'n vriendje niet.

– Ook goed. Die K3-gast.

– Liever niet. Dat is toch raar? Hoe wil je dat ik hem aan jouw vriendje voorstel?

– Stribbel niet zo tegen, kom gewoon. Ik trakteer.

– Op wat?

We spraken af in een chic Koreaans restaurant in Hannamdong. Jaehies vriendje had te horen gekregen dat K3 en ik elkaar hadden ontmoet op een bordspellenavond. Haar vriendje verschilde in ieder opzicht van de mannen met wie ze tot dan toe had gedatet. Hij waande zich geen bohemien, liet niet jaarlijks een nieuwe tattoo zetten (die hij een jaar later al gênant zou vinden), keek niet uit zijn ogen alsof hij iets in zijn schild voerde en volgens mijn zesde zintuig had hij geen grote lul. Integendeel, er ging een soort stabiliteit van hem uit die Jaehie en ik misten, een soort fundamenteel levensoptimisme. Toen ik hem hoorde vertellen dat hij bouwkunde had gestudeerd aan Seoul National University en inmiddels onderzoek deed naar halfgeleiders, greep ik onder tafel naar mijn telefoon om Jaehie een appje te sturen.

Je wilde toch niets meer met sukkels van SNU *te maken hebben?*

Als alles zou gaan zoals we wilden, zouden onze levens er dan zo uitzien als nu?

Ze sloeg de spijker zo op zijn kop dat ik haar vriendje automatisch begon te overladen met betekenisloze complimenten zoals, *Wauw, hyung, wat een geweldige prestatie, nee echt, wat een fantastisch idee*. Omdat hij en K3 allebei bouwkunde hadden gestudeerd hadden ze veel te bespreken. De twee kwekten aan een stuk door over de bedrijfscultuur van hun beider werkgevers en gebruikten om de haverklap het technische jargon van hun respectievelijke onderzoeksvelden. In een wanhopige poging om van onderwerp te veranderen diepte ik verhalen uit Jaehies studententijd op, uiteraard in een gekuiste versie, afgestemd op het grote publiek. Ik herinner me dat etentje als het summum van degelijkheid en wederzijds respect.

3

Vorige zomer maakte Jaehies vriendje zijn bedenkingen over Jieun kenbaar.

– Hé, Jaehie, die huisgenoot van jou, Jieun, is dat een kat of zo?

– Sorry? Hoe bedoel je, oppa?

– Het klopt gewoon niet. Waarom zit ze altijd thuis, waarom heb je ons nooit aan elkaar voorgesteld, waarom heb ik haar stem nog nooit gehoord? En er is *geen enkele* foto van jullie samen? Een kat miauwt ten minste nog af en toe, maar Jieun heb ik nog nooit geluid horen maken.

Godzijdank waren al Jaehies eerdere relaties van korte duur geweest, want iedereen met anderhalve hersencel zou Jieun op een gegeven moment in twijfel trekken. Haar vriendje had talloze keren voorgesteld om Jieun mee uit eten te nemen, maar elke keer had Jaehie dat met een slap excuus omzeild – dat Jieun al plannen had of dat ze het ongemakkelijk vond. Het was een kwestie van tijd geweest voor hij het vreemd zou gaan vinden.

Als Jaehie iets beter had kunnen liegen, waren al onze levens een stuk makkelijker geweest. Maar het liep anders en het koppel kreeg voor het eerst in hun inmiddels een jaar oude relatie heftige ruzie. Jaehies uiteenlopende verzinsels hadden haar in een lastig parket gebracht, waardoor ze, met de rug tegen de muur, had opgebiecht dat 'huisgenoot Jieun' eigenlijk een man was. En dat hij op mannen viel.

– Geloof me, oppa, hij is praktisch een meisje. Echt, het is net alsof ik daadwerkelijk met Jieun samenwoon.

– Nee, dat is het niet. Hij is een man. Een man die met een vrouw onder één dak woont.

Toen Jaehie die avond thuiskwam vertelde ze me terneergeslagen wat er was gebeurd.

– Het spijt me echt. Ik wilde niet dat het zou gebeuren, maar het gebeurde toch.

– En nu? Wat ga je eraan doen?

Ik kon mijn woede niet bedwingen. Jaehie staarde met halfopen mond naar haar voeten, alsof ze mijn felle reactie niet had zien aankomen. Ik vroeg me af waarom mijn stem zo trilde en besefte: ik was echt boos. En dat terwijl we elkaar veel ergere dingen hadden geflikt. Ik had Jaehie vaak genoeg mee naar huis moeten sleuren als ze weer eens agressief dronken was en ze had de badkamervloer een keer voor de wc-pot aangezien, waarna ik haar geruïneerde panty had weggegooid en de vloer had schoongeschrobd. Elke keer als Jaehie met een diepe frons wakker werd, zwoer ze dat het haar speet en dan kon ik niet anders dan haar een klap op haar schouder geven en hard lachen. Maar dit keer was het anders.

Verraad.

Een gevoel dat ik zelden had ervaren, omdat ik nu eenmaal weinig van mensen verwachtte.

Welbeschouwd was het eigenlijk lachwekkend. Jaehie had gewoon de waarheid verteld, meer niet. Daarbij had ik het idee om geout te worden nooit een gigantisch probleem gevonden. Wetende dat ik na een drankje of twee met de eerste de beste voorbijganger stond te tongen was het belachelijk om te denken dat er geen geruchten over mijn seksuele geaardheid zouden rondgaan. Maar ik kon het moeilijk verkroppen dat mijn geheim als troef was ingezet bij een meningsverschil tussen Jaehie en haar vriendje. Mensen mochten roddelen wat ze wilden, zolang Jaehie zich niet onder die mensen schaarde. Het kon me niet schelen als er over mij gepraat werd, maar Jaehie had haar mond moeten houden.

Daar was ze Jaehie voor.

De herinneringen die we deelden, de verhalen die alleen aan ons toebehoorden – ik wilde niet dat iemand ervan wist. Ik geloofde dat onze band van ons was en van niemand anders. Voor altijd.

– Je hoeft me niet te bellen.

Ik pakte mijn tas en verhuisde terug naar mijn ouderlijk huis in Jamsil. Zonder zelf te snappen waarom ik zo heftig reageerde.

Jaehie belde meermaals, maar ik nam niet op. K3 stuurde ik een appje dat ik nog even moest nadenken over wat ik precies wilde. Hij antwoordde dat hij niet begreep waarom ik altijd op de vlucht sloeg en dat het deze keer echt afgelopen was tussen ons, maar vervolgens stuurde hij me iedere nacht dronken (en duidelijk geplagieerde) spreuken over de liefde, met spelfouten en al. Ook Jaehie bleef zo nu en dan appen dat ze volledig begreep hoe ik me voelde, maar ik snapte bij god niet wat ze dan zo goed begreep. Hoewel ik daar donkere gedachten van kreeg, iets waarvan ik niet wist hoe ermee om te gaan, lag ik in mijn eentje op bed naar het plafond te grijnzen.

*

Terwijl ik in mijn ouderlijk huis bivakkeerde schreef ik korte verhalen. Daar heb ik me tot schrijver ontwikkeld.

Verhalen over mij, over Jaehie, over de mannen die we zagen en over onze vriendschap, ik schreef over van alles en nog wat en husselde het door elkaar. Niet omdat ik de verhalen per se met de wijde wereld wilde delen – ik sliep gewoon slecht en zocht iets om te doen als ik wakker lag. Juist nu ik niemand had om 's nachts mee te kletsen wilde ik niets liever dan in het wilde weg tegen iemand aan praten. Toen ik de laatste hand legde aan een verhaal over losbandige gays en verloren honden, voelde ik geen trots of tevredenheid. Het gevoel dat ik aan het schrijven overhield had iets weg van wat ik voelde als ik de hele nacht met Jaehie had liggen praten. Zonder er verder over na te denken stuurde ik een paar verhalen in voor een schrijfwedstrijd, die ik tot mijn verbazing won.

Ik belde Jaehie om haar het nieuws te vertellen. Het was drie maanden geleden dat we elkaar voor het laatst hadden gesproken. Jaehie nam op alsof we drie uur daarvoor nog aan de lijn hadden gehangen en bij het horen van het nieuws begon ze te huilen. Typisch, dacht ik, terwijl ik haar ongeveer drie minuten liet uithuilen om vervolgens het juryrapport voor te lezen. Een vooraanstaand schrijver vond het kennelijk zorgwekkend dat mijn werk neigde naar 'sensatiejournalistiek'. Jaehie kwam niet meer bij. Ik gebruikte een deel van het prijzengeld om een lamsleren Chanel-tas voor haar te kopen.

Kort daarna ontving ik het overlijdensbericht van K3. Auto-ongeluk. De K3 waar hij zo trots op was geweest, was zijn doodskist geworden. Pas toen ik het nieuws had gehoord kwam ik tot het besef dat ik me een verre toekomst had voorgesteld waar hij in voorkwam. Het laatste appje dat hij me had gestuurd luidde: *Als bezetenheid geen liefde is, heb ik nooit liefgehad.*

*

Na de begrafenis trok ik weer bij Jaehie in en werd alles langzaam weer als vanouds. Jaehie hield de voorraad bevroren blauwe bessen weer op peil, maar toen ik er op een gegeven moment een pakje Marlboro Red naast legde werd ik teruggefloten: dat was niet meer nodig. Toen de tabaksprijzen waren gestegen, was ze samen met haar vriendje gestopt. Had ik kunnen zien aankomen. Het pakje bleef onaangeroerd in de vriezer liggen.

Onze gewoonte om voor het slapengaan het nieuws van de dag uit te wisselen leefde voort. Ik vertelde zoals altijd over de Man van Vandaag en Jaehie vertelde vooral over haar relatie. De twee bleven het gespreksonderwerp 'huisgenoot Jieun' vermijden alsof het een landmijn was. Ze leken de kwestie te hebben afgedaan zoals men deed als men samenwoonde met een beschamend familielid of een ander soort huisgenoot aan wie vooral niet te veel aandacht besteed moest worden. Maar als haar vriendje dronken was wilde hij wel eens uit de school klappen.

– Je weet toch dat ieder normaal mens hier een punt van zou maken?

En wat dan nog? Ik had verwacht dat ze het nog geen jaar met hem uit zou houden, maar hij ging verrassend lang mee. Volgens Jaehie stond hij met beide benen op de grond – in tegenstelling tot al haar vorige mannen – en hij luisterde naar wat ze te zeggen had.

– Hij doet precies wat ik wil. Zo braaf als een hondje.

Hij had geen rare trekjes en geen bezwaar tegen Jaehies drinkgewoonten, zoals de meeste mannen. Integendeel, hij zei dat hij het leuk vond om elke avond een net iets andere vrouw te ontmoeten. (Je meent het.)

Jaehie viel gewoonlijk in slaap vóór middernacht. Haar werk was waarschijnlijk vermoeiend, want ze kwam elke avond afgepeigerd thuis, zo futloos als een leeggelopen ballon. Maar als ik haar laat op de avond appte dat ik waarschijnlijk beet had en dat de kans bestond dat ik niet thuis zou slapen, appte ze terug als een moeder die op haar tiener wachtte.

Probeer niet nog iemand te zoeken die eerder dan jij de pijp uit gaat.

Ik zal mijn best doen.

*

Niet veel later deed Jaehies vriendje een aanzoek en Jaehie zei ja. Ze waren op dat moment drie jaar samen. Toen ze het vertelde zei ik dat deze hyung een prima kerel was, maar dat hij een slechte smaak voor vrouwen had. Jaehie antwoordde: 'Ja, hè?' en voegde eraan toe:

– Hij vindt het geweldig om te bedenken dat ik hem de rest van zijn leven aan het lachen zal blijven maken.

Ook al kon hij ieder moment een tik op zijn achterhoofd verwachten als Jaehie vond dat er genoeg gelachen was. Toch besefte ik na het horen van die woorden dat hij Jaehie om dezelfde reden waardeerde als ik. Ze was niet bijzonder mooi, niet uitzonderlijk aardig, maar grappiger dan wie dan ook.

Dan nog, de man was nog lang niet oud – vanwaar de haast? Hij stond toch zo netjes met beide benen op de grond? Volgens mij had ik hem een keer horen zeggen dat hij een oudere zus had die ook nog ongehuwd was... De angst bekroop me dat Jaehies (in biologisch opzicht mannelijke) huisgenoot iets met zijn huwelijkswens te maken had, maar ik besloot die gedachtegang niet verder te volgen. Ik besloot gewoon helemaal niet meer over mezelf na te denken. Iets met een overdaad aan zelfbewustzijn.

4

Toen Jaehie haar verloving had aangekondigd ging alles ineens heel snel.

In de aanloop naar haar bruiloft was ik drie maanden lang getuige van het feit dat de Koreaanse samenleving het in de echt verbinden van man en vrouw tot een verdorven aangelegenheid had gemaakt, met als bijkomstigheid dat ik me niet langer verbitterd voelde omdat ik zelf niet eens van een bruiloft kon dromen. Hoewel ik niet kon ontkennen dat ik stiekem een beetje jaloers was.

Jaehie had me de hele tijd nodig. Haar promotie had een verpletterende hoeveelheid werk met zich meegebracht en haar verloofde was grotendeels afwezig bij de huwelijksvoorbereidingen, waardoor ik werd ingeschakeld als stand-in-bruidegom. Ik werd meegesleurd naar de bruidsboetiek, de hanbokmaker en de gordijnenwinkel en mocht helpen uitzoeken. Eerst hield ik me zo veel mogelijk op de achtergrond en liet ik Jaehie beslissen, maar na een tijdje was *ik* degene die de verschillende soorten stof een voor een door mijn vingers liet glijden om haar vervolgens *met klem* aan te raden deze of gene kleur te kiezen. Tot op dat moment vond ik het namelijk nog leuk en aardig, maar ze ging te ver toen ze vroeg of ik de rol van ceremoniemeester op me wilde nemen. Hoezeer ik mijn hakken ook in het zand zette – ik wilde niets te maken hebben met een heterobruiloft – ze bleef aan mijn mouw sjorren.

– Hoe kun *jij* nou weer ontbreken op *mijn* bruiloft?

– Kan toch? Ik doe het niet. Stik er maar in. Ik heb niet eens een pak.

– Dan koop ik er een voor je. Van Armani.

– Wel eens gehoord van de antihuwelijksbeweging? Ik doe mee. En als ik jou zo zie, kan het niet lang duren of ik radicaliseer.

– Zeik niet zo, doe nou gewoon. Je staat toch altijd zo graag in het middelpunt!

Dat was een grove misvatting – er was een wereld van verschil tussen mijn bezopen ik en mijn ik bij daglicht. Hoe langer ik voet bij stuk hield, hoe koppiger Jaehie werd en uiteindelijk zwichtte ik. Oké, al goed, zei ik, ik leid de ceremonie wel, maar het programmaboekje en het script schrijf je zelf. Deal, zei ze.

Nog geen week later kwam ze thuis met twee dozen gefrituurde kip van Kyochon. Ze had duidelijk iets goed te maken. Jaehie stak een kippenpoot naar me uit en mompelde:

– Het schijnt dus traditie te zijn dat een vriend van de bruidegom de ceremonie leidt. Een van oppa's vrienden is tv-presentator, dus er is besloten dat hij het doet. Sorry, echt.

Alsof ik ergens om had gevraagd. Die verrekte ceremonie kon me gestolen worden, maar om aan de kant geschoven te worden vanwege een of andere stompzinnige traditie, daar kreeg ik kotsneigingen van. Het leek alsof ze een vurige woordenwisseling met de bruidegom had gehad. Jaehie zei dat er gelukkig een andere rol voor me was weggelegd.

– Het chanson.

– Je ziet ze vliegen.

– Het is het minste wat je kunt doen, in ruil voor het gebruiken van mijn verhaal voor je bundel.

– Lever die Chanel-tas dan maar weer in.

– Als je het niet doet, klaag ik je uitgever aan. Voor smaad. En laster.

Creperen van schaamte leek me beter dan een rechtszaak en toen ik een pak en een overhemd van Armani en een Gucci-das aan de overeenkomst wist toe te voegen, ging ik akkoord.

Het bruidspaar was van plan in een appartement in Banguidong te gaan wonen. Jaehies ouders hadden het kennelijk jaren geleden als investering gekocht.

*

Op onze laatste dag samen in Jaehies studio kochten we bij het postkantoor tien verhuisdozen van het grootste formaat dat ze hadden. We vouwden Jaehies rechte jurkjes, leren jacks en andere spullen op en pakten ze in.

– Hé, Young, denk je dat het me zal lukken om niet vreemd te gaan?

– Tja.

– Ik maak me geen zorgen om hem maar om mezelf. Wat als ik straks een keurige man bederf?

– Weet je, Jaehie... Ik maak me daar ook zorgen om.

We lachten en gingen verder met inpakken. Ze had minder spullen dan we dachten en uiteindelijk hadden we aan vijf dozen genoeg. Ze zei dat ze het meubilair en haar winterkleding al naar het nieuwe huis had overgebracht. Ik mocht de resterende vijf maanden van ons contract in mijn eentje in de studio blijven wonen. De borgsom was een reusachtig bedrag, maar aangezien ze het niet meteen nodig leek te hebben, moest haar familie wel geld hebben, misschien nog wel meer dan die van haar verloofde. Ik begon te twijfelen aan mijn tot dan toe rotsvaste overtuiging dat Jaehie een doodnormale meid uit een doodnormaal middenklassegezin was. Misschien snapte ik eindelijk waarom ze sociale normen en waarden aan haar laars lapte...

Toen we klaar waren met pakken gingen we op bed liggen en deden we een gezichtsmasker op, alsof we weer negentien waren. Ik kon nog niet helemaal bevatten dat de wildebras van toen zomaar was opgegroeid en ging trouwen.

– Weet je wel zeker dat je voor je schoonouders wilt zorgen en een kind wilt en luiers wilt verschonen en zo?

– Oppa en ik hebben een heel contract opgesteld. Kinderen zijn uitgesloten. Wat mijn schoonouders betreft, ik zie het als twee extra verjaardagen waar ik aan moet denken, meer niet. We gaan gewoon verder alsof we nog aan het daten zijn.

– Dan kun je toch net zo goed blijven daten? Waarom zo nodig trouwen?

– Hij stelde het voor en het leek me het proberen waard. En anders niet, toch?

– Tuurlijk. Als straks blijkt dat het te veel gedoe is, laat je hem gewoon in de steek en kom je bij me terug.

– Dacht je dat ik dat niet zou doen?

'Je bent op dit punt beland omdat je *weet* dat je dat niet zou doen,' zei ik, maar bij wijze van antwoord begon ze te snurken als een brommende vrachtwagen. Jaehies zorgeloze dooddoener – 'en anders niet, toch?' – bleef door mijn hoofd zwerven. Hoewel het me normaliter vervulde van irritatie, stelde het me nu gerust.

Jaehie was degene die ging trouwen, maar ik was degene die niet kon slapen. En zo verstreek onze laatste nacht samen.

5

De ceremoniemeester kondigde me aan als de vertolker van het chanson.

Al mijn oud-studiegenoten staarden me met priemende blikken aan. Een deel van het publiek lachte ongelovig. Ik stond op van de feilloos gedekte tafel en liep in de richting van het podium. Mijn schouders verstijfden van de zenuwen. Jaehie en haar bruidegom glimlachten breed. Honderden aanwezigen keken naar me en met het gewicht van hun blikken op mijn schouders pakte ik de microfoon vast. De songtekst op de standaard danste op het papier. Waarom begon ik altijd zo te trillen als ik een microfoon vasthield? Als schrijver was ik een paar keer gevraagd om ergens te spreken, maar ik praatte altijd mijn mond voorbij of barstte op een ongepast moment in tranen uit en zadelde iedereen op met een ongemakkelijk gevoel. Keer op keer stond ik ervan versteld dat er zo'n huilebalk in mij huisde.

De eerste noten van de intro galmden door de zaal. Ik had de begeleidingstrack eerst voor duizend won op Melon gevonden, wat me op de een of andere manier zo tegen de borst stuitte dat ik uiteindelijk een andere versie kocht – voor zevenhonderd won – die nog blikkeriger klonk dan een karaokeset. De tranen konden ieder moment over mijn wangen stromen. Ik stuurde al mijn kracht naar mijn neus in een poging ze binnen te houden. *Niet doen. Hou vol. Hou je in.* Ik beet op mijn trillende onderlip. Onder het publiek bevonden zich op zijn minst drie mannen met wie Jaehie naar bed was geweest, en twee van mij. (Een ironische knipoog naar de term 'minderheid' in 'seksuele minderheid'.) Jaehie en haar bruidegom, met hun volgeplamuurde gezichten, bleven geforceerd glimlachen.

Ik bleek niet in staat om een fatsoenlijk lied ten gehore te brengen. Met een stem die alle kanten op schoot worstelde ik me door het eerste couplet en het refrein heen, maar eenmaal bij het tweede couplet aangekomen stortte ik in.

Blijf voor altijd bij me, waak over mijn dromen – ik wilde op zijn minst tot die regel komen. Jaehie, laat je me echt alleen achter? De mensen die hun lachen tijdens de intro hadden ingehouden schaterden het uit toen ik midden in het liedje weg moest kijken, waarschijnlijk omdat ze dachten dat het bij mijn optreden hoorde. Op dat moment kwam Jaehie, met de sleep van haar jurk opgetild, naar me toe en ze nam de microfoon van me over. Ze pakte de draad meteen op.

– *De enige in mijn hart, mijn enige liefde...*

Jaehie was goed in alles wat ze deed, maar zingen kon ze voor geen meter. Daarbij was de begeleidingstrack bedoeld voor een mannenstem, waardoor ze des te slechter klonk. De grandeur van de hele aangelegenheid stortte ter aarde en verdween in het zwarte tapijt, terwijl mijn tranen zich vliegensvlug terugtrokken, zo versteld stond ik ervan dat Jaehie altijd zo verschrikkelijk zichzelf bleef. Ik haalde mijn neus op en krijste de rest van het liedje vol overtuiging met haar mee. Van iedereen kon ik verliezen, behalve van haar. Ik zong uit volle borst.

Toen ik weer ging zitten, gierden mijn oud-studiegenoten van het lachen. *Wie luistert er tegenwoordig nog naar Fin.K.L? Je stond daar toch niet serieus te janken, of wel?* Deze homo hier zingt Fin.K.L als hij daar zin in heeft, wilde ik zeggen, maar ik deed het niet. In plaats daarvan sneed ik een stuk van mijn koud geworden biefstuk af en begon ik op de kauwgomachtige substantie te kauwen. Iedereen aan tafel had ontzettend veel te vertellen. Wie er als volgende aan de beurt was om te trouwen, wie er onlangs een kind had gekregen, wie er promotie had gemaakt, wie er bij een ander bedrijf was gaan werken, wie er een buitenhuisje van zijn ouders had geërfd… Luidruchtig gebrabbel, op de automatische piloot geproduceerd. Dat Jaehies nieuwe huis in Songpa stond en of we wel wisten dat het recentelijk driehonderd miljoen won in waarde was gestegen, dat ze in wezen de loterij had gewonnen door met zo'n rijke man te trouwen… Waarop ik wilde zeggen: *Dat appartement hebben Jaehies ouders gekocht, stelletje dombo's,* maar ik hield me in. Wat had het voor zin? Ik liet mijn half opgegeten biefstuk voor wat het was, zei dat ik naar de wc moest en liep het hotel uit.

Zodra ik thuiskwam gooide ik mijn jasje op bed. Ik trok al mijn kleren uit en ging liggen. Iets wat ik nooit had kunnen doen toen ik nog met Jaehie samenwoonde. Wat was het verfrissend om alleen te zijn. De zon was nog niet eens onder, maar zoals ik erbij lag voelde het alsof ik te veel gedronken had en poedelnaakt de ochtend begroette. Ik kon doen wat ik wilde en overwoog een scharrel te appen, maar kon het uiteindelijk niet opbrengen. Terwijl het zonlicht begon te flikkeren, scrolde ik gewoontegetrouw door oude berichten op mijn telefoon. Irritante betalingsbevestigingen, spam, Jaehie die me smeekte om haar te vergeven. En toen, het laatste appje van K3.

Als bezetenheid geen liefde is, heb ik nooit liefgehad.

Ik legde mijn telefoon weg. Ik wilde onder de douche stappen, maar smachtte opeens naar iets verkoelends. In de vriezer vond ik een bijna lege zak blauwe bessen en een pakje Marlboro Red met het plastic nog intact. Ik staarde een tijdje naar de long van een man met kanker. Die man, zou hij nu dood zijn? Ik pakte een kom van de plank en kieperde de zak blauwe bessen erin. Er kwamen alleen wat paarse snippers ijs uit vallen.

Toen besefte ik dat mijn tijdperk met Jaehie, waarvan ik had gedacht dat het eeuwig zou duren, voorgoed voorbij was.

Ze had altijd op het juiste moment blauwe bessen gekocht. Ze had altijd de namen en gezichten van de mannen met wie ik afsprak onthouden, ze was de externe harde schijf van mijn liefdesleven geweest. Met altijd een sigaret in de hand en een onuitstaanbare vent aan haar zijde.

Jaehie, die me had laten zien dat elke vorm van schoonheid in een fractie van een seconde vergaat – die Jaehie woonde hier niet meer.

Het universum in een stukje roodbaars

1

Omdat ik tot diep in de nacht was opgebleven om te schrijven versliep ik me. Ik plensde wat water in mijn gezicht, pakte mijn rugzak en rende naar buiten. Mijn moeder lag waarschijnlijk de Bijbel te lezen in een poging om te gaan met de teleurstelling dat ze alweer in een ziekenhuisbed wakker was geworden. Het was al lange tijd onze gewoonte om elke dag na de lunch een wandeling te maken door Olympic Park.

Onder aan het trappenhuis wierp ik puur uit gewoonte een vlugge blik op mijn brievenbus en zag dat er een bruine envelop uit stak. Ik pakte hem eruit en voelde hoe dik en zwaar hij was. Er stond geen afzender op. *Wat de fuck?* Ik scheurde hem open en pakte een stapel vergeelde papieren eruit.

De papieren die ik hem vijf jaar geleden in zijn mik had geschoven, mijn dagboek.

Toen ik het eerste kantje las voelde ik me alsof ik naakt voor de spiegel stond. Tussen de zwarte letters van mijn krampachtige handschrift stonden rode correcties, en onhandig geformuleerde zinnen waren onderstreept. Met andere woorden, de eikel had mijn dagboek geredigeerd. Niet vijf dagen na ontvangst maar vijf jaar. Terwijl de herinneringen aan hem me overspoelden kneep ik hard in de stapel papier. Hij wist mijn adres nog altijd? Onder aan de laatste pagina stond een aantekening in zijn handschrift. De rode letters waren net bloedsporen.

Hallo, je hyung hier. Ik hoorde dat je schrijver bent geworden. Van harte. Je had toch een 'jae' in je echte naam? Je zult wel onder pseudoniem schrijven.

Idioot. Hij kon zich de naam van iemand met wie hij een jaar had gedatet niet eens fatsoenlijk herinneren.

Eerst herkende ik je niet op de foto's, je bent zo aangekomen.

Ja, dag! Genoeg gelezen. Basta, meteen in stukken scheuren. Maar toen:

Ik vroeg me af hoe het met de gezondheid van je moeder is gesteld. Het spijt me van toen. Van heel veel dingen. Van alles.

Waarom moesten mannen altijd zo nodig sorry tegen me zeggen? Doe gewoon geen dingen waar je later sorry voor moet zeggen, klaar. Vervolgens praatte hij alleen nog maar over zichzelf, zoals altijd.

Ik heb in het verleden herhaaldelijk overwogen om contact te zoeken, maar om verschillende redenen heb ik daarvan afgezien. De tijd verstreek en intussen heb je een ander nummer, zoals dat gaat. Sorry dat ik je zo overval. Ik heb het waanzinnig druk gehad, vandaar. Maandag moet ik met spoed het land verlaten. Misschien blijf ik lang weg, misschien kom ik zelfs nooit meer terug. Als je ervoor openstaat, zou ik je aanstaande zondag graag zien. Dezelfde tijd als toen, dezelfde plek. Er is iets wat ik je wil geven.

Helemaal onderaan stond zijn telefoonnummer. Zondag. Dat was over twee dagen. Hoe durfde hij voor te stellen om elkaar te zien, laat staan zo kort dag? En wat had dat 'iets wat hij me wilde geven' te betekenen? Het enige wat we nog konden uitwisselen waren krachttermen. De drang om de envelop met inhoud en al in de prullenbak te smijten en de wens om hem te bewaren op een plek waar niemand hem ooit zou vinden wisselden elkaar af. Uiteindelijk stopte ik hem in mijn tas.

Ik voelde mijn hart hevig bonzen toen ik over straat liep. Ik voelde me aangedaan en gekleineerd vanwege het feit dat hij nog altijd zo'n heftige lichamelijke reactie bij me opriep. Ik pakte mijn telefoon en opende Notities, waar ik ideeën voor verhalen opsloeg. Ik schreef één zin op.

Vijf jaar geleden had ik hem aan mijn moeder willen voorstellen.

*

Gelukkig lag Umma nog te snurken. Waarschijnlijk was ze na de lunch meteen weggedommeld. Ik liep op mijn tenen naar binnen, trok de stretcher voor verzorgers onder de hare vandaan en ging zitten.

Omdat Umma's verblijf in het ziekenhuis uitliep, groeide de hoeveelheid spullen in haar kamer. Plastic bakjes met hapjes en fruit in haar koelkast, een fruitmesje in haar la, een zak pepermuntjes, een fotolijst op haar nachtkastje. Op de foto was ik tien, zij achtendertig. Umma droeg een academische baret en stond tegen een of ander bronzen standbeeld aangeleund. Ik stond met een boos gezicht naast haar in een denim tuinbroek. Op elke foto uit die tijd kijk ik moeilijk. Misschien ben ik gewoon met het verkeerde been uit de baarmoeder gestapt. Naast de foto lagen de twee boeken die ik dat jaar had gepubliceerd. Ze waren bedoeld voor de momenten dat Umma bezoek had, zelf las ze mijn boeken niet. Sterker nog, ze weigerde ook maar een letter te lezen van iets wat ik op papier had gezet, het was bijna een obsessie. Ze zei weliswaar dat ze verziend was en dat ze niet kon lezen omdat de woorden over het papier zweefden als een luchtspiegeling boven heet asfalt, maar ik wist natuurlijk dat het anders zat.

Toen ik negentien was won ik een prijs in een schrijfwedstrijd die was uitgeschreven door een universiteitskrant. Er werd een miljoen won aan prijzengeld uitgeloofd en een vriend die net als journalist bij de krant was gaan werken fluisterde me in dat er dat jaar toevallig weinig inzendingen waren. Ik had in die tijd altijd gebrek aan geld voor drank, dus ik schreef een verhaal over een vijftigjarige vrouw die haar zware minderwaardigheidscomplex probeert te overwinnen door twee bachelors te behalen bij een online universiteit en daarna alles op alles zet voor de educatie van haar zoon – een verhaal dat me na aan het hart lag. De jury bekroonde het met de hoofdprijs op grond van de 'buitengewoon levendige weergave van de hoofdpersoon'. Umma kreeg het nieuws te horen (ongetwijfeld via de gebruikelijke bron der kwaadsprekerij: de kerk), kocht de krant en las mijn verhaal. Ze huilde vier dagen en nachten onophoudelijk. Ik kon haar vanaf de andere kant van de slaapkamerdeur horen jammeren. 'Het spijt me dat ik je zo'n pijn heb gedaan, dat ik je zo heb uitgebuit... Umma, jezus, het is maar een verhaal! Ik heb het allemaal verzonnen,' probeerde ik haar gerust te stellen, maar ze wilde er niets van weten. Sindsdien bleef mijn moeder zo ver mogelijk uit de buurt van alles wat ik schreef, inclusief schoolverslagen en boodschappenbriefjes die ik op de grond liet slingeren.

– Myeong-hee vond je boek fantastisch. Ze heeft alles gekocht wat je tot nu toe hebt uitgebracht. En je weet dat ze de slimste van al mijn vrienden is. Heeft aan Sookdae gestudeerd, zelfs. Ze zei dat ze aan je werk kan zien dat je je hebt ontwikkeld tot een waardig man.

Alles wat ik in de afgelopen drie jaar had gepubliceerd ging over comazuipen, andermans spullen stelen, illegale homo-erotiek in het leger, prostitutie, overspel – hoe zag ze daar in godsnaam 'een waardig man' in? Nog iets waardiger en hij zou een moord plegen. Maar goed, je moest het ze nageven, die kerkdames: het waren de beste spindoctors.

Umma's karakteristiek zachte gesnurk hield op en ze kwam overeind, waarbij ze klaagde dat ze vreselijk slecht had geslapen. Ze zei gapend dat ze moeilijk in slaap viel door de pijn van de chemotherapie. Haar gesnurk had al twee andere patiënten weggejaagd, waardoor ze al bijna drie maanden een tweepersoonskamer voor zichzelf had. Aan het begin had ze geklaagd dat ze de kamer niet wilde delen, maar nu ze in haar eentje was hield ze – als je bedacht dat ze de afgelopen veertig jaar van haar leven aan de kerk had gewijd – op een uiterst onchristelijke, bijna sjamanistische manier vol dat Magere Hein haar nachtelijke bezoekjes bracht.

– Umma, zal ik een appel voor je schillen?

– Dat smaakt bitter. Geef me maar zo'n snoepje.

Ze was nooit een zoetekauw geweest, maar sinds haar tumoroperatie wilde ze niets anders eten dan pepermuntjes. Soms moest ik haar dwingen om de snoepjes uit te spugen, omdat ze er anders op bleef sabbelen in plaats van iets normaals te eten. Ze zeiden dat het kwam doordat haar spijsvertering niet goed functioneerde. Om de misselijkmakende ziekenhuislucht te maskeren spoot ik wat luchtverfrisser over het bed.

Toen ik vijf maanden daarvoor hoorde dat Umma's kanker was teruggekeerd, was ik ontdaan maar niet verbaasd. Ze was jaren in remissie geweest, maar ik had gevreesd dat het op een gegeven moment weer de kop op zou steken. Ik had genoeg gehad van de oneindige cyclus: blijdschap gevolgd door verdriet, komedie gevolgd door tragedie – er kwam nooit iets goeds van terecht. Ik had alles wat een familielid van een kankerpatiënt kon meemaken al meegemaakt, behalve de begrafenis. Misschien moest ik me nu gaan opmaken voor dat laatste.

*

Zes jaar geleden werd er voor het eerst kanker geconstateerd bij Umma.

Ik was toen midden twintig en liep stage, met een overstap naar een vaste baan in het vooruitzicht. Van de tien stagairs die tegelijkertijd waren begonnen waren er nog drie over. Het gerucht deed de ronde dat er maar één iemand zou worden aangenomen en dat ik, de enige overgebleven man, waarschijnlijk op goed nieuws kon rekenen. Het onderzoeksteam waar ik deel van uitmaakte onderzocht het verband tussen de politieke voorkeuren van mensen tussen de vijftig en zestig en hun algehele gezondheidstoestand; we belden honderden mensen per dag af. Maar ik wist niet wat me overkwam toen een zekere centrumrechtse vrouw van ergens in de vijftig *mij* belde. De eerste twee keer drukte ik haar weg, maar ze gaf niet zomaar op. Uiteindelijk kon ik niet anders dan haar met de bedrijfstelefoon terugbellen.

– Goeiemiddag, u spreekt met Onderzoeksbureau Korea...

Umma viel me in de rede met een vreugdekreet.

– Je Umma heeft kanker! Baarmoederkanker! Halleluja!

Ze was zo extatisch dat ik haast dacht dat ze de loterij had gewonnen in plaats van een enkeltje naar het ziekenhuis. Twee weken geleden had ze gedroomd dat er een azalea in haar buik tot bloei kwam en omdat ze daar 'een slecht voorgevoel' bij had gehad was ze een gezondheidscontrole gaan doen, waaruit bleek dat ze baarmoederkanker had. Een aantal dames van de kerk verkocht verzekeringspolissen en om goede vrienden te blijven had Umma zich bij een paar van hen verzekerd tegen kanker, waardoor ze opgeteld ongeveer tweehonderd miljoen won uitgekeerd zou krijgen – genoeg om het restant van de hypotheek op ons huis in Jamsil af te betalen. Ze klonk oprecht dolgelukkig toen ze vertelde dat ook de kosten van de operatie door de verzekering werden gedekt, wat betekende dat we een aardig zakcentje overhielden met dank aan de huurinkomsten uit haar winkelruimtes in Suwon en Anyang. Aangezien zij, mijn oma en mijn tante allemaal kanker hadden gehad, zei ze dat ik er vergif op kon innemen dat ik het ook zou krijgen, en ze stelde voor om op mijn naam twee extra kankerpolissen af te sluiten.

Toen ik mijn ontslag indiende, was mijn baas verrast.

– Heb je een betere baan gevonden?

Nee, dat niet, maar mijn moeder heeft kanker en als weduwe heeft ze niemand om voor haar te zorgen, wilde ik zeggen, maar ik deed het niet. Omdat het 'ordinair' was om anderen lastig te vallen met persoonlijke aangelegenheden hield Umma bepaalde dingen het liefst voor zichzelf, ook dingen die ze oprecht niet hoefde te verbergen. Haar extraverte persoonlijkheid was een dekmantel voor alles waarvoor ze zich schaamde, en voor haar ziekte schaamde ze zich het meest. Haar cliënten, met wie ze al meer dan twintig jaar contact onderhield, schoof ze aan de kant door te zeggen dat ze een sabbatical ging nemen om naar het Beloofde Land te reizen. Zelfs aan haar vrienden en mijn tantes vertelde ze niets. Ik begreep niet wat er zo beschamend aan kanker kon zijn, maar ik respecteerde haar wens. En dus glimlachte ik ongemakkelijk toen mijn baas vroeg waarom ik opstapte en ik zei dat ik van plan was me op het schrijven te richten. Dat ik daar mijn hele leven al van droomde.

– Allemaal leuk en aardig, dromen, maar onthoud één ding: een kans is net als een trein. Als je hem mist, komt hij nooit meer terug.

Waar heb je het over, treinen komen om de zoveel minuten, check de dienstregeling, man. Maar goed, ik zegde mijn eerste baan op en twee weken later lag mijn moeder op de operatietafel van een gerenommeerd ziekenhuis in Gangnam dat volgens haar gespecialiseerd was in baarmoederkanker, en waar ze de doktersassistenten dringend verzocht om haar vooral niet te verdoven omdat ze deelgenoot wilde zijn in het lijden van Jezus Christus, wat de dokters haar (eindelijk!) deed aansporen om ook eens een kijkje te nemen bij de afdeling psychiatrie.

Umma's tumor, die op de röntgenfoto's zeer bescheiden had geleken, bleek toen ze haar opensneden behoorlijk serieus te zijn. Haar leverfunctie was aangetast en de chirurg vreesde dat de kanker was uitgezaaid naar de lymfeklieren. Hij raadde een langdurig behandelprogramma aan, bestaande uit verschillende fasen. Ondanks haar hysterectomie en een serie bestralingen verdwenen Umma's tumorcellen maar mondjesmaat. De weg naar volledig herstel bleek lang en hobbelig.

Rond die tijd ontmoette ik hem voor het eerst, tijdens een filosofiecursus bij een avondacademie. Ik had uit het cursusaanbod gekozen voor 'Filosofie van de Emotie' omdat ik toentertijd de grootste moeite had om mijn emoties te beheersen. Niet alleen studeerde ik voor Engelse vaardigheidstoetsen en bereidde ik me voor op toelating bij allerlei bedrijven, ik zorgde ook voor Umma en maakte elke dag een wandeling met haar, een afspraak die ze eerst had voorgesteld en daarna had geëist. Hoe langer ik Umma, iemand die zowel lichamelijk als geestelijk ernstig ziek was, probeerde bij te staan, hoe meer het voelde alsof ik zelf langzaam aftakelde. In de hoop te ontsnappen aan het epicentrum van seismische misère genaamd Umma en om de aard van mijn heftig schommelende emoties beter te begrijpen ging ik een keer per week naar de academie. De cursus was gebaseerd op Spinoza's *Ethica* en gebruikte *De lichtende kamer* en *Uit de taal van een verliefde* van Roland Barthes als hulpmiddelen om de gevoelens waar de mens over beschikt tot nanoniveau te ontleden en te analyseren. Tijdens het eerste college deed de spreker, die zich voorstelde als 'freelancefilosoof', precies wat alle onervaren sprekers doen en vroeg hij iedereen om zich een voor een voor te stellen. De academie werd gesponsord door een mensenrechtenorganisatie, wat betekende dat meer dan de helft van de vijftien aanwezigen betrokken was bij maatschappelijk werk. Een voor een vertelden ze over hun organisaties, hun politieke voorkeur en (zonder dat iemand erom had gevraagd) hun seksuele geaardheid, en naarmate mijn beurt naderbij kwam voelde ik een toenemende druk om op te biechten dat ik een 'centrumlinkse, homoseksuele man' was, maar uiteindelijk zei ik mijn naam en achternaam en dat ik studeerde. Joe Wind, James, Sally, Goeie Grutjes, de Legende van de Herfst... De anderen hadden pseudoniemen van bizarre oorsprong en bijnamen met geheimzinnige verwijzingen. Toen iedereen zich had voorgesteld stapte er een laatkomer binnen. Hij was zo lang dat zijn hoofd het plafond bijna leek te raken, ook al liep hij licht voorovergebogen. Hij legde zijn rugzak op de stoel naast me en trok zijn vest uit. Zowel zijn zwarte vest als zijn Eastpak met de Koreaanse vlag erop genaaid leken minstens een paar decennia oud. Hij had waarschijnlijk gerend, want zijn lichaamswarmte sloeg me recht in het gezicht. In zijn nek, op zijn polsen en om zijn vingers zag ik iets wat leek op de uiteindes van een langwerpige tattoo. Een soort hagedissenstaart. Ik was benieuwd wat voor schildering tevoorschijn zou komen als ik de lijnen zou volgen of wat zich aan het andere uiteinde zou bevinden. Ik merkte dat ik mijn speeksel wegslikte terwijl mijn blik over zijn hele lichaam gleed. Vanuit het niets boog hij dicht naar me toe. Ik voelde alle haren op mijn lichaam overeind staan, van top tot teen. Hij bracht zijn mond naar mijn oor en fluisterde:

– Hé, sorry, maar mag ik een slokje van je koffie?

Zonder op antwoord te wachten nam hij het deksel van mijn wegwerpbeker en zette de iced americano aan zijn mond. Ik nam zijn bewegingen beeld voor beeld waar, in slow motion. Hij schonk geen aandacht aan mijn (ongetwijfeld zwoele) blik, goot de hele beker achterover en begon op de ijsklontjes te kauwen. Zijn bijdrage aan de voorstelronde: hij was een 'creator'. Dat woord – niet dat hij muziek maakte, niet dat hij kunst maakte, niet dat hij schreef, nee, dat hij 'creator' was – sprak hij zo cool uit dat het voorgevoel me bekroop dat hij zichzelf heel belangrijk vond. (En mijn voorgevoel zat er nooit naast.)

Na het college stapte de man op me af om te zeggen dat hij me op koffie wilde trakteren. Als dank voor daarnet. Ik bedankte vriendelijk, want de manier waarop hij de koffie zonder toestemming had opgedronken in combinatie met zijn manier van spreken en de blik in zijn ogen – kortom, alles aan hem – gaf me een slecht gevoel. De man herhaalde op uiterst formele toon dat hij me een gunst wilde verlenen. Dat we vervolgens samen naar de dichtstbijzijnde Starbucks wandelden kwam niet doordat ik vanuit moreel oogpunt zijn verzoek niet kon afslaan, maar doordat hij toch eigenlijk wel heel erg mijn type was. Hij had een lage, heldere stem, een breed voorhoofd, flinterdunne lippen en een met sproeten bedekte huid die nog nooit met een druppel zonnebrandolie in aanraking was gekomen. Zijn persoonlijkheid leek enigszins apart, maar het vooruitzicht om een paar minuten langer naar dat heerlijke lichaam te staren drukte alle omineuze voorgevoelens de kop in. (Achteraf gezien, nogmaals, een blunder.)

Toen we eenmaal zij aan zij bij de kassa stonden, merkte ik dat hij een flinke kop groter was dan ik. Aangezien ik zelf iets langer dan gemiddeld ben, komt het zelden voor dat ik naar iemand op moet kijken. We pakten onze iced americano's van de toonbank en zochten een plekje. Hij nam een slok van zijn koffie, zette de beker neer en staarde zwijgzaam voor zich uit. *Wat was hier de bedoeling van? Als hij niets te zeggen had, waarom wilde hij dan zo nodig samen koffiedrinken?* Uiteindelijk deed ik maar een poging om het ijs te breken.

– Je had vast erge dorst.

– Ja, je hebt mijn leven gered.

En stilte. Zoals het een ijverige stagiair betaamt was ik geoefend in 'mezelf verkopen', waardoor ik (zonder dat iemand erom had gevraagd) het initiatief nam en doordraafde over wat ik studeerde en welke Franse boeken ik goed vond en wat mijn favoriete series waren en dat mijn hobby lezen was en hoe ik bij de cursus terecht was gekomen… Wat er ook in me opkwam, ik gooide het op tafel. Ondertussen bleef hij me van top tot teen bekijken, wat bijna onbeleefd werd, en pas toen ik bijna door mijn stof heen was, trok hij zijn mond open.

– Je hebt een mooie dictie.

Wat bedoelt hij daar nou weer mee, deze man, dat ik verwijfd ben of zo? Dat ik gay klink? Of zegt hij maar wat, gewoon om me te plagen? Ben ik paranoide? Mijn gedachten sloegen meteen op hol, dus ik besloot niets meer te zeggen. Weer, stilte. Pas toen er zo veel tijd was verstreken dat ik de bodem van mijn beker kon zien, gaf hij een teken van leven.

– Mijn moeder heeft een alcoholverslaving.

– Uh... wat?

– Ik heb haar naar een afkickkliniek gebracht maar ze loopt telkens weg, dus nu hebben we haar in een gesloten inrichting gestopt.

– O... oké.

– We passen het behandelplan steeds aan, maar het wordt er niet beter op. Ze vindt altijd een manier om de drank te verstoppen. Een fles onder haar bed, eentje in haar tas, ik word er helemaal gek van.

Wie was er zo gek om dit soort dingen aan een vreemdeling te vertellen? Hoe moest ik hierop reageren?

– Daarbij vertoont ze vanwege de alcoholvergiftiging tekenen van dementie op jonge leeftijd. Het wordt steeds moeilijker om haar te behandelen. Eens per drie of vier dagen ontsnapt ze en dan ren ik achter haar aan.

Jezus, wat moet deze gast? Zit er een steekje bij hem los? Opeens voelde ik de druk om mijn eigen familiegeschiedenis op tafel te leggen. *Ik kom uit een volkomen doorsneegezin, en mijn vader, als een volkomen doorsneepatriarch, bedroog mijn moeder zo vaak dat ze uiteindelijk van hem is gescheiden, en mijn moeder lijdt nu aan doodsoorzaak nummer één onder Koreanen van middelbare leeftijd, oftewel kanker* – zoiets? Of moest het uitgebreider? Uiteindelijk hield ik het simpel.

– Mijn moeder is ook ziek. Baarmoederkanker. Ze ligt in het ziekenhuis en ik zorg voor haar.

– O, aha. Dan hebben we veel met elkaar gemeen.

Ik realiseerde me dat ik voor het eerst iemand over mijn moeders ziekte had verteld. De man ging verder.

– Dit is je eerste cursus bij de academie, toch?

– Klopt. Hoe weet je dat?

– Ik heb bijna al hun alfa- en filosofiecursussen al gedaan. Je gezicht kwam me niet bekend voor. Zo'n charmant type had ik me sowieso herinnerd.

Ik kan me nog precies herinneren hoe hij me aankeek toen hij dat zei. Hij hield zich groot en probeerde nonchalant over te komen, maar zijn trillende blik en zijn twijfelende lippen verraadden zijn onzekerheid. Ik was stomverbaasd. Niemand had me ooit charmant genoemd, niet eens als grapje, in ieder geval niet sinds mijn babytijd. Mijn totale gebrek aan charme was tegelijkertijd mijn enige hoop op charme. Maar waar was deze man op uit? Was hij open en bloot met me aan het flirten? Probeerde hij me (op een belachelijke manier) te versieren? Vast niet. Ik had thuis ook een spiegel en wist donders goed dat ik geen Venti bij de Starbucks waard was. Ik was zo uit het veld geslagen dat ik niet wist wat ik moest zeggen. Ik zat te trillen op mijn stoel en was te zenuwachtig om hem recht in de ogen te kijken, maar ik deed mijn uiterste best om niets te laten merken. En toen, alsof hij me voor schut wilde zetten, zei hij met een fluwelen stem:

– Als je geen plannen hebt, laten we dan na elk college samen een hapje eten.

En zo wandelden we na ieder college opnieuw door de buurt van de academie om ergens wat te eten. Hij kende de buurt op zijn duimpje en nam me mee naar 'hippe plekken' (familierestaurants waar ze hoofdzakelijk rijst en bijgerechten serveerden en waar vooral oude mannen kwamen), terwijl ik in de waan verkeerde dat hij me toeliet tot zijn privésfeer (om er later achter te komen dat hij gewoon betweterig deed tegenover elke willekeurige vreemdeling).

In zijn bijzijn zei ik minder dan normaal en at ik minder dan normaal. Ik was te druk bezig hem te bestuderen en nam elk detail in me op: zijn korte, onverzorgde haar, de warme lucht die tussen zijn voortanden door naar buiten kwam als hij lachte, de manier waarop hij een wenkbrauw optrok als hij verlegen was en zijn lichte geslis als hij de s uitsprak. Na het eten moest ik mijn best doen om hem bij te houden, met mijn tien centimeter kortere benen, terwijl hij onverstoorbaar doorstapte. Als ik buiten adem bij het metrostation aankwam werd ik vaak bevangen door een vreemd soort wanhoop, die voortkwam uit het besef dat hij de hele weg geen moment naar me had omgekeken.

Als ik naar hem keek, raasden de gedachten door mijn hoofd. Ik wilde weten wie hij was en, meer nog, wat hij van me vond, en bovenal wilde ik begrijpen waarom hij me zo in verwarring kon brengen. Mijn hoofd, mijn hele binnenste stond in vuur en vlam en ik had geen idee wat ik met al die energie aan moest. En dus gebruikte ik het notitieblok dat ik voor de cursus had gekocht als dagboek, waarin ik hem en de veranderingen in mijn gemoedstoestand die hij teweegbracht beschreef door mijn gevoelens onder een microscoop te leggen.

Hoe meer ik opschreef, hoe minder ik begreep.

Hij vertelde uiterst weinig over zijn leven, maar ik wist dat hij geen baan met vaste uren had en hij leek behalve mij niet met veel mensen af te spreken. Zo nu en dan stuurde hij me een nietszeggend berichtje (*Mooi weertje voor een wandeling vandaag*) of een artikel over voedingsstoffen die wellicht de kans op kanker konden verminderen of het immuunsysteem een boost gaven, een beetje zoals oude ooms dat deden. Als het gesprek eenmaal op gang was, bracht hij verslag uit van zijn doodgewone dag (*Vandaag heb ik Kant gelezen en de straatkatten te eten gegeven*), de toestand van zijn verslaafde moeder (*Ze is uit de kliniek ontsnapt, aan de fles gegaan en heeft ruzie gekregen met een taxichauffeur*) of zijn eenpersoonsmaaltijd (*Ik heb pittige makreel gemaakt*), vergezeld van een allesbehalve flatteuze foto. Ik kon niets zinnigers antwoorden dan: *O ja, wat vervelend voor je, eet smakelijk*, en meer van hetzelfde. Als het gesprek dood dreigde te bloeden vanwege mijn suffe antwoorden, stuurde hij een lachende emoji of een sticker van een dikke kat om het ongemak te doorbreken en het gesprek nieuw leven in te blazen. Na zo nog een tijdje heen en weer appen voelde ik me als een leeggelopen ballon, in de overtuiging dat hij totaal niet in mij geïnteresseerd was (om welke reden dan ook), dat hij zo eenzaam was dat hij ofwel met mij kon praten of tegen de muur. Ik herkende de temperatuur en de geur van die eenzaamheid van mijlenver.

In die tijd was ik namelijk net zo.

2

Op zaterdagmiddag, toen mijn moeder klaar was met healing yoga, zei ze dat het tijd was om te gaan wandelen. We namen onze gewone route, maar mijn gemoedstoestand was allesbehalve gewoon. Door het pak papier dat hij me had gestuurd had hij mijn leven op zijn kop gezet. Mijn stemmingswisselingen met tussenpozen van enkele seconden waren precies zoals vijf jaar terug, toen we elkaar net leerden kennen. Ik kon me niet concentreren en kreeg niets gedaan.

Ik mailde mijn uitgever om een week uitstel te vragen voor de deadline van mijn volgende manuscript.

Umma en ik liepen naar Olympic Park. Vanaf het ziekenhuis hoefden we alleen de straat over te steken. Ze steunde op mijn schouder en we liepen gearmd over het zebrapad. Van een afstand waren we waarschijnlijk net een moeder-en-zoon met een uitstekende verstandhouding. Zoals altijd wandelden we ongeveer tien minuten, waarna we op een bankje bij het water gingen zitten.

Er was me verteld dat de overlevingskans afnam bij terugkerende kanker. De tweede keer was het nu eenmaal makkelijker om het bijltje erbij neer te gooien. Moeder noch zoon was verontrust toen de dokters ons vertelden dat ze vanwege de uitzaaiingen een deel van haar lever en galkanaal moesten wegsnijden of toen ze aan haar vijfde ronde bestralingen begon of toen we hoorden dat ze minder dan twintig procent kans had om nog een jaar verder te leven. Weer nam ik ontslag bij het bedrijf waar ik inmiddels werkte. Mijn teammanager zei dat ik altijd terug kon komen, mochten de omstandigheden verbeteren, maar ik was inmiddels eenendertig en niet meer zo naïef dat ik zulke beloftes geloofde.

Het herstellingsoord waar ze nu verbleef was vijftien minuten lopen van huis. Ze had een halfjaar in een ziekenhuis aan de rand van Gyeonggi Province gezeten, maar we hadden haar laten overplaatsen toen een longkankerpatiënt met wie ze bevriend was geraakt plotseling overleed. Het herstellingsoord was eerder een soort hospice. De kamers, de faciliteiten, alles was tot in de puntjes verzorgd, zoals in een duur hotel. Dankzij de professionele verplegers en healers die dag en nacht voor de patiënten klaarstonden met zowel reguliere medicijnen als alternatieve geneeswijzen hoefde ik nu veel minder te doen. De maandelijkse kosten waren veel hoger dan mijn maandsalaris, maar ik vond dat ze haar laatste fase ergens moest doorbrengen waar ze zich op haar gemak voelde. Umma besloot de strijd tegen haar kanker te staken en koos voor alternatieve behandelingen tegen de pijn, terwijl ze zich vol overgave op yoga en meditatie stortte om haar geest tot rust te brengen. Ondanks alles verspreidde de tumor zich met net zo veel overgave over haar hele lichaam. De omvang en de verschijningsvorm van haar pijn veranderden met de dag.

Umma zei dat ze naar de wc moest. Ik bracht haar aan de arm naar het openbare invalidentoilet, hielp haar op de pot te gaan zitten en keek de andere kant op. Sinds de kanker was uitgezaaid naar haar blaas klaagde ze over een scherpe pijn bij het plassen. Ook als ze opstond of moest hoesten of een andere beweging maakte waarbij er druk op haar maag kwam te staan had ze zo veel pijn dat ze mijn hulp moest inroepen. Ik staarde naar de deur van het wc-hokje en hoorde Umma's plas druppelen. Ik had dit al een paar keer meegemaakt, maar ik kon er niet aan wennen. Umma leek niet geïntimideerd door het feit dat de dood in aantocht was. Ze griste het wc-papier uit mijn hand, veegde zich af en trok haar ondergoed omhoog terwijl ze aangaf overeind geholpen te willen worden. Toen ik mijn ogen dichtkneep om voor haar door te spoelen, zei ze teleurgesteld: 'Ze hadden me net zo goed een dochter kunnen geven' – een opmerking die dertig jaar te laat kwam. Ze liet mij verbouwereerd achter en liep zwieriger en energieker dan ooit weg. Het was moeilijk te geloven dat ze zojuist hulp nodig had gehad om haar behoefte te doen. Eenmaal buiten riep ze dat de buitenlucht zo verfrissend was, en ze klapte enthousiast in haar handen om haar bloedsomloop te stimuleren, waarbij ze zo veel lawaai maakte dat het leek of er een aardverschuiving in het park plaatsvond.

– Waar heb je het over? Volgens de weersverwachting is het fijnstofgehalte vandaag hoger dan honderd. De app staat op 'Very Bad'.

De kankercellen hadden zich gelukkig nog niet in haar luchtwegen genesteld. Umma zag de zure blik op mijn gezicht en begon aan een tirade.

– Toen je klein was heb ik al je poepluiers verschoond, maar nu doe jij moeilijk over een plasje? Ach, ik had het kunnen weten. Je was precies zo toen je oma kanker had. Je kon amper lopen, maar je kroop steeds naar haar toe en sloeg haar recht in haar gezicht! Als ik je ergens op de grond zette, kroop je meteen weer naar haar toe en deed je het nog een keer. Als ik de deur dichtdeed, duwde je hem open om bij haar in de buurt te komen. Zo was jij, als kind. Een gemene opdonder.

– Jezus, wanneer hou je daar nou eens over op?

– Als ik doodga, hoezo?

Ze had de 'als ik doodga'-kaart al zo vaak gespeeld dat ik er doodmoe van werd en als ze zo doorging nog eerder dan zij in mijn graf zou liggen. Op een manier die niet bepaald paste bij iemand wier dagen geteld waren schreeuwde ze: 'Doe eens een beetje je best voor je moeder zolang ze er nog is, het is voor je eigen bestwil!' Nu ze toch aan het preken was begon ze ook over het feit dat ik nog niet getrouwd was. Ze deed alsof ze wilde weten hoe het met Jaehie ging nu ze een gehuwde vrouw was en ze vertelde dat de zoon van die en die al twee kinderen had en dat een of andere knaap een totale nietsnut was geweest als vrijgezel, maar inmiddels samen met zijn vrouw een appartement in Pangyo had gekocht – haar gebruikelijke repertoire. Ik werd niet goed van de huwelijkspreek, maar ik snapte wat erachter zat. Het was dezelfde drijfveer waarmee ze mijn hele jeugd voor me had gezorgd.

Toen ik elf was, scheidde mijn moeder van mijn vader, die niet alleen regelmatig vreemdging, maar ook zijn bedrijf te gronde had gericht. Zo werd Umma van het ene op het andere moment kostwinner en nam ze een baan bij een Scandinavische huwelijksmakelaar die net een kantoor in Korea had geopend en kampte met een personeelstekort. De relatiebemiddelingsbranche, die aan het eind van de jaren negentig vooral bestond uit freelancers van het type ‘Madame Du’, raakte in opschudding toen het verfijnde Scandinavische systeem zijn intrede deed. Umma ging van huis tot huis, gewapend met grafieken waarin de waarderingscijfers van kandidaten in kaart waren gebracht, met inbegrip van genoten opleiding, werkervaring, vermogen, lengte, gewicht en een numerieke beoordeling van het uiterlijk (hoe, maar echt, hoe?), allemaal geclassificeerd en gekwantificeerd. Op de achterkant stonden de uitslagen van hun persoonlijkheidstesten, zoals het enneagram of de MBTI. Door middel van dit systeem werden mensen die op basis van maatschappelijke voorwaarden en persoonlijkheden het best bij elkaar pasten, aan elkaar gekoppeld. De markt kwam definitief op gang toen mannen en vrouwen uit welvarende delen van de stad zoals Gangnam en Songpa, die na de Aziatische valutacrisis aan het eind van de jaren negentig eeuwig vrijgezel vreesden te blijven, een huwelijk gingen overwegen. Umma gooide haar ontwapenende karakter, haar uitgebreide netwerk en haar mensenkennis in de strijd en vergaarde al snel enige roem als ‘huwelijksmanager’, zodat ze binnen drie jaar voor zichzelf kon beginnen. Een tijdje later begon ze aan een onlinestudie psychologie, vastbesloten om de absolute nummer één in haar vakgebied te worden. Ze stal de grafieken van het bedrijf waarvoor ze had gewerkt, voegde een paar kolommen toe en paste hier en daar de indeling aan om de diefstal te verbloemen en richtte de ongeregistreerde firma Hatfield Korea (een zogenaamd westerse naam die deed denken aan die van een beroemde psychiater) op. Ze liet visitekaartjes printen met de frauduleuze titel 'psychologisch adviseur'. Ik weet nog hoe ik als kind een tik kon verwachten als ik weer eens met mijn krijtjes op Umma's grafieken had zitten krabbelen. Zolang de ongetrouwde mannen en vrouwen uit Gangnam afspraakjes lieten regelen om biefstuk en pasta te eten en koffie en thee te drinken, kreeg ik thuis ook genoeg te eten. Umma geloofde heilig in het idee dat als we ons beste beentje voorzetten, ons tweekoppig gezin omhoog zou klimmen tot de bovenste regionen van de maatschappij en we er een prachtige Scandinavische levensstijl op na zouden houden.

Ik was de eerste die deze droom in duigen liet vallen. Toen mijn secundaire seksuele kenmerken zich begonnen te ontwikkelen, realiseerde ik me dat ik niet binnen het ideaalbeeld van een christelijk gezin paste. Er volgde een incident. Tijdens mijn eerste jaar op de middelbare school betrapte Umma me toen ik stond te zoenen met een twee jaar oudere natuurkundenerd. Het gebeurde (hoe afgezaagd ook) op het speelpleintje bij ons appartementencomplex. Twee kortgeknipte middelbare scholieren drukten hun lippen op elkaar in de spotlight van de straatlantaarns, terwijl een vrouw van middelbare leeftijd het tafereel van een afstandje gadesloeg. Umma, die al vijfentwintig jaar lang het evangelisch christendom uitdroeg. Ik was op heterdaad betrapt, excuses waren uitgesloten. In tegenstelling tot de vrouwen in tv-drama's gooide Umma haar tas niet schreeuwend en huilend op de grond.

Ze keek simpelweg de andere kant op, alsof er niets was gebeurd, en liep ons gebouw binnen.

De dag daarna gaf ze me geen straf of reprimande, maar ze duwde me in haar kleine rode Mazda. Vervolgens reed ze me naar een psychiatrische inrichting in Yangju, Gyeonggi Province, waar ze me ging laten opnemen. Toen ik niet mee wilde werken en terug naar de auto liep, greep ze me bij de pols en ze keek me liefdevol aan.

– Als moeder kan ik zien dat er een grote woede in je hart schuilt. Maak je geen zorgen. Ik laat dat niet zomaar gebeuren.

En zo kwam ik achter slot en grendel te zitten. Elke ochtend doorliep ik een serie medische tests inclusief bloedonderzoek en ik moest bij elke maaltijd meer dan acht tabletten innemen. Bijna de hele middag werd door therapie in beslag genomen. De oude kliniek had geen airconditioning, waardoor mijn kruis en oksels vaak baadden in het zweet, maar bij gebrek aan deodorant en douchegel zat ik vrolijk in mijn eigen stank. Ik deelde mijn kamer met een achtenveertigjarige man genaamd Kim Hyeondong, die kampte met woedeaanvallen en een lichte vorm van schizofrenie. Als hij wakker was praatte hij onophoudelijk in zichzelf en als hij sliep snurkte hij de hele buurt bij elkaar. Hij was ook opmerkelijk winderig – wellicht een bijwerking van zijn medicatie – en met dank aan mijn gevoelige zintuigen werd ik daar behoorlijk misselijk van. Daarbij was de hor voor mijn raam een gatenkaas, waardoor het 's nachts stikte van de muggen die me uit mijn slaap hielden. Zelfs als het lukte om in slaap te vallen, zorgden de levensechte dromen ervoor dat ik niet echt uitrustte.

In mijn dromen kwam altijd een zekere vrouw voor. Ze droeg haar haar in een knot en reed in een kleine rode Mazda. Ze zat met haar ogen dicht achter het stuur. De auto ging alsmaar sneller. *Je hebt een lange weg voor de boeg. Je zult wel veel aan je hoofd hebben.*

Als ik wakker werd voelde ik me moe en loom, alsof ik de hele nacht auto had gereden. Twee weken aan doorlopend onderzoek en een behoorlijke hoeveelheid gesprekken brachten de leidinggevende psychiater tot één duidelijke conclusie. Dat ik symptomen vertoonde die wezen op een trauma van het kaliber 'oorlogssoldaat'. De diagnose van de klinisch psycholoog kwam op hetzelfde neer. De afgelopen zestien jaar (oftewel mijn hele leven) had ik onder het juk van mijn moeder geleefd en mijn eigen psychologische behoeften onderdrukt. Na te hebben gehoord wat er tussen mij en mijn moeder was gebeurd kwam de psychiater tot de slotsom dat *zij* dringend psychologische hulp nodig had, niet ik. Ik mocht het gebouw verlaten, mits ik onder begeleiding van een volwassene bleef. Onderweg in de auto terug naar Seoel gaf Umma me een papiertje.

Leviticus 20:13. Wie met een man het bed deelt als met een vrouw, begaat een gruweldaad. Beiden moeten ter dood gebracht worden en hebben hun dood aan zichzelf te wijten.

– Ik hoop dat je je beter voelt.

– Volgens hen ben jij ziek, niet ik. Heeft de dokter zelf gezegd.

Toen ik thuiskwam waren alle mogelijke manieren van contact met de natuurkundenerd uit de weg geruimd. Umma had mijn oude mobieltje in beslag genomen en in het adresboek van mijn nieuwe stond alleen haar nummer. 'Ik heb het voor je afgehandeld,' zei Umma op zakelijke toon, alsof ik een van haar cliënten was.

Na haar tweede afspraak bij de psychiater weigerde Umma elke vorm van medische hulp. De kliniek stelde voor om een andere therapeut te proberen, maar daar moest ze niets van weten. Nergens voor nodig, zei ze. Haar zonden waren haar al vergeven, einde verhaal. Toen de dokter me vertelde hoe Umma erin stond, moest ik haar een vraag stellen.

– Weet je zeker dat je er geen spijt van zult krijgen?

Umma keek me afwezig en onverschillig aan, zoals ze wel eens naar het luchtledige keek. Maar toen:

– Hou het geheim. Het is beschamend.

Wat was beschamend? Dat ik met een twee jaar oudere jongen had gezoend? Dat ik daarom een zomervakantie lang in een psychiatrische inrichting opgesloten had gezeten? Dat ik zestien jaar lang haar tirannie had getolereerd? Ik kwam er niet uit welk van die dingen precies beschamend was en besloot daarom alles maar geheim te houden.

Nu ik me de kunst van de zwijgzame acceptatie eigen had gemaakt ging ik door met mijn leven alsof er niets was gebeurd en bereidde ik me voor op het eindexamen. Waarschijnlijk leek ik vanbuiten heel gewoontjes, maar vanbinnen koesterde ik een duistere, giftige belofte, een eed die ik in de psychiatrische inrichting had gezworen: als de vrouw met wie ik onder één dak woonde eenmaal oud en ziek was, zou ik haar aan de rand van Gyeonggi Province in een afgelegen bos achterlaten, als prooi voor hongerige wilde beesten. En de enige reden dat ik al die jaren op de been ben gebleven was dat ik die belofte in mijn hoofd bleef herhalen, keer op keer.

Ik had die belofte nooit moeten breken.

Waarschijnlijk had ik die nacht beroerd geslapen. Er leek geen einde te komen aan haar oersaaie verhaal over het huwelijk. Umma kon als geen ander op het kleinste detail inzoomen en er een eindeloze, gekmakende preek over houden.

– Hoe kan het dat je op je dertigste nog nooit een meisje mee naar huis hebt gebracht?

– Ik heb niemand.

– Je zei toch dat je wat met iemand had, laatst?

– Dat was vijf jaar geleden, Umma. Nu niet meer.

De 'iemand' die Umma bedoelde was hij. De man die ik ooit aan mijn zijde had gehad en toen uit mijn leven was verdwenen. Tot, plotseling, deze envelop in mijn brievenbus. Alsof Umma iets met zijn wederopstanding te maken had.

Ach Umma, als je nou sjamaan was geworden in plaats van koppelaarster. Dan had je geen kleine winkelruimte tot je beschikking gehad maar een heel gebouw.

*

Het vierde college van de filosofiecursus ging over ‘het gevoel om ergens volledig in op te gaan’.

Na afloop nam hij me mee naar een visrestaurant. Hij zei dat hij het eten zou betalen, als ik de drank voor mijn rekening nam. Aangezien ik mijn hele leven nog nooit nee had gezegd tegen vis noch drank, was dat een welkom aanbod. Ik ging tegenover hem zitten, zoals altijd vastbesloten om mijn gevoelens niet prijs te geven voordat ik wist hoe hij over mij dacht. Hij was waarschijnlijk vaste klant, want nog voordat we überhaupt iets hadden besteld werd er een ‘medium set’ op tafel gezet, bestaande uit platvis, roodbaars en pittige vissoep. Ik voegde daar twee flessen soju aan toe. Achter hem zag ik een aantal aquaria. Waarschijnlijk was de dagvangst al uitverkocht, want de aquaria waren, op een stroompje opstijgende luchtbellen na, leeg. Vanachter beschenen door het licht van de aquaria zag hij er enigszins griezelig uit. Hij veegde zijn vingers af met de natte doekjes die ons werden aangeboden en staarde voor zich uit. Zijn sterke vingers met de tattoo in de vorm van een slangenstaart erop, zijn nagenoeg haarloze polsen, zijn biceps, zijn triceps, zijn kleine oorlellen, zijn welgevormde oorschelp, zijn strakke kaaklijn – ik liet mijn ogen langs zijn lichaam glijden totdat onze blikken elkaar kruisten. Ik keek snel de andere kant op en vroeg iets waar ik niet bijzonder benieuwd naar was.

– Waarom volg je eigenlijk zo veel filosofiecursussen?

– Ik wil begrijpen hoe de wereld in elkaar zit.

– Bewonderenswaardig, zo'n brede interesse. Zoals het een 'creator' betaamt.

Stilte. Ik had er van de zenuwen zomaar wat uit geflapt, maar het was niet de bedoeling geweest zo bot over te komen. Hij leek er gelukkig niet mee te zitten – hij keek alsof hij grondig over zijn volgende woorden nadacht en op het punt stond om zijn diepste geheim te onthullen.

– Daarbij is mijn werk filosofiegerelateerd.

– Wat?

– Ik werk als redacteur bij een uitgeverij die gespecialiseerd is in filosofische boeken. Of dat deed ik. Tegenwoordig werk ik freelance voor ze, op projectbasis.

– O... aha.

Zijn beroep was zo normaal dat ik bijna achteroversloeg van verbazing. Eigenlijk had ik het kunnen weten. De papieren in zijn rugzak, de rode en zwarte fineliners, het etui met pas geslepen potloden – allemaal aanwijzingen die 'redacteur bij een uitgeverij' schreeuwden. De openbaring kwam rijkelijk laat, zoals openbaringen wel vaker deden.

– Wat ik bedoel te zeggen: ik heb me altijd aangetrokken gevoeld tot de bouwstenen van het universum. Het is iets wonderlijks. Waarom de wereld is zoals ze is, waarom mensen eruitzien zoals ze eruitzien, waarom er zo veel sterren aan de hemel staan en hoe absurd en troosteloos ons bestaan is, dat soort dingen.

– Ja, precies. De mens is zeker absurd. Troosteloos ook.

Alhoewel, nog net niet zo absurd als zijn gezwets. Hij zuchtte diep en ging met een overdreven serieuze stem verder.

– Als ik daarover nadenk, voel ik me behoorlijk eenzaam.

Hij keek inderdaad behoorlijk verloren uit zijn ogen, alsof hij rondzwom in een groot zwart gat. Ik wist bij god niet wat ik moest antwoorden. In zijn bijzijn leken alle sociale vaardigheden die ik in mijn vijfentwintig zomers op deze aardbol had verworven in rook op te gaan, dus ik kon niets anders dan me concentreren op de rauwe platvis voor mijn neus en mijn stokjes in wedstrijdtempo van het bord naar mijn mond bewegen en weer terug. Hij hield zijn stokjes tegen zijn lippen en glimlachte naar me. *Heb ik iets tussen mijn tanden? Waarom staar je me zo aan terwijl ik zit te eten?*

– Wat denk je dat je nu aan het eten bent?

– Platvis. Of wacht, is het roodbaars? Ik kan ze nooit uit elkaar houden. Alles wat duur is, is lekker.

– Dat klopt en tegelijk ook niet. Wat je nu in je mond stopt is roodbaars, maar wat je proeft is dat niet. De smaak die nu op je tong ligt is de smaak van het universum.

– Wat? Wat bedoel je (*met die achterlijke flauwekul*)?

– De roodbaars die we eten, onze lichamen, in feite maakt alles deel uit van het universum. Met andere woorden, het universum, namelijk wij, proeft het universum.

– Uh…

– Ieder van ons is een universum en tegelijk onderdeel van het grotere universum waarin we leven, bewegen en verhoudingen met elkaar aangaan, is dat niet fascinerend?

Nu ik nog eens goed keek, leek hij een beetje te loensen. Hoorde hij bij een of andere sekte? Ik herinnerde me opeens dat iemand me een keer had verteld over de louche figuren die op cursussen van academies zoals de onze afkwamen. Ik hield mijn rugzak stevig vast om er in geval van nood mee weg te kunnen sprinten, maar niets wees erop dat hij me naar een sektarische bijeenkomst wilde meesleuren. Nu we het over het universum en andere existentiële zaken hadden, konden we geen andere kant meer op. Onwillekeurig gleed mijn blik weer naar de tattoo op zijn vingers, maar hij kreeg het in de gaten en trok snel zijn mouw naar beneden in een poging de tattoo te bedekken.

– Mooie tattoo. Ik ben er al de hele tijd benieuwd naar. Wat het zou kunnen zijn.

– Ik zal het je eerlijk vertellen: ik heb op de middelbare school een brommerongeluk gehad. De tattoo heb ik laten zetten om de littekens te verbergen.

– O, zo.

– Het is niet dat ik een ruige jeugd heb gehad of iets dergelijks.

– Nee, dat snap ik.

En stilte. Niet in staat om de stilte, die zwaarder dan het universum leek, nog langer te verdragen, kon ik weinig anders dan de soju die we hadden besteld naar binnen gieten. Hij leek te denken dat ik dorst had en vulde mijn glas telkens bij terwijl hij uit het zijne dronk, zodat er behoorlijk wat vis en soju in onze keelgaten verdween en onze gezichten al snel rood gloeiden.

– De doorzichtige is platvis.

– Sorry?

– De doorzichtige van de twee, dat is platvis. Zo kun je ze makkelijk uit elkaar houden. De taaie is roodbaars.

– Noem me voortaan maar Roodbaars dan. Ik ben namelijk een taaie.

Waar ben ik mee bezig? Hou je dronken kop erbij, dacht ik. Hij glimlachte niet eens.

– Nee, ik noem je Platvis. Ik kijk namelijk zo door je heen.

Nu hij aangeschoten was praatte hij iets langzamer dan normaal, wat hem nog net iets aantrekkelijker maakte. Ik luisterde naar zijn charmante, onbeholpen manier van vertellen, terwijl ik stukjes platvis of roodbaars of wat het ook was in mijn mond bleef stoppen. Ik had veel te snel veel te veel gedronken en moest op de een of andere manier aan mijn moeder denken. Sinds ze zes maanden geleden haar tumor hadden ontdekt mocht ze geen rauw vlees meer eten, niet eens de rauwe vis waar ze zo dol op was. Terwijl ik de makreelgeep die in de vissoep zat ontleedde, had ik het opmerkelijk barmhartige idee om haar naar dit restaurant mee te nemen als ze volledig hersteld zou zijn.

– Vroeger haalde mijn moeder altijd de graten voor me uit de vis...

Zodra ik dat zei, verwijderde hij soepel de graat van zijn makreelgeep en legde de stukjes ontgrate vis in mijn rijstkom.

– O nee, zo bedoelde ik het niet. Alsjeblieft, neem terug.

– Heerlijk, zeg.

– Ja, klopt, heerlijke makreelgeep.

– Ik had het niet over de makreelgeep. Ik bedoel het universum dat jij belichaamt.

Was dit hoe de geliefden uit Pompeï zich voelden toen de lava op ze neerdaalde? Ik werd overmeesterd door iets heel warms en de wereld leek op slag stil te staan. Spinoza onderscheidde achtenveertig soorten emoties. Welke daarvan voelde ik nu? Verlangen, blijdschap, bewondering, verbazing? En wat voelde de man aan de andere kant van de tafel voor mij? Een mengeling van minachting en nieuwsgierigheid of iets wat leek op wat ik voor hem voelde? In een poging mijn stuiterende hart tot bedaren te brengen probeerde ik een samenvatting van 'filosofie van de emotie' voor de geest te halen, maar het lukte niet. In het blauwe licht van de aquaria leek zijn gezicht nog bleker dan het al was. Maar toen ik bedacht dat ik nog nooit zo'n eenzaam gezicht had gezien was het al te laat. Ik zag zijn gezicht steeds dichterbij komen en we zoenden.

Ik proefde iets op zijn lippen wat ik nog nooit had geproefd. De visachtige, taaie smaak van roodbaars. Of misschien, heel misschien, de smaak van het universum.

Die avond ging ik met hem mee naar huis.

*

Ik ging met hem in zijn donkere kamer liggen en hield hem dicht tegen me aan.

Ik ging met mijn vingers door zijn haar dat geplet onder zijn pet vandaan was gekomen en ik voelde aan zijn gespierde nek, aan zijn getatoeëerde rug die kouder was dan de rest van zijn huid. Hij sloeg een arm om me heen. Zo bleven we een tijdje liggen, zonder een centimeter tussen ons in. Het leek alsof de vorm van mijn borstkas, de lengte van mijn armen, mijn hele lichaam precies was gemaakt om in het zijne te passen en met zijn warme hoofd tegen mijn borst voelde het alsof ik iets omhelsde wat net zo grenzeloos en onaantastbaar als het universum was. Terwijl ik me concentreerde op zijn lichaamstemperatuur en het geluid van zijn ademhaling vergat ik mezelf.

Ik werd iets buiten mezelf. Niet zomaar iets, maar een deel van de wereld, een deel van hem.

*

Ik weet nog precies wat hij zei nadat we voor het eerst seks hadden gehad.

– Spinoza is aan een longziekte overleden.

– Werd dat gezegd tijdens de cursus? Was het geen tuberculose of zo?

– Hij had weinig geld en bij zijn werk als lenzenslijper kreeg hij fijnstof in zijn longen. Hij schijnt een buitenbeentje onder de geleerden te zijn geweest. In de academische wereld kon hij geen vaste baan vinden en zo werd de fysieke arbeid zijn dood.

– Wat sneu.

– Dat is waarom ik dit werk doe. Ik heb te veel mensen aan kunst en overtuigingen ten onder zien gaan.

Wat had kunst ooit misdaan om mensen het leven te ontnemen? En trouwens, Spinoza was toch filosoof, geen kunstenaar? Ik hield mijn twijfels voor me. Hij bleef doorpraten op zijn veel te serieuze toon over dingen die mij niet bepaald interessant of belangrijk leken, maar ik deed alsof ik luisterde. De luchtreiniger bij het hoofdeinde stond te puffen en te blazen. Ik keek ernaar en zei:

– Gelukkig heb je hier schone lucht.

Door de verduisterende gordijnen was zijn tweekamerappartement in het souterrain zo donker als een grot. Het was vrij ruim, maar er stonden zo veel spullen dat je er alsnog claustrofobisch werd. Zijn enorme bureau stond vol met de verzamelde werken van filosofen van wie ik nog nooit had gehoord en hij had luchtreinigers, luchtontvochtigers en airconditioning in beide kamers. Er was ook een ergonomische leunstoel, een bank en eettafel van Scandinavisch design en een tapijt dat er gloednieuw uitzag.

– Wat een geweldig huis. En je hebt mooie spullen…

– Tja, mijn moeder was een Jasmine Black.

– Wat is dat?

– Een status die je bij bepaalde warenhuizen kunt verwerven door heel veel geld uit te geven. Een soort winkel-vip.

– Hm… aha. (*Wanneer had ik voor het laatst zulke onomwonden opschepperij gehoord?*) Jullie zullen wel rijk zijn.

– Dat waren we, maar nu niet meer. Ik had je toch verteld dat ze verslaafd is? Ze shopt graag als ze heeft gedronken. Kijk, ik heb twee airconditioners en twee luchtontvochtigers van haar gekregen. Het bureau en de bank, allemaal in dronkenschap gedane aankopen van mijn moeder.

– Wat een type. Dat ik een beetje luidruchtig word en met willekeurige mannen zoen als ik dronken ben is daar niets bij.

Een grap die werd opgeslokt door de donkere stilte die over ons neerstreek.

– Door haar is mijn familie bankroet gegaan. Ik woonde vanaf mijn geboorte tot mijn afstuderen in een appartement in Apgujeong, maar nu zit ik in dit krot.

Wat moest ik daar tegenin brengen? *Je hebt het hier zo slecht nog niet, het is niet alsof je binnenkort aan kanker doodgaat, je hebt tenminste ooit in je leven in Apgujeong gewoond*, het waren geen geweldige opties. Omdat ik mijn opvoeding nu eenmaal niet zomaar kon loslaten, ging ik automatisch berekenen hoeveel punten hij zou scoren op mijn moeders grafieken: een huis van dit formaat, opgegroeid in Apgujeong en een freelanceredacteur. Het resultaat? *Het spijt ons, meneer, maar u komt niet in aanmerking voor een lidmaatschap*. Aan de andere kant, ik had Frans gestudeerd aan een middelmatige universiteit en was momenteel werkloos, waardoor we het ideale restjeskoppel vormden, en toen het begon te voelen alsof het allemaal was voorbestemd, kreeg ik het vermoeden dat ik door hem geobsedeerd was.

Ik viel in zijn armen in slaap, luisterend naar zijn ademhaling. Toen ik weer wakker werd, begon ook hij te woelen. We gingen tegenover elkaar liggen en keken elkaar in de ogen. Ik bleef hem aankijken terwijl ik vroeg:

– Hyung, hoe wist je dat ik 'van deze kant' was?

– Dat zag ik meteen.

– Wist je ook dat dit zou gebeuren?

– Ja, vanaf datzelfde moment.

Geen idee waar al dat zelfvertrouwen opeens vandaan kwam. Ook al kon ik de met zelfhaat doortrokken gaydynamiek waar hij op inspeelde – dat hij de meest mannelijke en aantrekkelijke persoon ter wereld was en ik gewoon een overduidelijke superduper GAY GAY GAY – niet uitstaan, ik kon mezelf er niet van weerhouden om als een blok voor hem te vallen. In de hoop hem te begrijpen en mijn gevoelens te doorgronden en de bijbehorende kluwen aan tegenstrijdigheden te ontwarren, luisterde ik naar alles wat hij zei, observeerde ik hem bij alles wat hij deed en absorbeerde ik elk signaal als een spons. Wanhopig en verloren, als een promovendus die jarenlang aan zijn scriptie schrijft.

*

Die zomer was ik totaal de weg kwijt. De weg kwijt en mezelf kwijt.

Hij belde me elke avond na middernacht, waarna ik Umma slapend in haar ziekbed achterliet om zonder omkijken in een taxi te springen. De vijfhonderd en nog wat straatlantaarns langs Olympic Boulevard leken door de bijwerkingen van mijn ooglasercorrectie in elkaar over te vloeien en door het raam van de taxi leek de hele wereld een droomoase. Ik betaalde vijftienduizend won voor de rit, stapte uit en klopte op zijn ijzeren deur tot die in zijn roestige voegen begon te schudden. En daar verscheen hij, tien centimeter langer dan ik, in de deuropening.

– Kom binnen.

Die verlegen stem. In het halfdonker lagen zijn ogen diep in hun kassen en staken zijn lippen naar voren, wat er zo onverdraaglijk lief uitzag dat ik nog voordat ik naar binnen stapte zijn gezicht streelde (hij kon er niet tegen als ik dat deed).

Die avond bestelden we pittige kippenklauwen en soju. We hadden bijna drie flessen soju weggewerkt tegen de tijd dat hij met zijn hoofd op mijn been ging liggen (zelf was ik nog niet in het roodhoofdige stadium van dronkenschap beland). Langzaam begon hij aan zijn levensverhaal: hij was geboren als zoon van rijke ouders in Apgujeong, maar zijn vader kon zijn alcoholistische moeder niet aan en liet het gezin achter, terwijl zijn oudere zus op vroege leeftijd met een Koreaanse Amerikaan trouwde en naar Virginia emigreerde. Vanaf het begin van zijn studie had hij alleen met zijn moeder gewoond, totdat hij haar had laten opnemen en een eigen huis had gezocht. Zijn nek en achterhoofd werden steeds warmer terwijl hij vertelde. Ik had ook veel te vertellen, omdat ik net als hij voor mijn moeder zorgde. We waren het erover eens dat het, naarmate ze ouder werden, steeds moeilijker werd om hun gemene opmerkingen en bitse kritiek te verdragen, om nog maar te zwijgen van hun extreme stemmingswisselingen. Nadat hij een tijdje volop aan het woord was geweest viel hij ineens stil. Ik keek naar beneden en zag dat hij sliep. Tsk, was hij een babypop die in slaap viel zodra je haar weglegde? Zijn lichaam schokte en hij mompelde: 'Umma.' Er gleed een traan over zijn wang. *Dit is wel heel dramatisch*, dacht ik. Het was grappig dat een volwassen man, bijna van middelbare leeftijd, in zijn slaap om zijn moeder huilde. Ik aaide over zijn kruin.

Het was zowel ongemakkelijk als prettig dat hij zoveel over zijn familie en zijn jeugd praatte. Telkens als hij erover begon, werd hij meegesleept door zijn emoties en leek het alsof hij toneelspeelde. Hoewel ik het vervelend vond om daarop te reageren met mijn eigen familieverhalen, voelde het fijn om dingen over zijn leven te weten te komen. Ik wilde de hele nacht naar hem luisteren, nacht na nacht. Ik wilde proberen de losse puzzelstukjes van zijn bestaan in mijn hoofd bij elkaar te leggen. Het leven dat hij zonder mij had geleefd, de gewoontes die ik niet kende, zelfs het ritme van zijn ademhaling – ik wilde alles volledig reconstrueren en hem zo de mijne maken.

Ongehinderd door mijn obsessieve gedachten sliep hij op mijn been tot ik er kramp in kreeg en hij zijn ogen opeens opendeed, alsof iemand zijn naam had geroepen. Terwijl hij zijn adem onder controle bracht, zei ik:

– Wist je dat je kwijlt in je slaap?

Met een aandoenlijk, schaapachtig gezicht veegde hij zijn mond af. Hij stond langzaam op en deed zijn elegante vloerlamp (die hij ongetwijfeld van zijn moeder had gekregen) aan. Het zachte licht scheen op zijn rug en ik kon zijn tattoo eindelijk in zijn geheel zien. Het puntige uiteinde dat tot aan zijn vinger liep was geen staart maar een wortel. Over zijn arm en zijn been en rondom zijn borst en zijn rug strekte zich een enorme boom uit. Een boom die uit een kleine planeet omhooggroeide, zoals bij *De kleine prins*.

– Is dat een baobab? Van *De kleine prins*?

– Nee, de Boom des Levens.

– Wat is dat?

– Niets bijzonders. De universele grondregel die ik ooit heb bestudeerd.

Hij begon aan een filosofisch broodje-aapverhaal. Dat het universum in feite een soort enorme boom is, een of andere theorie die oosterse en westerse mythen over heilige bomen bij elkaar bracht, iets over onzichtbare seizoenen en blablabla over reïncarnatie en de dood, maar in mijn ogen was de tattoo een poging om de sporen van zijn beschamend wilde verleden te camoufleren met een passender, mooier beeld (niet dat het beeld zelf zo passend dan wel mooi was). Tussen de dichtbegroeide takken van de boom waren vaag de vormen van geesten, rode rozen, lotusbloemen en draken te zien, die op onvoltooide Irezumi-tattoos leken.

– Heb je een Irezumi-tattoo met een boom laten bedekken?

– Wow, scherp. Hoe weet je dat?

– Uhm, ik heb ogen...

Een 'hyung die hij kende' (hij kende een hyung in alle lagen van de samenleving, zo bleek) die vanuit Japan naar Korea was verhuisd toen hij op de middelbare school zat, had voor hem een begin aan de Irezumi-tattoo gemaakt. Maar voor hij hem kon afmaken kwam deze hyung in een penitentiaire inrichting terecht. Hij was er recentelijk pas aan toegekomen om de onvoltooide tattoo te laten bijwerken.

– Maar weet de jeugd van tegenwoordig überhaupt nog wat Irezumi is? In mijn tijd was het een rage.

'Een hyung die hij kende', 'de jeugd van tegenwoordig' – zijn woordkeus was wel erg oubollig. Na een paar aanwijzingen kwam ik erachter dat hij een hele Chinese dierenriemcyclus ouder was dan ik, een kleine twaalf jaar. Geboren in 1976, jaar van de draak, begonnen bij Universiteit K in 1995.

Ook al bemerkte ik de onvermijdelijke generatiekloof aan alles, mijn gevoelens voor hem bleven onaangetast. Hij streelde mijn stoppelbaardje.

– Om hier met jou in het donker te liggen…

– Ja, hyung?

– Het voelt alsof we als enigen over zijn op aarde.

– Toe, hyung, hou op.

Als we bij hem thuis lagen te praten, had ik soms het gevoel dat ik in een Griekse tragedie of een absurdistisch toneelstuk was beland, of op zijn minst in een film uit de jaren tachtig. Ja, deels kwam het doordat hij het graag over existentiële vraagstukken of zijn kijk op het universum had, maar vooral kwam het doordat we formeel Koreaans gebruikten. Ik vond het eigenlijk wel leuk, het was een aandoenlijke dynamiek. Wat een idioot was ik toen.

Bij zonsopgang liepen we door zijn voordeur, die kraakte alsof hij huilde, naar buiten. In het bedrijfspand naast zijn huis zat een stomerij en als die open was, bleef hij twee passen achter me lopen. Als ze dicht waren, haakte hij zijn pink in de mijne. Ik wilde zo graag hand in hand lopen dat ik liever extra vroeg de deur uit ging. We liepen samen tot aan de hoofdstraat, waar we schouder aan schouder op de eerste bus bleven wachten.

Telkens als ik instapte, legde hij een hand op mijn rug en zwaaide hij naar me met de andere. Ik ging achterin zitten en keek uit het raam om hem te zien zwaaien. Terwijl de mensen om me heen zaten te knikkebollen, werd hij langzaam kleiner. Hij bleef staan zwaaien tot de bus de hoek om reed, tot ik volledig uit zijn gezichtsveld verdween. Hij was de eerste die me ooit op die manier nakeek.

Veel te lang dwaalde ik rond in de waanvoorstelling dat hij waar ik ook was, wat ik ook deed, achter me zou staan zwaaien. En zo kwam ik onder het laatste beetje maanlicht terug bij het ziekenhuis, waar ik op mijn tenen door de fris geboende gangen sloop, mijn blaas leegde en mijn dag begon met Umma, die zeurde dat ze zo slecht had geslapen.

*

Ook na afloop van de cursus bleven we elkaar zien.

De paar uren in de vroege ochtend die we samen doorbrachten bepaalden mijn humeur voor de rest van de dag. Als we niet samen waren, vroeg ik me constant af waar hij was en wat hij deed. Hij hield me in zijn greep terwijl ik mijn moeder bijstond en met een half oor naar haar klachten luisterde, en terwijl ik werkervaring uit mijn duim zoog voor sollicitatiebrieven. Zelfs als ik door een straat liep waar ik al duizend keer doorheen was gelopen was ik in zijn ban. Omdat ik de wereld door zijn ogen wilde zien liep ik op mijn tenen en keek ik als het ware met zijn blik naar beneden. Ik dacht de hele tijd na over dingen die hij misschien leuk zou vinden of die we samen konden doen. Ik voelde mijn vatbaarheid voor allerlei soorten prikkels met elke stap toenemen.

Daarom, denk ik, liep ik een GAP-winkel binnen die ik normaliter straal voorbij zou lopen. Er was een stapel T-shirts in de uitverkoop, twee voor de prijs van één. Ik kocht een XXL en een XL van hetzelfde T-shirt en stopte ze in mijn tas. Terwijl ik me voorstelde hoe het T-shirt over zijn gladde en koude rug hing, had ik een brede glimlach op mijn gezicht.

Die nacht bij hem thuis haalde ik de GAP-tas tevoorschijn. Zodra hij de twee T-shirts zag, met dezelfde opdruk maar in verschillende maten en kleuren, werd zijn blik ijskoud.

– Ik kan dit niet dragen.

– O, ik snap het. Misschien loop ik een beetje hard van stapel. Maar als we alleen thuis...

– Dat is één ding, maar mij gaat het vooral om de Amerikaanse vlag.

– Wat?

– Meneer Young, ik draag geen kleren met deze vlag erop. Het is me al eerder opgevallen dat meneer Young met dat soort symbolen rondloopt zonder over de betekenis na te denken. Zoals de vlag van een land met oorlogsmisdaden op het geweten, om maar wat te noemen. Ben je echt zo gek op Amerika?

– O, nou, niet per se.

– Je luistert uitsluitend naar Amerikaanse muziek.

– Ik hou van de diva's. Net als alle gays. Welke gay houdt niet van Britney en Beyoncé?

– Wie zijn dat?

– Jezus...

Maar hij was al begonnen over hoe Amerika en alles wat met 'het Amerikaanse imperium' te maken had hem irriteerde.

– Het Amerikaanse imperium?

– Ja. Puur Amerikaans neokolonialisme.

Neokolonialisme. Ik had dat woord letterlijk niet meer hardop gehoord sinds de middelbare school. Hoe moest ik mezelf een houding geven? Woorden schoten tekort terwijl ik verbijsterd naar zijn strenge gezicht staarde. Alsof ik me moest schamen voor een soort onbewuste misdaad, voor de vlag die op mijn shirt en pet stond. Niet dat ik me daadwerkelijk schaamde voor mijn zogenaamde politieke onwetendheid (ik had me nog nooit geschaamd voor dat soort dingen), mijn schaamte kwam voort uit de vrees dat hij mijn onwetendheid en achteloosheid zo verafschuwde dat hij me niet meer zou willen zien. Ik hield me enkel en alleen bezig met de vraag wat ik moest doen om te zorgen dat hij me leuk vond en ik was bereid om mijn normen en waarden volledig voor hem op de schop te nemen. We gingen die nacht voor het eerst zonder seks naar bed. We aten niet samen, ons gesprek verliep stroef en de kloof tussen ons hield stand.

Het enige wat net als anders ging was dat hij me tot zonsopgang de les las, dit keer over het kwaad dat Amerika de wereld had aangedaan en hoe Amerika de wereld zowel vanuit economisch als cultureel perspectief in zijn greep hield. Hij gebruikte woorden als hegemonie, neoliberalisme en culturele invloedssfeer, alsof hij uit een schoolboek voor maatschappijleer voorlas. Wat kon mij dat nou schelen? Ik wilde hem gewoon knuffelen, verlangde naar een omhelzing die alle woorden overbodig maakte. Ik wilde mijn hele lichaam om zijn lichaamswarmte en hartslag vouwen. Zonder oog voor mijn gevoelens rondde hij zijn college af met de volgende uitspraak:

– Meneer Young, je kunt je onmogelijk voorstellen in wat voor wereld ik heb geleefd.

Alsof jij iets over mijn wereld weet. Of wilt weten. De woorden kwamen tot aan mijn gehemelte, maar ik liet ze niet ontsnappen. Ik wist dat ze onmiddellijk fataal zouden zijn voor wat we hadden opgebouwd; ze zouden ons alleen maar verder uit elkaar drijven.

*

Terwijl ik me op hem blindstaarde, staarde Umma zich blind op het doel om tot 'complete remissie' te komen, en ze deed daar op haar eigen manier haar uiterste best voor. Na een paar kleine en grotere operaties behoorde Umma (in haar eigen hoofd tenminste) tot 's werelds meest gelouterde kankerexperts. Ze verslond alle boeken over kanker die er in de wijde omtrek te vinden waren, werd lid van een internetforum waar de laatste nieuwtjes omtrent nieuwe behandelmethoden werden gemeld en kende alle namen van Koreaanse kankerspecialisten met bijbehorende ziekenhuizen en nationale klasseringen uit haar hoofd. Het deed me denken aan de overgave waarmee ze een curriculum voor me had opgesteld toen ik me voorbereidde op mijn eindexamen, en aan de wanhoop op haar gezicht toen ik haar vervolgens mijn cijferlijst liet zien. Zo koelbloedig als ze op dat moment haar hoop voor mijn toekomst liet varen, zo stoïcijns accepteerde ze het feit dat ze geopereerd moest worden toen de kanker naar haar lymfeklieren uitzaaide. Ze zei dat ze alles in Gods handen had gelegd.

Gods wegen waren echter ondoorgrondelijk, want in tegenstelling tot haar eerste twee operaties had deze derde geen goede afloop. Haar galkanaal raakte verstopt en ze kreeg een infectie op de plek waar ze was geopereerd, met veertig graden koorts tot gevolg. Twee weken lang kotste ze alles wat ze at weer uit, waardoor ze uiteindelijk nog geen vijfenveertig kilo woog. Ook ik viel af terwijl ik haar bijstond. Doordat ze om de tien minuten moest overgeven of diarree kreeg kwam ik tot de conclusie dat het leven niets meer behelsde dan een lange verhuistocht van je eerste ziekbed naar je laatste.

Omdat ik de hele dag aan Umma's bed gekluisterd zat, had ik geen moment vrij om met hem te kunnen afspreken. Ik belde hem af en toe, maar dat resulteerde vooral in het moeten aanhoren van metafysische lulkoek. Terwijl hij een reeks vage verhalen vertelde, probeerde ik een soort psychoanalyse op hem los te laten, geïnspireerd op de vraag of zijn neiging om reële problemen te negeren en voor zich uit te schuiven voortkwam uit de hulpeloosheid ten aanzien van zijn moeder, die dagelijks dronk om vervolgens te gaan winkelen. Ik probeerde er een les uit te trekken door tegen mezelf te zeggen: *moeilijkheden trotseren, daar word je sterk van.*

Umma leek haar fysieke pijn anders te ervaren dan voorheen. Sinds haar laatste operatie had ze meer last van verlatingsangst en ze wilde dat ik constant bij haar bleef. Zodra ze haar ogen opendeed had ze me nodig en ze at niets tenzij ik het haar voerde. Ik voerde haar, hielp haar met naar de wc gaan, ruimde haar kots op en nam plaats op het logeerbed, waar ik dagelijks vijf- tot tienduizend karakters van een autobiografische roman schreef.

We namen een privéverpleegkundige in dienst toen Umma werd verplaatst van de afdeling revalidatie naar een normale ziekenzaal. Als ik haar gemekker nog langer moest aanhoren zou ik waarschijnlijk eerder naar het schimmenrijk afreizen dan zij. En bovenal: ik wilde hem aanraken.

Toen ik hem voor het eerst in twee weken zag was ik extatisch. Daar stonden we dan, zes maanden nadat we elkaar hadden ontmoet, voor het eerst op klaarlichte dag in een drukke straat. Hij zag er enigszins anders uit. In het zonlicht leek zijn huid droger en aan de zijkant van zijn ogen, die in mijn herinnering gewoon breed waren, bleken in werkelijkheid diepe kraaienpoten te zitten. En dat was nog maar het begin. Tussen de menigte op straat leek hij neerslachtig en zijn hoofd hing een beetje voorover, alsof hij een klap op zijn achterhoofd had gehad.

Hij deed zijn best om het niet te laten blijken, maar ik merkte dat hij het onaangenaam vond om met mij over straat te lopen. Ik zou liegen als ik zei dat het me niet kwetste, maar de passie die ik voor hem voelde doofde allerminst. Sterker nog, mijn emotionele kwetsuur veranderde in een soort empathie. Ik, vijfentwintig, en hij, zevenendertig, naast elkaar door de straten van Gangnam, waarbij onze pinken soms per ongeluk langs elkaar scheerden en we vanuit onze ooghoeken naar elkaar keken en glimlachten en praatten over niets.

Terwijl ik helemaal opging in onze romance, riep iemand mijn naam. Het bleek een collega van vroeger te zijn, de vrouw die in mijn plaats een vaste aanstelling had gekregen. Ik (vervloekte haar binnensmonds omdat ze ons stoorde en) begroette haar vriendelijk. *Hoe gaat het? Niets nieuws onder de zon...* Hij was een paar stappen achter me blijven staan en schraapte met zijn voet over de stoep. Mijn voormalige collega gebaarde met haar ogen in zijn richting en vroeg wie hij was. Ik antwoordde dat ik hem van mijn studie kende, hij had een jaar hoger gezeten. Ze knikte ongemakkelijk en we namen afscheid. *Welke ouderejaars van zevenendertig is nog bevriend met een jongerejaars van vijfentwintig?*

dacht ze misschien. Ik zat met mezelf in de knoop, maar om niet te blijven piekeren zette ik mijn gedachten stop. Het leven was al ingewikkeld genoeg, waarom zou je het ingewikkelder maken dan het al was?

Op een andere keer gebeurde er iets soortgelijks. Zodra de privéverpleegkundige arriveerde sprong ik in een taxi, linea recta naar Olympic Park. Hij had zoals altijd zijn zwarte pet op en zijn rugzak om, maar door het witte shirt waarvan hij de mouwen tot zijn ellebogen had opgerold en de dunne laag zonnebrandcrème die zijn gezicht een bleke tint gaf, was hij zo aantrekkelijk dat ik het nauwelijks uithield. Het was een doordeweekse ochtend en het park was nagenoeg verlaten.

Toen niemand keek, gaf ik hem een vlugge kus op de rug van zijn hand. Hij trok zijn hand weg en zei: 'Niet doen', maar ik kon zien dat hij het niet vervelend vond. Er hing een gespannen sfeer tussen ons terwijl we op ongeveer vijftien centimeter van elkaar verderliepen. De kersenbloesem stond in bloei, waardoor zelfs het zachtste briesje een regen aan bloemblaadjes teweegbracht. Het aangelegde meer vertoonde geen rimpeltje, de lucht zat voor de verandering nu eens niet vol met fijnstof en om ons heen was het stil, afgezien van een enkel jong stel met een kinderwagen en een bejaard echtpaar dat hand in hand voorbijliep.

Hij bleef bij een forsythiastruik staan, plukte een takje met gele bloemen af en stak het in zijn knoopsgat. Het was een apart gezicht, iets wat vaders met jonge kinderen deden.

– Uhm, liefje, wat doe je?

– Ik heb je gevraagd om me niet zo te noemen in het openbaar.

– Wat jij net deed was veel gênanter, als je het mij vraagt.

– Loop niet zo dicht bij me. Wil je dat de hele wereld straks weet wat we zijn?

– Het hele universum weet al wat we zijn.

Die opmerking leek hem zo diep te raken dat hij drie stappen bij me vandaan zette en verderliep. Toen bedacht hij zich, kwam dichterbij om de forsythia achter mijn oor te steken en nam een foto met zijn iPhone. Ik deed alsof ik de foto wilde zien en sloeg vervolgens mijn armen plotseling om hem heen, wat hem met een boos gezicht bij me weg deed springen. Zijn reactie stelde me eerst teleur, voelde toen vertederend, vervolgens irritant en zo schoten mijn gevoelens weer alle kanten op. Maar de lente in Olympic Park was zo aangrijpend mooi dat ik me afvroeg of de heftige schommelingen niet aan het weer te wijten waren of aan het feit dat ik mentaal opgebrand was na dagenlang alleen maar voor een patiënt te hebben gezorgd. Dat ging er door me heen terwijl ik een grasspriet achter mijn oor stak en andere dwaze dingen deed die stelletjes doen.

Opeens stond hij stil. Een eindje verderop stonden twee mensen naar hem te zwaaien. Een man en een vrouw van middelbare leeftijd, zo dicht tegen elkaar aan dat het leek of de een de ander aan het fouilleren was. Dit vreemde wezen met vier benen kwam verrassend snel onze kant op en begroette hem vriendelijk. Hij werd meteen zenuwachtig, deed zijn pet af en boog naar ze, terwijl ik me automatisch op de achtergrond hield. Het klonk alsof ze elkaar van de universiteit kenden. Op een afstandje schoof ik met mijn voeten over de grond en ik staarde naar de oever van het meer, wachtend tot ze klaar waren met hun oersaaie gesprek. Gebabbel over iemand van hun voormalige studentenraad die door de Progressieve Partij als raadslid verkiesbaar was gesteld en iemand anders die een politieke bestseller had geschreven en panellid bij een bekend praatprogramma was geworden. *We zijn begonnen met partnerjoggen en we lezen de laatste tijd veel Murakami, ben jij nog steeds zo'n fan van Nietzsche, wat vond je ervan toen Park Geun-hye de presidentsverkiezingen won, lieverd, weet je nog hoe hard ik heb gehuild, wie had ooit gedacht dat zo'n verschrikkelijk tijdperk in de eenentwintigste eeuw nog zou aanbreken na alle offers die wij activisten hebben gebracht, het was echt onvoorstelbaar... Maar goed, je ziet je jaargenoten zeker niet meer tegenwoordig, allemaal lui geworden, jullie. Je zou eens het goede voorbeeld moeten geven, als voormalig voorzitter. Lieverd, doe niet zo, iedereen heeft het tegenwoordig druk. Nee, de jeugd van tegenwoordig heeft geen discipline meer. Werk je nog bij die uitgeverij, van die filosofieboeken?* Ik wist niet zeker of ik naar een gesprek of een kruisverhoor luisterde en zag zijn gezicht bij elke kwellende vraag verder verstarren.

Opeens richtte de man van het viervoetige monster zich tot mij.

– En wie hebben we hier?

– O, ik ben een jongerejaars.

– Van onze studie? Dan ben je ook mijn jongerejaars. Van welk jaar ben je?

– (*Sinds wanneer praten we informeel Koreaans tegen iemand die we net hebben ontmoet, zakkenwasser?*) Niet van de universiteit, we kennen elkaar uit de buurt...

– Op die fiets. Dus je woont in Apgujeong?

– Uhm, ja... (*Bemoei je met je eigen zaken.*)

– En wat vind jij van Park Geun-hye?

– Ach lieverd, daar ga je weer. Doe maar gewoon alsof je hem niet hebt gehoord.

– Nou, hoezo? Dat is toch een hele normale vraag. Vertel, wat vindt de jeugd van tegenwoordig van Park Geun-hye?

– Uhm... Dat ze al een tijdje meedraait.

– Dat ze al een tijdje meedraait... Wat een verfrissende blik!

Wat was er precies verfrissend aan? De hele wereld wist dat Park Geun-hye al een tijdje meedraaide. Waarom moesten oude knarren telkens als ze een jong iemand tegen het lijf liepen honderd belangrijke namen laten vallen, hun eigen politieke agenda's spuien en vragen wat ik ervan vond? Wat hadden ze eraan om te weten wat ik vond? Was het alsof ons leeftijdsverschil kleiner zou worden als we dezelfde dingen wisten en er dezelfde mening over hadden? Wat waren ze van plan te doen als mijn mening lijnrecht tegenover de hunne stond? Zeggen dat ik jong en onwetend was, dat al die levenservaring toch nog ergens goed voor was, zodat ze zich beter konden voelen over hun afzichtelijke rotkoppen?

De man leek door te hebben dat ik hem niet kon uitstaan, want hij tikte me op mijn schouder en zei: 'Je woont in Gangnam, dus je zult wel fan zijn van Park Geun-hye. Ik snap het wel, zo gaat dat als je rijk bent.' Ik beet op mijn onderlip, terwijl de vrouw zei: 'Niet boos zijn. Hij maakt maar een grapje. Zelf wonen we in die dure woontoren daar.' De twee keken elkaar aan en begonnen te schateren alsof de vrouw iets hilarisch had gezegd. Ik voelde de neiging opkomen om het viervoetige monster rechtstreeks het meer in te schuiven. Naast hen zag hij zo bleek als brooddeeg.

– Wat doe je hier eigenlijk op dit tijdstip? Moet je niet op kantoor zijn?

– O, ik had vandaag een aantal afspraken.

Hij vermeed oogcontact op een manier die absoluut niet verdacht was. (Hij loog dat hij barstte.) De vrouw zette grote ogen op.

– Twee mannen, een afspraakje? Op deze prachtige lentedag?

– O ja. Het, uhm, het kwam zo uit.

– Klinkt als een date. Vind je ook niet, schat?

De vrouw moest lachen om de grap van de man en bracht haar hand naar haar mond.

– Lieverd, daar kun je tegenwoordig echt geen grappen meer over maken.

– Waarom niet? Dat hele homogebeuren, de... queers? Moet kunnen, vind ik. Volgens mij bestaan ze echt.

– Wat zeg je nou weer? Het was toch een corrupte, koloniale praktijk van het Amerikaanse imperium?

De twee grepen elkaar nog steviger vast dan ze al deden, barstten in lachen uit en ik dacht: *wat is dit voor onvoorstelbare bullshit, de non-humor van deze bejaarden?* Het was tijd om op eject te drukken.

– We moeten er helaas vandoor.

– Als jullie nog niet hebben gegeten, zullen we dan samen een hapje eten? Ik betaal, ook voor dat vriendje van je.

Hij aarzelde, dus ik gaf antwoord.

– Nee, bedankt. We hebben al gegeten.

– Zo vroeg? Het is pas elf uur.

– We hebben gebruncht.

Ze keken alsof ze water zagen branden en ik greep zijn hand om zo snel mogelijk te ontsnappen. Hij zei haastig gedag en liet zich meetrekken. Binnen een paar tellen zaten we in een taxi.

Zijn huis was de meest voor de hand liggende escape. We moesten ergens heen waar hij zich veilig voelde. Ik was misschien aangedaan, maar ik maakte me meer zorgen om hem; hij zag er werkelijk verschrikkelijk uit. Zodra we binnen waren deed hij zijn pet af. Hij zuchtte diep.

– Waarom moest dat zo nodig?

– Moest wat zo nodig?

– Waarom moest je in godsnaam het woord 'brunchen' gebruiken in het bijzijn van mijn ouderejaars? Wat zullen ze wel niet van me denken?

– Hoe bedoel je? Wat maakt dat nou uit?

Er kwam stoom uit zijn oren en hij leek niet te kunnen bedaren. Ik had hem nog nooit zo opgefokt gezien, zo emotioneel. Ik stond versteld en wist dat ik hem pijn zou doen met wat ik ging zeggen.

– Wie denken die twee eigenlijk dat ze zijn?

– Mijn ouderejaars. Activisten.

– Dan zijn ze toch totaal onbelangrijk? Waar maak je je zo druk om? Verzin een smoes en ga verder met je leven.

– Ze zijn mijn ouderejaars.

De man van het stel was blijkbaar voorzitter van de studentenraad geweest, was als zodanig een paar keer opgepakt tijdens demonstraties en nu was hij als onderzoeker werkzaam bij een of ander historisch instituut. De vrouw, die korte verhalen over hun ervaringen als studentenactivisten had gepubliceerd en daarmee een prijs van een linkse organisatie had gewonnen, had zich ontpopt tot een invloedrijk schrijfster. Het waren vrienden van vrienden en hij was bang dat hij ze nog vaak tegen het lijf zou lopen.

– Luister, waarom maak je je zo druk om wat zij denken? En wat dan nog als hij de voormalige voorzitter is en zij een schrijfster? Ze deden onbeschoft tegen je en ze keken op je neer. Zelfs ik raakte ervan geïrriteerd. Waarom zou je dat moeten pikken? Wat maakt het uit wat zij van je vinden? Zou je me niet dankbaar moeten zijn? Het had een haar gescheeld of we hadden met ze aan tafel gezeten! Trouwens, hoe kun je jezelf activist noemen als je zo'n verouderde kijk op mensenrechten hebt? Stelletje salonsocialisten…

– Hou op…

– Hou op met wat!

– Hou op met je fucking onzin.

Het was de eerste keer dat hij informeel Koreaans tegen me sprak. Het deed genoeg pijn om me de mond te snoeren. Zonder nog iets te zeggen pakte ik mijn rugzak en ik liep naar buiten. Ik hoopte dat hij me zou tegenhouden, maar dat deed hij niet. Ik was niet verdrietig, ik was boos. Nee, niet boos: ten einde raad. Het was waarschijnlijk de eerste keer dat hij me niet uitzwaaide.

De volgende ochtend belde hij me in alle vroegte. Hij eiste dat ik naar hem toe kwam. Ik kon horen dat hij gedronken had en gaf de brui aan formeel Koreaans.

– Met een dronkenlap hoef ik nergens over te praten.

– Taalgebruik.

– Taalgebruik mijn reet.

– Als ik zeg dat je komt, kom je.

– Rot op. Ik ben je fucking hondje niet.

– Kom nou maar.

Ik was zijn fucking hondje. Als een speer rende ik op mijn kleine hondenpootjes naar zijn huis, waar hij kranten op de vloer had gelegd en soju zat te drinken met wat hapjes van inktvis en roodbaars. Zodra hij me zag begon hij me te zoenen. Zijn adem stonk naar alcohol en ik duwde hem van me af.

– Kappen.

Hij zei niets terug, maar begon zwijgend mijn kleren uit te trekken en me te strelen. Ik keek naar zijn perzikvormige hoofd en zijn gezicht dat eruitzag als een koud geworden dumpling en ik smolt. Ik nam hem in mijn armen.

Na de seks vertelde hij me meer over zijn verleden.

– Ik heb rugklachten. Je moet weten dat ik een paar keer heb vastgezeten.

– Voor drugshandel?

– Nee, voor activisme.

Vervolgens kwam hij met een heel verhaal over zijn tijd als activist, toen hij een twintiger was. Ik rook een mengeling van vis en alcohol in zijn adem, krulde mezelf naast hem op en luisterde naar zijn stem.

Tijdens zijn studie was hij voorzitter van de studentenraad voor alfavakken geweest. Ik stond ervan versteld hoeveel de woorden 'voorzitter van de studentenraad' over hem duidelijk maakten. Hij liep over straat alsof iemand hem op de hielen zat, hij gedroeg zich totaal paranoïde en hij had de neiging om iemand anders het woord te geven en het einde van diens verhaal af te wachten om vervolgens een oordeel te vellen als de gezaghebber die de belangrijke beslissingen neemt. Hij had het einde van het studentenactivisme van de midden jaren negentig meegemaakt en na zijn afstuderen kort meegedaan met de arbeidersbeweging. De demonstraties naar aanleiding van het Misun-Hyosun-incident hadden tijdens zijn voorzitterschap plaatsgevonden, evenals het protest tegen de National Security Act en de anti-*Chosun Daily*-beweging, wat in zijn geval tot meerdere arrestaties had geleid. Zijn rug en nek, zo beweerde hij, hadden er zo onder geleden dat hij er nog altijd last van had.

Toen hij in detail trad bleek dat hij om precies te zijn tweeënzeventig uur achter de tralies had gezeten, verspreid over vier bezoekjes, en hij was nooit gemarteld; het enige wat er was gebeurd was dat hij een tijdje in een cel met vloerverwarming op de grond had gelegen. *Het lijkt me sterk dat je daar een chronische aandoening aan overhoudt – misschien toch eens je zithouding achter je bureau controleren?* Zo klonk het in mijn hoofd, maar ik zei niets.

Die eindeloze reeks heldenverhalen uit zijn studententijd maakte me slaperig en druilerig. Hij vertelde hoe hij elke keer als hij werd vrijgelaten een nieuwe tattoo had laten zetten en hoe hij die tattoos bij ieder nieuw fundamenteel inzicht met een andere had laten bedekken. Ik luisterde met een half oor en zocht ondertussen op mijn telefoon naar informatie over de studentenraad van de universiteit waar hij had gestudeerd. Schijnbaar stonden ze erom bekend ooit diehard linkse nationalisten te zijn geweest. Ik moest een glimlach onderdrukken toen ik bedacht in wat voor jarentachtigcliché ik was beland – hoe ik daar lag te luisteren naar een voormalig voorzitter van de studentenraad die zijn activistische gloriedagen in herinnering bracht terwijl we nagenoten van de seks in zijn souterrain.

– Daarom gebruik ik alleen nog maar iPhones. Zelfs de CIA kan ze niet kraken.

Zijn iPhone 4 leek klein vergeleken met zijn hand. Hij moest naar eigen zeggen uiterst voorzichtig met zijn veiligheid omgaan, want hij was in zijn activistentijd op de zwarte lijst van de politie terechtgekomen en hij was ervan overtuigd dat zijn telefoongesprekken ooit waren afgeluisterd en dat hij een keer was geschaduwd. Op dat punt in het verhaal dacht ik: *wat een bullshit*, en ik besefte opeens dat hij inderdaad nooit via Koreaanse berichtenapps zoals Kakao had gecommuniceerd, maar alleen via iMessenger. Apps met offshore servers waren zogenaamd veiliger.

– Ik voel me de laatste tijd onveilig. Het is net of ik in de gaten word gehouden.

Ik probeerde mijn gezicht in de plooi te houden.

– Je denkt dat ze nog steeds achter je aan zitten?

– Op dit moment, terwijl wij hier liggen, worden er nog steeds mensen afgeluisterd. Er worden nog steeds mensen gedood, puur omdat ze activisten zijn.

– Ja, dat klopt. Ik weet dat er op dit moment nog steeds levens verloren gaan van mensen die voor gerechtigheid strijden. Dat weet ik.

Ik weet alleen niet of jij daaronder valt. Het is niet dat ik je niet geloof, of niet wil geloven, maar ik denk gewoon niet dat je zo belangrijk bent als je zelf denkt.

Ik weet misschien niet wat voor geweldige voorzitter je bent geweest en wat voor heroïsche daden je hebt verricht, maar inmiddels ben je gewoon een doodnormale man die in een hoekje van zijn kamer schrijvers van filosofieboeken de huid vol scheldt terwijl hij hun spelfouten verbetert, meer niet. Net zo doodnormaal als ik. En toch luister ik naar al je onzin. Hoe leuk moet ik je dan wel niet vinden...

Al die dingen wilde ik tegen hem zeggen, maar in plaats daarvan zoende ik hem. Zodat hij eindelijk ophield met praten.

*

Olympic Park was die herfst mooier dan ooit tevoren.

Umma begon aan de laatste fase van haar behandelplan. Om op de been te blijven dwong ze zichzelf ondanks haar totale gebrek aan eetlust om te eten. En ze bleef zichzelf ertoe zetten om te wandelen. Hoeveel ze ook at, haar gezicht verschrompelde tot er haast niets behalve de schedel van over was. Tijdens een van onze wandelingen pakte ze een blaadje van de grond en zei:

– Ik denk de laatste tijd vaak aan je middelbareschooltijd.

– Wat nu weer?

– Toen je zo ziek was. Ik weet niet waarom, maar ik moet er steeds aan denken dat ik toen niet voor je heb kunnen zorgen.

– Ik was niet ziek, Umma, jij was ziek. Jij bent degene voor wie je niet hebt kunnen zorgen.

Umma deed alsof ze me niet hoorde en liep in de richting van de begroeiing. 'Kijk nou toch,' riep ze, terwijl ze vooroverboog en aandachtig naar een bloembed met sierkool keek. Ze leken net gewone kolen, maar door hun paarsrode kleur zagen ze er bijna buitenaards uit.

– Yak, het ziet er niet uit. Umma, laat liggen.

– Ik heb altijd een pesthekel aan deze plant gehad.

– Waarom? Je vindt alle planten toch fantastisch?

– Deze kool was het eerste wat ik zag toen ik erachter kwam dat ik niet was toegelaten tot de universiteit. Ik liep het schoolgebouw uit toen ik mijn naam niet op de lijst met nieuwe studenten had zien staan en daar stonden de kolen in rijen langs de berm. Ik werd zo misselijk van al dat paars dat ik bijna moest overgeven. De teleurstelling was immens, het voelde alsof mijn leven voorbij was. Maar kijk, ik ben er nog altijd.

– Het verbaast me dat er toen al sierkool was.

– O, ja hoor. Alles wat er nu is was er toen ook.

Terwijl ik nadacht over alle dingen die er altijd zijn geweest, hielp ik Umma terug naar het ziekenhuis.

*

Tegen het einde van die herfst sprak ik met hem af toen hij toevallig ten noorden van de Han-rivier moest zijn om een manuscript af te leveren bij zijn uitgeverij. We zaten in een goedkoop café in de buurt van Hongik University en kregen een klein meningsverschil toen hij zei dat mijn drinkgewoonten hem aan iemand deden denken – waarschijnlijk zijn moeder. Verbijsterd omdat hij elk willekeurig gespreksonderwerp wist te herleiden naar zijn activistentijd dan wel zijn moeder, flapte ik eruit dat hij het blijkbaar niet kon hebben als hij ook maar een seconde níét het middelpunt van de aandacht was, wat duidde op een moedercomplex. Hij pareerde die conclusie door te beweren dat dat voor mij net zozeer gold. Zoals alle beschuldigingen waar een kern van waarheid in zat lieten onze woorden behoorlijk diepe wonden achter, waardoor het gesprek zich uiteindelijk ontwikkelde tot slaande ruzie. Het gezellige avondje waar ik op had gehoopt ontaardde in eindeloos gekibbel, waarbij we tot diep in de nacht dingen tegen elkaar zeiden die we beter niet hadden kunnen zeggen. We verlieten het café gekwetst en gingen de straat op om een taxi te zoeken. Er liepen mensen met angstaanjagende, bebloede gezichten door de buurt. De een droeg een superheldenkostuum, de ander een militair officierspak. Halloween. *Fuck*, dacht ik, *mijn avond is al naar de kloten en nu wordt het ook nog een hels karwei om een taxi te vinden.* En hij zei, met een gezicht alsof hij net in een rotte appel had gebeten, dat hij Halloween verwerpelijk vond omdat het een feestdag van het Amerikaanse imperium was. Hij bekritiseerde onze samenleving omdat westerse feestdagen zomaar werden geïmporteerd, terwijl mensen de betekenis ervan niet kenden. Ik werd zo moe van hem dat ik besloot mijn mond te houden.

We baanden ons een weg door de menigte feestgangers, die beduidend meer lol hadden dan wij, toen iemand me bij mijn arm greep. Het was een zombie die vroeg of ik een foto van hem en zijn vrienden wilde nemen. Ik pakte met een glimlach zijn polaroidcamera aan en nam een foto van hem, geflankeerd door graaf Dracula en Wonder Woman. Hij bood aan om ook een foto van ons te nemen en zei dat we dicht bij elkaar moesten gaan staan. Ik propte mijn arm half onder zijn oksel en hij bleef stokstijf stilstaan. Nog altijd is die foto van ons er, ongemakkelijk schouder aan schouder. Zodra de foto was genomen trok hij snel zijn arm weg en deed hij een stap opzij. Ik vroeg of hij de foto wilde hebben, maar hij schudde heftig zijn hoofd. Ik stak de kleine polaroid diep in mijn portemonnee.

Het was de eerste foto waar we samen op stonden en het zou de enige blijven.

*

In de winter van dat jaar begon de Boom des Levens op zijn rug te verwelken en de Irezumi-geest die eronder zat vervaagde. Volgens mij kwam het doordat hij was aangekomen. Hij was gestopt met zijn trainingsschema van drie keer per week sporten en had de redactie van twee extra manuscripten op zich genomen. De rimpels lagen dieper in zijn voorhoofd dan ooit en hij had een extreem kort lontje – de gebruikelijke signalen dat iemand zich in een moeilijke levensfase bevond. Niet dat het met mij veel beter ging. Ik kampte met een chronische verkoudheid, had van alle achtenveertig bedrijven waar ik had gesolliciteerd een mailtje ontvangen dat begon met de woorden 'Het spijt ons u te moeten mededelen', sliep hooguit vier uur per nacht op het logeerbed in Umma's kamer en schreef met mijn laptop op schoot een verhaal over een leven dat van mij was en tegelijkertijd ook niet. Het eind van de tunnel was allesbehalve in zicht. Geen mens zou me in mijn constante staat van opperste vermoeidheid aanzien voor de twintiger die ik was. De afspraakjes bij zonsopgang die ooit zo spannend als undercoveroperaties waren geweest waren nu grijs en saai en op een gegeven moment bereikte onze relatie het punt waarop we elkaar gingen zien als onderdeel van onze dagelijkse sleur.

We bestelden bij hem thuis chinees, dronken soju en keken een film. Op de flatscreen-tv die hij voor de verandering zelf had gekocht, vocht een Oost-Europese spion voor zijn leven. De film schoot maar niet op en ik verveelde me dood, maar hij zat aan de buis gekluisterd. Waarschijnlijk dommelde ik op een gegeven moment weg, want toen ik mijn ogen opendeed was de film afgelopen. Hij lag op de bank te slapen.

Het was lang geleden dat ik hem voor het laatst zo uitgestrekt had zien liggen, volkomen weerloos.

Omdat ik niets te doen had ging ik aan zijn bureau zitten. Ik zette zijn computer aan en neusde wat rond op het internet, typte onze namen als zoekopdracht. Daarna opende ik zijn bladwijzers: webadressen van allerlei artikelen en blogs, ogenschijnlijk willekeurig opgeslagen. Er zat een artikel van een pro-Noord-Koreaanse website tussen met het woord 'homoseksualiteit' in de titel. Uit pure verveling klikte ik erop.

> De zuidelijke Koreaanse samenleving wordt geconfronteerd met steeds complexere problemen. Allochtone arbeidskrachten, gemengde huwelijken, het veelvuldig gebruik van het Engels op de werkvloer en in de schoolbanken, homoseksualiteit en transgenders, het toenemende aantal uitwisselingsstudenten en immigranten, extreem individualisme, overdadige religie, de groeiende afhankelijkheid van buitenlands kapitaal en de invasie van westerse cultuur zijn problemen die een paar jaar geleden nog niet voor mogelijk werden gehouden. (*Het Pad van de Natie*, maart 2007)

Wat de fuck, dacht ik, en ik keek vanuit mijn ooghoek zijn kant op. Hij lag naakt op zijn buik en had de deken van zich af geschopt. Zijn rug zag er zoals altijd uit alsof een kleuter erop had zitten krabbelen. Zijn ritmische gesnurk echode door de kamer. Ik keek weer naar het beeldscherm en las de rest van het artikel. *De zuidelijke Koreaanse samenleving, buitenlands kapitaal* – ik moest dat soort rare termen twee keer lezen. Maar hoe vaak ik ze ook las, ik snapte er niets van. Hij had soortgelijke woorden wel eens in mijn bijzijn gebruikt. Het voelde alsof een vieze, slijmerige drab over me heen werd gegoten. Dacht hij echt zo over mij?

Ik las nog een paar artikelen van zijn bladwijzers en sloot het venster. Ze hadden het allemaal over homoseksualiteit als een ‘psychische stoornis’ of een ‘maatschappelijk onheil’. Ik wiste de browsergeschiedenis en zette het scherm uit. Het leek me beter om te doen alsof ik van niets wist, dat was altijd mijn favoriete strategie geweest. Ik ging naast hem liggen. Zijn geruïneerde rug bevond zich voor mijn ogen. Ik liet mijn vinger langs de contouren van zijn tattoo glijden. Hij voelde koud aan. Ik pakte de deken van de grond en legde hem over ons heen, maar de kilte verdween niet. Ik rolde mezelf op tot een balletje, met mijn rug naar hem toe, en opeens voelde het alsof ik recht had op een verontschuldiging. Van wie?

De idioten die homoseksualiteit van alles de schuld gaven? Of van een zekere idioot naast me, die zich dat soort klinkklare onzin liet wijsmaken en zichzelf niet kon accepteren zoals hij was? Of van die andere idioot, die tegen beter weten in voor de eerste idioot was gevallen, zo hard dat hij zijn computer binnenstebuiten keerde om alles over hem te weten te komen wat er te weten viel? Misschien wel van hen allemaal. Of eigenlijk van geen van hen.

Umma.

Van haar wilde ik een oprechte verontschuldiging. Van haar, al was het de enige keer in mijn leven, horen dat het haar speet – dat wilde ik. Maar het zou er waarschijnlijk niet van komen. Het besef dat ik de hoop beter kon laten varen deed mijn woede omslaan in zelfmedelijden – hoe kon ik het überhaupt voor mogelijk houden? Ik wilde onmiddellijk weg. Ik stond op en liet hem snurkend achter. Voor het eerst verliet ik zijn huis voor zonsopgang, in mijn eentje. Als een waar bijproduct van Amerikaans neokolonialisme en westers kapitalisme.

*

Rond die tijd werd ik gebeld door mijn voormalige baas van het bedrijf waar ik stage had gelopen. Terwijl ik op de plaats rondjes rende in het hamsterrad van het leven, was zij gepromoveerd tot afdelingshoofd. Het bedrijf had net voor tien miljard won een deal met een Noord-Amerikaanse cliënt gesloten en ze hadden een dringende behoefte aan mankracht. Hoewel ze me niet meteen een vast contract kon aanbieden, drukte ze me op het hart dat mijn uren later als werkervaring zouden meetellen, mocht ik uiteindelijk permanent in dienst treden. We wisten allebei dat ze me met deze eventuele vaste aanstelling een denkbeeldige vette worst voorhield, maar ook een denkbeeldige vette worst was voor mij genoeg. Ik boog diep (alsof ze me door de hoorn kon zien) en zei dat ik graag op haar aanbod inging.

Op de dag dat ik voor het eerst uitbetaald kreeg stelde ik hem voor om samen naar het Chosun Hotel te wandelen.

– Een hotel? Wij twee? Nu?

– Niet om te slapen. Ze hebben er een goed restaurant. Gewoon, een lekker biefstukje. Of een pastatje.

– Ik denk niet dat ik dat kan betalen.

– Geen probleem. Ik trakteer. Om mijn nieuwe baan te vieren.

Hij schudde zijn hoofd en zei dat hij geen grote vleeseter was. Volslagen onzin, want we waren inmiddels naar ongeveer een miljoen barbecuerestaurants geweest. Hij hield vol dat hij vlees van de barbecue wel lekker vond, maar biefstuk niet. Dan neem je toch pasta, zei ik, maar hij zei dat hij trek had in vissoep. Of gegrilde schelpdieren, of gemarineerde krab.

– Jezus, hyung. Ben je zo gek op vis? Was je soms een haai in je vorige leven?

– Het is gewoon raar.

– Wat is raar?

– Twee mannen die samen pasta eten.

En zo begon onze ruzie van die dag. *Er zijn wel raardere dingen dan twee mannen die samen pasta eten, dacht je dat de wereld in tweeën zou splijten als twee mannen toevallig samen over straat liepen, of nee, wat als ze, God verhoede, dezelfde lucht zouden inademen! – Nu we het er toch over hebben, ik vind dat je me te vaak aanraakt in het openbaar – Ach, val dood, niemand die erop let, denk je nog steeds dat je de voorzitter van de studentenraad bent of zo, kap eens met die sterallures – Weet je wel dat er gay op je voorhoofd staat geschreven...* Het liep uit op een bloedbad.

– Je schaamt je voor mij, hè?

– Ja, dat klopt. Ik schaam me voor jou. Je wilt overal hand in hand lopen, je noemt me liefje. Ik bedoel, wat zullen anderen daarvan denken?

– Weet je, ik schaam me ook voor jou, hyung. Je lelijke, suffe broeken, je verfomfaaide T-shirts, je aftandse rugzak met al die rommel erin. Zelfs Noord-Koreaanse guerrilla's dragen dat soort outfits niet.

Hij bleef midden op de weg staan. Even verroerde hij zich niet. Ik keek hem aan. Toen draaide hij zich om en liep zonder ook maar iets te zeggen weg. *Wie denkt hij in godsnaam dat hij is*, dacht ik, maar voordat ik bedacht dat ik achter hem aan moest gaan was hij compleet uit zicht verdwenen.

Had ik iets fout gedaan?

Hij had me nog nooit de rug toegekeerd.

En het bleef stil.

Het contact viel dood. Hij nam niet op als ik hem belde en antwoordde niet op mijn berichtjes, ook al kon ik zien dat hij ze had gelezen. Dit was de eerste keer dat hij zo lang niets van zich liet horen. Mijn lippen werden droog en mijn hart kromp van de zenuwen ineen. Ik vergat de ruzie die we hadden gehad. Opnieuw stond hij de hele dag centraal in mijn leven: het eerste wat ik dacht als ik 's ochtends wakker werd, was: *gaat hij me vandaag bellen*, en als ik 's avonds met mijn telefoon onder mijn kussen naar bed ging, droomde ik alleen over hem. Er spookte maar één vraag door mijn hoofd.

Wie was hij en wat waren wij?

Hoe meer tijd ik met hem doorbracht, des te meer ik besefte dat we totaal niet bij elkaar pasten. Dat we vanaf het begin niet bij elkaar hadden gepast. Hij had nooit enige bereidheid getoond om zich te schikken en belde me alleen midden in de nacht omdat hij het leuk vond om een naïeve ziel van achteren te nemen en hem daarna de les te lezen, meer niet. Hij zag mij als iemand die hij moest onderwijzen en verbeteren, maar helaas was ik daar nu eenmaal niet ontvankelijk voor. Geteisterd door zulke gedachten kon ik nachtenlang de slaap niet vatten.

Precies een week later stuurde hij een berichtje.

Hoe gaat het?

Het maakte me bijna woest dat hij zo nonchalant deed. Of beter gezegd, ik was woest op mezelf vanwege de extreme blijdschap die zijn berichtje in me teweegbracht, maar ik kon er niets aan doen. Ik voelde tranen opwellen. Hoe meer hij op me overkwam als een mysterie dat ik nooit volledig zou ontrafelen, hoe meer ik over hem wilde weten, me hem wilde toe-eigenen. Ik wilde hem vastknijpen tot hij geen lucht meer kreeg. Ook al maakte het hem niet uit of ik de zijne was, ik wilde dat hij dacht dat hij mij kon krijgen en niemand anders. Ik wilde hem en zijn hele leven bij de ballen grijpen en ermee doen wat ik wilde. En dus nam ik een cruciaal, ingrijpend besluit.

Ik ging hem aan mijn moeder voorstellen.

Ik bracht het idee tussen neus en lippen door ter sprake tijdens een maaltijd van zeeduivelsoep met soju, alsof het om iets totaal onbenulligs ging. Hij was druk bezig de vis te ontgraten toen ik de vraag lanceerde.

– Heb je zin om mijn moeder te ontmoeten?

Hij keek me aan met een gezicht dat zei: *wat nu weer?*

– Waarom zou ik dat willen?

– Weet ik veel... Het is mooi weer. Ik dacht, misschien leuk, gewoon een wandeling door Olympic Park... Weet ik veel.

Hij graaide met zijn stokjes in een hoopje taugé op zoek naar stukjes zeeduivel en gaf uiteindelijk op.

– Goed. Waarom ook niet.

– Oké, hyung. Laten we zondag gaan wandelen. Misschien een kopje koffie, zoiets.

– Goed, ja... Doen we. Ik zie je in Olympic Park.

Dat ging veel te makkelijk.

*

Met haar tweede operatie in het vooruitzicht zeikte Umma elke dag over de nachtmerries die ze kennelijk had. *Daar gaat ze weer*, dacht ik. Ze was altijd zo panisch geweest over haar werk, haar zoon, diens opleiding. Haar tumor was verwijderd en het ging nu slechts om een eenvoudige operatie waarbij ontstoken weefsel werd weggesneden om de bloedsomloop te verbeteren. Er kon weinig fout gaan. Ik zag mijn kans schoon. Het korte tijdsbestek vlak na de operatie, als ze op het punt stond om aan haar tweede leven te beginnen, kankervrij en vervuld van liefde voor haar naasten, voor God en het universum...

In dat tijdsbestek zou ik een bom laten ontploffen.

Omwille van ons aller toekomst – van Umma, van hem, van mij – voor het leven dat ons nog restte, moest ik moedig zijn. *Laat ik de deur openzwaaien en naar buiten stappen. Ja, laat ik mijn ogen sluiten en de sprong wagen.*

Na Umma in de ambulance naar Asan Hospital te hebben begeleid ging ik terug naar haar ziekenzaal om de kamer op te ruimen. Er lag een foto op haar nachtkastje. De Halloween-polaroid.

Ik pakte de foto op. Vanwege mijn onoplettendheid (en mijn versleten leren portemonnee) was de foto waarschijnlijk uit mijn zak gevallen. Had Umma hem opgeraapt en op haar nachtkastje gelegd, of de zuster? Sowieso Umma. Het was niet te zeggen wanneer ik mijn enige foto met hem was kwijtgeraakt, maar om hem zo neer te leggen dat ik hem onmiddellijk zou ontdekken, uitgerekend op de ochtend van haar operatie, om vervolgens zonder iets te zeggen naar de operatiekamer te vertrekken – typisch iets voor Umma.

Umma was altijd zo iemand geweest. Iemand die altijd alles wist en altijd alles doorzag.

Zelfs ten tijde van de Aziatische valutacrisis, toen mijn vader failliet ging en met de noorderzon vertrok, ook toen doorzag Umma alles. *Zoon, kom mee. We gaan je vader vangen.* We stapten in haar kleine rode Mazda en reden naar een wijk met sociale huurwoningen in Incheon. Het trappenhuis en de galerij waren zo met spinnenwebben bedekt dat we erdoorheen moesten ploegen om bij nummer 302 op de deur te kunnen bonzen. Ook al bonsden we zo hard dat de deur uit zijn voegen leek te barsten, niemand deed open. We staarden lang door het raam naar binnen in een poging mijn vader (en De Nieuwe Vlam) op heterdaad te betrappen, maar maakten uiteindelijk onverrichter zake rechtsomkeert. Op het moment dat Umma de motor van de Mazda aanzette en weg wilde rijden zagen we mijn vader op de braakliggende grond achter het gebouw.

– Umma, kijk.

Mijn vader stond met een klein, schriel vrouwtje van middelbare leeftijd te badmintonnen. Het was een compleet ander beeld dan wat ik me had voorgesteld. Ze hadden iets van elkaar weg, zoals twee puzzelstukjes die in elkaar pasten. Mijn vader had een kalme uitdrukking op zijn gezicht, een uitdrukking die ik in zijn hele leven met Umma nog nooit bij hem had gezien. Een onwetende voorbijganger zou Umma en mij hebben aangezien voor boze deurwaarders die een onschuldig koppel kwamen ruïneren. Ik zal de manier waarop Umma uit haar ogen keek – alsof hemel en aarde tot stilstand waren gekomen – nooit vergeten. Die blik kon onmogelijk worden verklaard aan de hand van Spinoza's achtenveertig emoties. De nuance van haar gemoedstoestand, veroorzaakt door de sereniteit die mijn vader en De Nieuwe Vlam leken uit te stralen, liet zich niet reduceren tot concepten als wanhoop of lijden. Dat gevoel dat je iets uit alle macht moet onderdrukken om het niet te laten overkoken of exploderen – het was de eerste keer dat ik van zulke emoties getuige was.

Ook na haar operatie, ondanks de slangetjes met bloed uit haar buik, kwam ze om vijf uur 's ochtends uit de veren en ging ze op de rand van haar bed zitten. Ze stak het kaarsje op haar nachtkastje aan en ging dertig minuten lang bidden. Het kwam haar herstel van de operatiewonden vast niet ten goede om haar benen en buik zo aan te spannen, maar ze stond erop om zichzelf te pijnigen. Na haar gebed klapte ze het bedtafeltje uit en schreef ze Bijbelverzen over. Haar obsessieve schrijfwerk leek een soort meditatieve routine. In plaats van stampen en schreeuwen en haar haren uit haar hoofd trekken vanwege het onheil dat haar ten deel was gevallen koos ze ervoor om de Bijbel regel voor regel over te pennen in haar notitieboek. Dat was voor Umma, die had geprobeerd een medisch verantwoorde verdoving te weigeren, de enige mogelijke vorm van belijdenis. Het voelde bijna als een soort ademhalingsoefening.

Adem in, twee karakters, adem uit, twee karakters.

Haar manier van ademen en schrijven vertoonde overeenkomsten met de verlangens die mij kwelden. Waren het verlangens naar iemand geweest? Of een soort verlangen naar de persoon die ik werd als ik naar iemand smachtte?

Het was, op de een of andere manier, een eindeloos verlangen.

Het verlangen om Jezus lief te hebben en om jezelf volledig op het leven te storten. Wellicht was dat het gevoel dat ik voor hem had gevoeld, die verknochtheid, die energie waaraan ik geen seconde kon ontsnappen – een soort religie. De bereidheid om jezelf in een aardedonker gat te laten vallen, gesteund door het geloof. Zou ik daar ooit nog toe in staat zijn?

Op een keer zag ik Umma in haar gebedshouding zitten zonder dat ze had gemerkt dat haar blaaskatheter los was geraakt. Ik werd zo boos dat ik tegen haar heb geschreeuwd. *Wat ben je aan het doen, hoe denk je dat bidden ook maar iets gaat helpen, wat heeft al deze bullshit voor zin?*

Umma gebruikte vaak het woord 'wonder'. Een medekerkganger die duizend dagen lang Bijbelverzen had overgeschreven was namelijk op een wonderbaarlijke manier genezen. Binnenkort zou haar een vergelijkbaar wonder ten deel vallen. Degene die het wonder had ontvangen was geen directe kennis maar de vrouw van de neef van de diaken. Goeie god, de vrouw van de neef van de diaken? Zo'n wonder leek onwaarschijnlijker dan vrede tussen Israël en Palestina. Ze zei erbij dat ze niet per se hoopte op een wonder, maar dat ze kon terugkijken op wat in Gods ogen een goed leven was geweest. Ondanks haar tegenstribbelen was het enige wat ik kon doen de zuster roepen en vragen of ze Umma's katheter weer wilde bevestigen en haar bed wilde verschonen.

In die pijnlijke en ziekelijke tijd leek haar leven afgezien van bidden en Bijbelverzen overschrijven betekenisloos. Ik weet dat ze het zelf in ieder geval zo zag. Ze keek niet meer in de spiegel en belde nooit iemand op, ze schreef gewoon letter voor letter, stilzwijgend. Ik las daarin een protest tegen mijn weigering om mijn zonde (oftewel gay zijn) de kop in te drukken, of een verzet tegen de duivelse kanker waarmee ze ondanks haar voorbeeldige leven was opgezadeld, of een ode aan de levenslust zelf, of al het bovenstaande gebundeld in een soort klaagbrief aan het goddelijke absolute. Uiteindelijk lukte het niet met haar over hem te praten, noch over de foto. Er viel niet met haar te praten.

*

Op zondag was hij onbereikbaar.

Zijn telefoon stond uit en hij antwoordde niet op mijn berichtjes.

Umma en ik maakten een wandeling langs het meer, met zijn tweeën.

Ik keek een paar keer achterom, maar natuurlijk was hij nergens te bekennen.

Onze wandeling die dag was van korte duur.

*

Vier dagen later stuurde hij een berichtje. Er was iets ergs gebeurd met een goede vriend en hij was de hele dag niet bij zijn telefoon in de buurt geweest. Als een soort post scriptum zei hij sorry, alsof hij bij wijze van garnituur een takje peterselie op een bord legde.

Een of andere vriend die nog nooit ter sprake was gekomen. Iets ergs gebeurd.

Ja, nee, tuurlijk. Er is vast en zeker iets gebeurd. Iets heel ergs. En jij zult het er wel druk mee hebben gehad.

Ik werd niet boos op hem. We zetten ons gesprek voort alsof er niets was gebeurd. Zoals we altijd deden.

*

Na anderhalf jaar behandelen hoorde Umma de verlossende woorden dat ze in remissie was. Haar dokter dankte de overwinning aan het rigoreuze en effectieve behandelplan in combinatie met de geavanceerde medische technologie. Ik dankte het aan de inspanningen van haar onvermoeibare rechterhand. Umma aan het mirakel Gods.

Vier dagen voordat Umma uit het ziekenhuis zou worden ontslagen kwam hij voor het eerst en laatst bij ons thuis. Ik had besloten om thuis voor hem te koken, omdat hij zo slecht op zijn gemak was als we samen in het openbaar verschenen. In afwachting van zijn bezoek stond ik te trillen op mijn benen. Hij zou plaatsnemen in de ruimte waar ik was opgegroeid en eten in zijn mond stoppen dat ik voor hem had gekookt – de gedachte alleen al! Hij belde stipt op tijd aan, liet kalm zijn rugzak bij de deur achter en liep naar binnen met de onmiskenbare houding van een beleefde gast, waarbij hij zich excuseerde 'omdat hij me moest storen'. Hij keek de woonkamer rond en zei: 'Wat een mooi huis.' Na deze plechtigheden liep hij direct door naar mijn kamer om elk boek in mijn boekenkast te inspecteren, alsof hij in het archief van de Nationale Bibliotheek stond. Hij ging op mijn bed zitten. Wat een sensatie om hem, zijn hele wezen, op mijn bed te zien zitten! Ik was zo blij dat het leek of ik zweefde. Ik deed mijn sokken uit en kroop over mijn deken naar hem toe om hem te zoenen. Hij draaide zijn hoofd weg, richtte zijn ogen op mijn dekbedovertrek, dat ik bij Michiko London had gekocht, en opende het vuur.

– Er staat een Union Jack op je deken.

– O, inderdaad, ja.

– Meneer Young houdt wel heel erg van westerse vlaggen, zeg.

– Niet echt, nee. Ik wist niet eens dat die vlag daar zat. Jij daarentegen bent een totale vlaggenfreak, wist je dat?

– Daar gaan we weer. Je schiet altijd meteen in de verdediging.

– Dat doe ik niet. Ik praat gewoon zo.

De sfeer was meteen grimmig. Ik stond op en zei dat ik eten voor hem ging maken. Er stond pasta op het menu, iets wat we nog nooit samen hadden gegeten. Ik liep naar de keuken en kookte de spaghetti, sneed de knoflook fijn, goot wat olijfolie in een pan en bakte de peperoncino en schelpen. Ik moet toegeven dat ik dweepte met dat tafereel, zoals ik me in de keuken voor hem stond uit te sloven en het zweet van mijn voorhoofd moest vegen. Ik kon nauwelijks geloven dat een maaltijd die ik met mijn eigen handen had bereid een deel van hem zou worden. Dat idee op zich was voor mij al genoeg, dacht ik, terwijl ik de spaghetti uitserveerde. Hij wroette met zijn stokjes in de pasta zonder ook maar een hap te nemen. Vervolgens legde hij zijn stokjes neer en hij keek naar mijn babyfoto's onder de glasplaat van de tafel.

– Als ik naar deze foto's kijk, kan ik voelen dat je moeder heel erg van je houdt.

– Echt?

– Ja, echt. Je kunt iemand van wie gehouden wordt aan zijn gezicht herkennen. En je kunt aan een foto zien of hij is genomen door iemand die liefheeft. Ik bedoel maar, meneer Young.

– Wat bedoel je, hyung?

– Dat het beter is als je een goede man ontmoet.

– Wat... Wat zei je?

– Een goede vrouw dan?

Het kwam zo moeiteloos zijn mond uit, alsof hij voorstelde om vis te gaan eten in plaats van pasta. Ik had geen antwoord paraat. Wat kon ik doen behalve hem aanstaren? Wie kon zoiets over zijn lippen krijgen alsof het de gewoonste zaak van de wereld was? Wie was in godsnaam deze man die ik zo leuk vond, op wie ik mijn hele bestaan had geënt? De wereld om me heen leek opeens abracadabra en ik kon hem alleen maar blijven aanstaren. Zou ik er op dat moment hetzelfde hebben uitgezien als Umma toen ze toekeek hoe mijn vader en De Nieuwe Vlam een badmintonshuttle over en weer sloegen? Waarom dit opeens? Of was het niet opeens? Had hij door dat ik zijn computer had doorzocht en aan zijn geheimen had gesnuffeld en zijn leven binnenstebuiten had gekeerd? Konden we niet gewoon terug naar hoe het vroeger was geweest?

Hij zuchtte en ging verder.

– Wat dacht je dat we waren? Wij twee?

– Wat bedoel je daarmee?

Hij maakte aanstalten om weg te lopen, maar ik pakte zijn arm. Ik kon hem niet zomaar laten gaan – ik was mijn moeder niet. Ik trok hem naar me toe, terwijl hij zich probeerde los te rukken. Hij keek me met zijn meewarige blik aan, de blik waaraan ik zo gewend was.

– Je dacht toch niet dat dit *liefde* was, hoop ik?

Voordat ik mezelf kon tegenhouden sloeg ik hem hard in zijn gezicht. Van het ene op het andere moment stond ik over de eettafel gebogen met zijn hoofd tegen het tafelblad gedrukt, waarbij ik er ondanks ons lengteverschil in slaagde zijn keel dicht te knijpen. Zijn gezicht liep rood aan, terwijl hij probeerde zich los te worstelen. Er stonden tranen in zijn bloeddoorlopen ogen. De tranen uit mijn ogen belandden op zijn gezicht en stroomden langs zijn wangen. Ik liet los. Toen ik me realiseerde wat ik had gedaan was het al te laat. Hij hoestte een paar keer, kwam overeind alsof er niets was gebeurd en trok zijn jas aan, met even trage bewegingen als altijd. Toen slingerde hij zijn antieke rugzak over zijn schouder en liep de deur uit. Ik hield hem niet tegen. Wat ik deed, zodra hij de deur achter zich dichttrok, was naar het raam rennen. Ik schoof het raam open en keek hem na. Want ik wist, nu echt, dat het de laatste keer zou zijn. Ik keek hem na tot hij een klein puntje aan de horizon was, tot hij in het niets verdween.

Een paar dagen later ging ik bij hem langs. Hoe vaak ik ook aanbelde, er werd niet opengedaan. Zijn voordeur, die zo kraakte als hij openging, bleef dicht.

Ik stopte een brief in zijn brievenbus. Misschien is ‘brief’ een groot woord – het waren een aantal pagina’s die ik uit mijn dagboek had gescheurd, met aantekeningen over het prille begin toen we elkaar net leerden kennen. Dertig kantjes in totaal, volgeschreven met de borrelende emoties die ik telkens als we elkaar zagen had gevoeld. Wat er precies stond wist ik niet meer. Zoals ik ook niet wist wat wij waren geweest, blijkbaar. Onder aan het laatste kantje schreef ik het verzoek of hij het nog een keer wilde proberen en dat ik zou wachten tot hij me belde. Ik gooide het door zijn brievenbus alsof ik rommel in de vuilsnisbak smeet – dit stuk van mijn rauwe, stuiptrekkende hart.

Twee weken later kreeg ik een berichtje van hem.

Al eens overwogen om schrijver te worden?

Mijn verzoek liet hij onbeantwoord.

Deze hufter kon alleen maar, echt altijd en alleen maar, zeggen wat hij zelf wilde, en het was altijd iets denigrerends. Allerlei mogelijke antwoorden flitsten door mijn hoofd, maar uiteindelijk legde ik mijn telefoon weg. Ik besloot voor de eerste en laatste keer in onze relatie voor mezelf te kiezen. Ik deed mijn ogen dicht en wiste zijn nummer uit mijn contacten. De getallen dansten voor mijn ogen, alsof ze met een mes aan de binnenkant van mijn oogleden waren gekerfd, maar ik wist dat zelfs die ooit op een dag uit mijn geheugen zouden verdwijnen.

Het is er nooit van gekomen om met hem een bord pasta te eten.

In plaats daarvan dronk ik pesticiden. Terwijl ik het mengsel in een iced americano goot, kwam de gedachte in me op dat zelfs de koffie die ik dronk een bijproduct van het Amerikaanse imperium was (het heette nota bene americano) en werd geproduceerd door uitbuiting van arbeiders in derdewereldlanden. Dat vond ik zo grappig dat ik nog steeds glimlachte toen mijn ogen eindelijk dichtvielen. Ik huilde niet.

Ik werd wakker op de intensive care. Toevallig in Asan Hospital, hetzelfde ziekenhuis waar Umma was opgenomen. Ze hadden mijn maag leeggepompt en waren begonnen aan een hemodialyse; ik zag Umma bij mijn voeteneinde staan toekijken. Niet het gezicht waar ik in het hiernamaals op had gehoopt. De Umma van vroeger had in deze situatie tegen me geschreeuwd of me geslagen of ze was gaan janken of ze had een tirade aan God gericht of hoe dan ook had ze gereageerd zoals in een melodramatische soap, maar de Umma aan mijn voeteneinde stond daar gewoon, bewegingloos.

– Stel je niet zo aan. Uiteindelijk gaan we allemaal dood.

Ik wilde schreeuwen: *Kun je dat niet beter tegen jezelf zeggen, zou je me niet eerst moeten vragen waarom ik er zo aan toe ben, is er niet iets wat je me altijd al hebt willen vragen?* Ik wilde mijn vragen op haar afvuren, maar door het beademingsapparaat in mijn mond kon ik niets uitbrengen.

*

Ik kon het lang niet verkroppen als mensen het woord ‘liefde’ in de mond namen, laat staan als het over liefde tussen mannen ging. Wie er ook over begon en hoe het gesprek ook liep, ik voelde een sterke drang om genadeloos om me heen te beuken. *Onze liefde is geen tweederangsliefde, onze liefde is net zo prachtig, onze liefde is louter een andere vorm van liefde van mens tot mens...*

Maar is liefde echt zo prachtig?

Als je het mij vraagt is liefde iets wat je niet kunt tegenhouden zodra je erdoor bevangen bent, een staat van zijn waaraan je je pas kunt onttrekken nadat het zich heeft ontwikkeld tot iets wat je, als je het van een afstandje bekijkt, alleen kunt definiëren als de meest afgrijselijke gebeurtenis die je je kunt voorstellen. Deze harde waarheid drong tot me door terwijl ik van de intensive care naar de verpleegafdeling verhuisde en weer terug.

3

Vijf lange jaren verstreken. We gingen ieder onze eigen weg. Ik werd dertig en zag er ook zo uit. Ik werkte als schrijver en kon me zijn telefoonnummer niet meer herinneren. Om eerlijk te zijn was ik zo druk met mijn hoofd boven water houden dat er in het dagelijks leven wel meer kleinigheden waren die me ontglipten.

Het was zondag en ik schilde een appel, pesticidevrij. Naast me zat een vrouw van middelbare leeftijd, een krappe vijfenveertig kilo op de weegschaal, Korintiërs 3:2 over te schrijven. Ik bood haar een appelpartje aan, maar ze keek de andere kant op om aan te geven dat ze geen trek had.

– Je weet toch dat ik geen appels lust. Krijg ik een zure maag van.

– Het is de bedoeling dat je maag zuur is. Neem een hap, dan heb je misschien weer een lever straks.

– Als je eenmaal wat ouder bent, groeit je lever niet zo makkelijk terug.

– Oké, Umma. Speel jij maar voor dokter en voor priester en, als je toch bezig bent, voor de hele wereld.

Umma, ik, haar dokter en de hele wereld wisten dat ze niet lang meer te leven had. Ze had geen zin in appel, zei ze, ze wilde naar het meer. Toen ik de rolstoel wilde pakken, werd ze kribbig en stond ze erop om zelf te lopen.

Na tien minuten was Umma uitgeput. Haar bravoure van zojuist was als sneeuw voor de zon verdwenen en nu liep ze te jammeren, of we alsjeblieft even konden gaan zitten. Zoals altijd gingen we op een bankje aan de oever van het meer zitten. Umma legde hijgend een hand op mijn bovenbeen. De vele injecties hadden de aderen op de rug van haar hand rood gekleurd. Haar huid leek op een stuk oud karton, op herfstbladeren die verkruimelen als je ze aanraakt. Umma pakte een papiertje uit haar zak en stak het me toe.

Zoals ik om jou geef, zo geeft ook de Heer om jou.

Jezus, Umma, hou daarmee op, waarom moet je altijd het bloed onder mijn nagels vandaan halen als je ook gewoon mijn medeleven kunt accepteren?

Mijn blik gleed constant langs het meer. Telkens als Umma stil bleef staan om op adem te komen, keek ik instinctief om me heen en nam ik de gezichten van de voorbijgangers aandachtig in me op. Het was zo triest dat het bijna grappig was. Ik vroeg me af wat ik zou doen als hij daadwerkelijk zou verschijnen. Moest ik hem aan Umma voorstellen alsof er niets gebeurd was? Zo van: leuk je weer te zien? Of moest ik hem straal voorbijlopen? Ik zou hem in ieder geval niet over het hoofd zien; een reus van een meter negentig was in deze contreien niet te missen.

Toen ik als schrijver debuteerde veranderde ik mijn telefoonnummer. Niet dat er een of ander drastisch besluit aan ten grondslag lag, ik wilde gewoon dat mijn leven enigszins anders zou zijn dan vroeger. Een paar keer met mijn muis klikken en ik had een nieuw nummer. Ik zou liegen als ik zei dat ik nooit aan het zijne dacht. Het begon met 010-81, maar de rest was al lang uit mijn geheugen vervaagd. Toch zat ik nog altijd met het gevoel dat ik een of andere strijd had verloren. Al met al was mijn hoop dat ik zijn nummer zou vergeten een geforceerde, onnatuurlijke wens. Ik wist eigenlijk niet waar ik al die tijd op had gehoopt, waar ik zo lang op had gewacht.

Umma en ik gingen op een bankje bij het veldje met de rare stenen beelden zitten. Het beeldenpark, de plek waar ik vijf jaar geleden met hem had afgesproken. Hoe meer ik hem probeerde te vergeten, des te meer ik aan hem moest denken. Als ik over mijn schouder keek, zou hij daar staan – ik voelde het. Waarom deed ik zo belachelijk? Toen herinnerde ik me de dikke envelop in mijn tas. Het voelde niet als een pak papier maar als een baksteen of een aambeeld.

Sinds we uit elkaar waren had ik mannen bij de vleet gehad. Liefde die als motregen op asfalt verdween, heetgebakerde liefde, gehaaste liefde die na een enkele nacht verging... Ik had een honderdtal liefdes, maar er was niemand op wie ik zo verliefd werd als ik op hem was geweest. Er waren betere mannen dan hij, objectief beter in elke betekenis van het woord, maar geen van hen bracht meer dan een vonkje in me teweeg. Later pas, veel later pas, realiseerde ik me dat hij de vurigste delen van mijn ziel met zich mee had genomen, dat ik door zijn toedoen voorgoed was veranderd.

Umma kwam plotseling overeind en liep langzaam de heuvel op. Ik liep achter haar aan. Boven aan de heuvel ging ze in het gras zitten. Olympic Park werd langzaam in schemering gehuld. De geur van de dorre herfstbladeren prikte in mijn neus. Ik legde mijn tas op de grond en legde mijn hoofd op Umma's magere bovenbeen. Ik voelde me weer een jongen van tien.

– Umma, waarom ga je opeens in het gras zitten? Je zei toch altijd dat je daar een besmettelijke ziekte van kon krijgen?

– Wanneer heb ik ooit zoiets gezegd?

– Toen ik tien was. Op de dag dat je je tweede bul van de online universiteit kreeg uitgereikt. Ik weet nog dat je je academische baret ophad. Als ik met mijn blote huid het gras aanraakte, zou ik volgens jou een of andere ziekte krijgen. In mijn hele lichaam zouden er gaten ontstaan en ik zou leegbloeden. Het werd zogenaamd veroorzaakt door bacteriën in rattenpoep.

– Moet je jezelf horen. Ik zou nooit zoiets goors zeggen.

– Het is echt zo. Zie je wel, je geheugen is niet meer wat het geweest is. Ik weet het nog als de dag van gisteren. Omdat jij dat toen tegen me zei ben ik mijn hele leven bang voor gras geweest. Tot op de dag van vandaag blijf ik op de stoep om het gras te vermijden.

– Echt? Wat een gekkigheid van mij. Om een klein kind zoiets wijs te maken.

De zon begon aan het laatste deel van haar aftocht. Geen van ons zei iets terwijl we toekeken hoe de lucht rood kleurde. En toen, zonder haar blik van de zon af te wenden, zei Umma:

– Wat zijn sommige dingen mooi als ze vervagen.

– Vind je?

– Zoon, zie je mij als een dapper mens?

– Waarom vraag je me dat ineens?

– Je weet dat ik al jaren een mannenleven leef. Ik dacht dat ik nergens bang voor was en nooit ergens spijt van zou hebben, maar toen jij ter wereld kwam moest ik daarop terugkomen. Toen je een baby was en ik je in mijn armen hield voelde ik me rijk en gelukkig. En dat maakte me bang. Wat als je je zou bezeren of zou breken of zou verdwijnen?

– Jezus.

– Op een dag, toen je nog op de kleuterschool zat, dacht ik dat ik je kwijt was. De kleuterschool was al lang uit, maar je was nog steeds niet thuis. De buschauffeur zei dat je niet was ingestapt, dat je met een vriendje mee naar huis was gegaan. Ik was in alle staten. Ik rende naar buiten en zocht als een bezetene de buurt af, vanaf de kleuterschool in de richting van huis, en uiteindelijk zag ik je van achteren. Ik besloot stilletjes achter je aan te sluipen om te kijken wat je aan het doen was. Om de zoveel stappen bleef je stilstaan om elke winkel, elke etalage te inspecteren en allerlei spullen aan te raken. Met ogen vol nieuwsgierigheid. Ik was niet boos op je, ik was bang. Ik realiseerde me dat je niet langer het kind was dat ik kende. Voortaan ging je bekijken wat je wilde bekijken, lopen waar en wanneer je wilde lopen – je was de baas over je eigen wereldje. Dat vervulde me zo van spijt, van angst.

– Klinkt alsof ik altijd een korte aandachtsspanne heb gehad.

– Ik denk dat ik daarom zo streng voor je ben geweest. Omdat ik bang was. Ik wilde je voor altijd in mijn wereld, mijn kleine sojasausschaaltje, bewaren.

Umma grijnsde en streelde haar buik, waarin nog maar de helft van haar lever, de mythische zetel van moed, over was. Het was lang geleden dat ik een glimlach op haar gezicht had gezien.

Sinds de kanker was teruggekomen droomde ik vaak over haar dood.

In mijn droom reed Umma niet in haar kleine rode Mazda, maar in een Volvo van Amerikaanse makelij. De veiligste auto ter wereld, zeggen ze. Dat was niet het enige verschil met de werkelijkheid. Umma zag er niet uit alsof haar dagen waren geteld, ze was weer veertig, springlevend en energiek. In de droom stevent haar Amerikaanse Volvo af op een ravijn. De auto valt over de rand en spat in duizend stukjes. Haar hand steekt uit het raam. Vlammen stijgen op vanonder de motorkap, terwijl wilde beesten het wrak omsingelen alsof ze zich opmaken voor een barbecue. Zwarte rook ontsnapt uit de auto en opeens groeit er iets over haar lichaam heen. Sierkool. Het ziet eruit als blauwe schimmel. Van het ene op het andere moment is haar hele lichaam bedekt, waardoor de plek van het ongeluk aan het zicht wordt onttrokken. Wat gaat er door me heen terwijl ik dit alles boven aan de afgrond in me opneem? Huil ik? Lach ik? Of voel ik niets?

Het was altijd vijf uur 's ochtends als ik wakker werd, badend in het angstzweet. Ik ging op Umma's stoel zitten, boog me over haar bureautje, dat belachelijk klein was voor iemand van mijn formaat, en begon te schrijven. De zinnen verschenen op het papier alsof ze uit mijn vingers vloeiden. De ene volgde de andere op zonder dat ik erover na hoefde te denken, alsof ze hun eigen wil hadden. Maar op een gegeven moment rook ik ergens een brandende kaars en de zinnen die als een kleine rode Mazda voort hadden geraasd kwamen tot stilstand.

Als ik me afvroeg wat mijn schrijverschap voor haar betekende voelde ik me machteloos, alsof ik aan de rand van een afgrond naar beneden stond te kijken.

Ik was inmiddels dertig, al ruim tien jaar volwassen voor de wet en oud genoeg om te begrijpen dat mijn moeder er niet op uit was om mijn leven te vergallen en dat ze haar best had gedaan om zich door *haar* leven heen te knokken. In dat opzicht verschilden we niet veel van elkaar. Ze had gewoon pech gehad. Met andere woorden, dat we zo'n rampzalig slechte verhouding hadden lag niet aan ons maar aan de natuurlijke samenloop van omstandigheden, net zoals kanker of schimmel of de omwenteling van de aardbol of zonnevlekken. Ook al was ik me daar volledig van bewust, toch leek het of Umma de oorzaak van al mijn problemen was. Ik haatte mezelf om zoiets abjects te denken over iemand die al met één been in het graf stond, maar ik kon de gedachte niet weren.

De tienjarige ik, bang om dood te bloeden vanwege bacteriën in het gras, de twintigjarige ik die een zakcentje had verdiend aan een verhaal over Umma, en de dertigjarige ik die zich door een wraakzuchtige woedeaanval liet meeslepen om verhalen te kunnen schrijven over mensen die aardig voor hem waren geweest, voor lezers die hij niet kende – al die versies van mezelf zaten die avond naast Umma op de grond.

Terwijl Umma naar de zonsondergang keek zag ze er net zo taai en mooi uit als altijd. De gedachte dat ze misschien toch al mijn verhalen had gelezen flitste door mijn hoofd. Niet dat dat iets zou veranderen.

Toen ze verderging klonk haar stem sentimenteel.

– Als ik je vasthield, voelde het altijd alsof ik de hele wereld in mijn armen hield.

Ziekte kan een mens compleet veranderen. Ooit was ze koppiger geweest dan wie dan ook, iemand die nooit achteromkeek, die nog liever doodging dan zoiets gevoeligs te zeggen, laat staan bij ondergaande zon. Het gaf mij het gevoel dat ik ook iets moest bekennen.

– Weet je, Umma, er is iets...

De woorden kwamen voordat ik mezelf kon tegenhouden, maar ik kreeg ze niet over mijn lippen. Ik wilde zo veel verschillende dingen zeggen, ik wilde op zijn minst *iets* zeggen, maar ik had geen idee waar ik moest beginnen. *Weet je, Umma, er is iets wat ik je wil vertellen...*

Ik zou willen dat je je excuses aanbood, al was het maar voor één keer in je leven. Vanwege de manier waarop je over mijn gevoelens heen bent gewalst. Vanwege de manier waarop je me op de wereld hebt gezet en hoe je me hebt grootgebracht om me vervolgens van je af te duwen en in een hoekje te schuiven waarvandaan ik nooit meer terug kan komen, naar een wereld van onwetendheid en niet gezien worden. Alsjeblieft, ik zou willen dat je daar je excuses voor aanbood. Ik weet dat mijn leven niet is gelopen zoals je had gehoopt en dat het niemands schuld is, dat weet ik allemaal maar, Umma, ik –

– Ik zal het nooit begrijpen.

– Wat niet?

– Het spijt me, echt, maar ik denk niet dat ik je ooit zal vergeven.

– Wat is dit voor flauwekul?

Ik voelde tranen in mijn ogen. Ik keek snel weg en stond op.

– Wc.

Ik gooide mijn tas over mijn schouder en rende naar het toiletgebouw. Toen ik bij zinnen kwam bevond ik me op het invalidentoilet. Ik ging op de pot zitten en deed mijn rugzak af. Ik pakte de stapel papieren eruit en hield ze stevig vast. Mijn kriebelige handschrift in zwarte inkt, zijn opmerkingen in het rood. Ik scheurde ze doormidden, en nog eens. Ik scheurde elk afzonderlijk velletje in tweeën, bleef scheuren tot er alleen nog snippers van over waren en smeet alles in de wc-pot. Zodra de inkt het water raakte, kleurde het rood. Toen ik doorspoelde, werd het papier als een draaikolk van confetti het riool in gezogen.

Als ik hem vasthield voelde het altijd alsof ik de hele wereld in mijn armen hield.

Alsof ik het universum vasthield.

Er stonden tranen in mijn ogen, maar ze vielen niet. Ik had genoeg gehuild. Ik bleef doorspoelen tot al het papier verdwenen was. Ik bracht mijn adem onder controle, deed mijn nu lege tas om en stapte naar buiten.

Umma lag languit in het gras naar de hemel te staren. Ze leek rustiger dan ooit. Vredig zelfs. Ik vroeg me af of die vijfenveertig kilo wegende, achtenvijftigjarige vrouw die daar naar het rossige hemelgewelf lag te kijken hetzelfde dacht als ik. Dat mijn leven zich niet naar de cijfers van haar grafieken vormde, dat het zich op onverhoedse momenten in onverwachte richtingen kon manoeuvreren. Dat de persoon die ik door en door dacht te kennen omdat we bloedverwanten waren de grote onbekende bleek te zijn. Dat er momenten in het leven waren waarop je nu eenmaal los moest laten. Daarom was het enige wat ik nu kon doen al mijn gedachten aan de kant schuiven en simpelweg toekijken terwijl ze naar me glimlachte en betekenis gaf aan onnozele dingen zoals het ondergaan en het opkomen van de zon. Het enige wat ik kon doen was wachten tot ze doodging. En hopen dat ze dood zou gaan zonder iets te weten.

Liefde
in de
grote stad

Gyu-ho en ik besloten een lang weekend naar Japan te gaan om te vieren dat we tweehonderd dagen samen waren. We deden op kantoor allebei alsof we aan het werk waren, terwijl we met behulp van een online Excelsheet ons reisschema in elkaar knutselden. Of beter gezegd, ik deed een voorstel en Gyu-ho stemde blindelings in.

– Laten we eerst naar Asakusa gaan en dan in Odaiba op de foto met Doraemon en dan naar de warmwaterbronnen in Hakone.

– Klinkt goed.

Op de dag van ons vertrek deden we er zo lang over om onze spullen in te pakken dat we rijkelijk laat op het vliegveld aankwamen. Het was zo druk bij de incheckbalie dat ik het ergste begon te vrezen, maar gelukkig zat er vaart in de mensenstroom. Eenmaal vooraan in de rij gaven we onze paspoorten aan de baliemedewerker, maar we kregen er één onmiddellijk terug. Het mijne.

– Meneer, dit paspoort is verlopen.

Ik had met mijn stomme kop het paspoort meegenomen van vóór mijn dienstplicht. Gyu-ho flipte – *Wat nu wat nu wat nu* – en we hadden nog minder dan vijftig minuten tot de gate zou sluiten. Zonder aarzelen haalde ik de envelop met de Japanse yens die we bij het wisselkantoor hadden gehaald uit mijn zak.

– Hier, cadeautje.

– Huh?

– Alles is al gereserveerd en we zijn veel te laat om ons geld terug te vragen. Er moet op zijn minst één iemand lol van hebben.

– In m'n uppie? Doe even normaal!

Gyu-ho's schattige Jeju-accent stak de kop op, wat altijd gebeurde als hij zich opwond. Ik propte de envelop in zijn zak en liet hem op mijn telefoon onze planning zien.

– Hou je aan het schema en zoek 's avonds een leuke vent. Het schijnt dat Japanners groter geschapen zijn. Scharrel de hele boel bij elkaar. Oké?

– Wat is dit voor onzin?

Gyu-ho keek me verontrust aan terwijl ik hem naar de rij voor security dirigeerde. Hij keek herhaaldelijk over zijn schouder, maar ik spoorde hem aan om haast te maken.

Ik stapte alleen in de trein terug. Grijs, kaal moerasland raasde buiten voorbij. Het leek alsof er een filmpje op herhaling werd afgespeeld. Mijn oren hunkerden naar muziek, dus ik zette Kylie Minogues *Aphrodite* op, een album dat ik lang niet had gehoord. Dit soort dagen deden me aan haar stem denken. Mijn lippen waren kurkdroog en ik voelde in mijn zakken, maar helaas, geen lippenbalsem.

Normaliter had Gyu-ho me de zijne aangereikt. Hij deed eigenlijk wel meer voor me. Hij kwam eerder thuis van zijn werk om de vloer te dweilen, kookte soep met precies zo veel zout als ik lekker vond en maakte me aan het lachen met zijn belachelijke uitspraken... Wat moest ik vier dagen zonder hem beginnen? Ik vroeg me af hoelang Gyu-ho en ik geen seks hadden gehad. Ik had nog nooit een relatie gehad waarin seks zo'n onbeduidende rol speelde. Daarbij had ik hem zelf aangemoedigd om naar hartenlust met Japanners naar bed te gaan, dus waarom voelde ik me zo rot? Het mocht duidelijk zijn dat er geen grotere idioot bestond dan ik.

*

Ik ontmoette Gyu-ho op de dansvloer van een inmiddels opgedoekte gayclub in Itaewon.

Het was Chuseok en om dat te vieren hield de club een actie waarbij ze onbeperkt (aangelengde) tequila schonken. Als bonafide zondaar die zijn familienaam allesbehalve eer aandeed had ik geen familie om de feestdagen mee door te brengen (wat vandaag de dag nog steeds geldt) en aangezien ik aan natte armoede leed (idem dito) kon ik zo'n actie moeilijk aan mijn neus voorbij laten gaan. Ik gooide het onmiddellijk in de groepschat.

– Mensen, onbeperkt tequila bij Club G vanavond. Leggo.

Aangezien al mijn vrienden ergens in de twintig waren en nooit ofte nimmer gratis drank zouden afslaan, duurde het niet lang voordat wij, de leden van 'T-ara', 's nachts over de straten van Itaewon flaneerden. Ik had onze Kakao-groepschat naar de K-pop-meidengroep T-ara vernoemd omdat we met zijn zessen zijn en ik nu eenmaal supercreatief met bijnamen ben. Ik was de op een na kleinste van de groep en had een nasale zangstem – onze So-yeon dus. Maar dat terzijde, want het ging erom dat we bij de club arriveerden en onze entree maakten.

Groene lasers schoten uit het plafond, fel genoeg om je met een bezoekje aan de oogarts op te zadelen, en uiteraard was de menigte bij de bar in het midden van de dansvloer zo immens dat we het wel konden vergeten om daar een drankje te scoren. We veroverden een statafel naast de dj-booth, waar de speakers stonden afgesteld op 'gehoorschade gegarandeerd', zodat er genoeg plaats was. Vanbinnen waren de leden van T-ara stuk voor stuk softies, maar in fysieke vorm waren we een stel reuzen van minstens een meter tachtig. We deden ons uiterste best om niet de hele tijd te gillen als keukenmeiden en goten stoer tequilashotjes naar binnen terwijl we vanuit onze ooghoeken de dansvloer in de gaten hielden. Het ging vrij rap met de drank. *Jongens, kalm aan. Voor je het weet liggen we eraf. Hé, Boram, je loopt nu al wankel. Ik zei nog zo, doe rustig aan. Trouwens, waar is Eunjung gebleven? Schijt, laten we ons bezatten.* So-yeon, met zijn relatief goed functionerende lever, overschatte zichzelf en kieperde het ene na het andere shotje in zijn keelgat, alsof het een bodemloze put was. En – hoe kon het anders – de voorspelling dat we er meteen af zouden liggen werd werkelijkheid.

Op dat moment viel mijn oog op de barman, druk in de weer met een verzameling shotglaasjes. Best leuk, dat korte haar. Wat stond er eigenlijk in neonletters boven zijn hoofd?

Don't be a drag. Just be a queen.

De speakers bleven onze trommelvliezen teisteren met 'On the Floor' van J.Lo en Pitbull.

– Hé, dj! Ben je wel helemaal lekker? 'On the Floor'? In een gayclub?

Ji-yeon, de spierbundel van de groep met het mooiste gezicht en het lelijkste karakter, stapte naar de dj-booth en schreeuwde met zijn ongelooflijk luide stem dat de dj iets van T-ara op moest zetten, en wel onmiddellijk, maar de dj duwde met één hand zijn koptelefoon tegen zijn oor en ging onverstoorbaar verder met doen alsof hij belangrijk was. Draaide deze pretentieuze eikel nou precies dezelfde saaie clubmix die we al tienduizend keer hadden gehoord? *Luister, vriend, zijn we hier in Amerika of in Korea? Geef eens antwoord. Geef antwoord, godverdomme!* Ji-yeon stond op het punt om de dj-booth te bestormen en de man aan te vliegen. Boram en ik hielden hem aan weerszijden vast, maar Ji-yeon was een flinke meid met zijn een meter drieëntachtig en veertachtig kilo. Op dat moment flikkerde er iets voor mijn ogen en toen ik weer bijkwam, hoorde ik heel

T-ara naar me schreeuwen. Of ik hoorde ze te laat. Ji-yeons elleboog landde op mijn lip.

Vanachter de sterretjes kwam er een gezicht op me af. Bijna gemillimeterd haar en lange ogen met strakke oogleden. Zag ik het goed? Toch niet de barman van daarnet? Zijn ogen waren meer pupil dan oogwit, waardoor hij op een marsmannetje leek, en ik zag de weerspiegeling van mijn eigen gezicht. Ik keek zielig en doods en misschien zelfs een beetje eenzaam uit mijn ogen.

Maar jij, met je bakkebaarden die overgingen in het baardje dat mijn gezicht kietelde, jij was zo dichtbij. Ik voelde iets kouds tegen mijn wang. Een 500-milliliterfles Fiji-water die je tegen mijn kapotte lip hield.

– Gaat het?

Een diepe, hese stem. Lippen, ietwat schraal, die over aandoenlijke hoektanden heen vielen. Het zou een misdaad zijn om die uitnodigende lippen onaangeraakt te laten. Ik zoende je voordat ik er erg in had. Je tong, zo warm als de blik in je ogen, streelde de mijne – ik zou willen dat onze liefde op dat moment was begonnen, maar het zou nog een eeuwigheid duren. Op dat moment was ik gewoon een beetje gek. Op jou? Nee, ik was gek van de hoeveelheid drank, de muziek, de hyperactieve laserlichten en de benauwde lucht die me elk moment leek te kunnen verstikken.

En bovenal, van mijn zielige leventje.

Ik proefde bloed en in een flits was ik nuchter. Ik duwde je van me af en fluisterde in je oor.

– Vergeet alsjeblieft wie ik ben.

Ik kwam strompelend overeind. Nee, om heel eerlijk te zijn, ik was die avond niet eens zo heel dronken. Ik deed alsof, in een poging mijn schaamte te verbergen. Eén grote show. Boram en Qri pakten me bij mijn schouders en schudden me door elkaar, terwijl Kylies 'All the Lovers' uit de speakers klonk. *Jongens, wat een fluttent, laten we hier weggaan.* Ik dikte mijn dronkenschap nog wat aan terwijl Eunjung me naar buiten hielp. Eenmaal op straatniveau was ik op wonderbaarlijke wijze meteen nuchter en ik keek achterom, langs de trap de club in, waarvandaan Kylies stem bleef klinken. Het enige wat ik toen voor je voelde was paniek.

Jij, Gyu-ho, jij die mijn bloed had geproefd.

*

Kylie.

Het was de zomer van 2010. Ik ging voor het eerst sinds ik in militaire dienst was met verlof en leunde met mijn hoofd tegen het raam van de intercitybus. Er gingen slechts drie dingen door mijn hoofd: iced americano, Kylie Minogue en seks. Zodra ik uitstapte zag ik een man naar me zwaaien – K, een ambtenaar met wie ik op dat moment zes maanden iets had. Hij wachtte me op met een double-shot iced americano van Starbucks in zijn hand en ik slurpte het levenselixer zo snel naar binnen dat mijn ogen door hun kassen tolden. Bitter: mijn lievelingssmaak, het lekkerste van de wereld. Na drie maanden zonder koffie ging mijn hart tekeer.

– Hyung, het nieuwe album van Kylie Minogue is uit. Ik wil het *nu* horen.

– Oké, laten we ergens een kamer zoeken.

We vonden een motel (dat zichzelf een hotel noemde). Terwijl ik mijn uniform op de grond gooide en een douche nam, zocht hij op de computer in onze kamer naar de videoclip van 'All the Lovers'. Ik kwam druipnat de badkamer uit om te zien hoe honderden halfnaakte mensen een toren vormden en die toren als een golf lieten bewegen. We keken naar de berg van mensenlichamen, nog eens en nog eens, zetten toen het album *Aphrodite* op en hadden seks. Omdat het zo lang geleden was ging ik totaal op in het moment en toen hij vroeg of het zonder condoom mocht, zei ik: doe maar. Ongeveer tijdens het vierde nummer van het album, 'Closer', kwam hij in me klaar. Ik ging als eerste naar de badkamer om me schoon te spoelen. We waren iets te wild geweest: ik bloedde. Na drie dagen met hem doorgebracht te hebben keerde ik terug naar de legerbasis. Twee weken later had ik uitslag over mijn hele lichaam en hoge koorts, en nadat ik een paar dagen in de ziekenboeg tussen leven en dood had gezweefd werd ik naar het centraal militair hospitaal gestuurd.

Het eerste wat de legerarts tegen me zei toen de uitslag van mijn bloedonderzoek binnenkwam:

– Ben je een top of een bottom?

– Wat zegt u? Ik begrijp uw vraag niet.

Het bleek dat die hond van een ambtenaar zodra ik aan mijn dienstplicht was begonnen met alles wat los en vast zat naar bed was geweest. Ik werd op staande voet uit mijn rang verwijderd en het eerste wat ik deed om alles te verwerken was iets waar ik nu eenmaal heel goed in was.

Creatieve bijnamen verzinnen.

Ik noemde haar Kylie, niet omdat ik mijn leven door de plee had gespoeld met Kylie Minogue op de achtergrond, maar gewoon, omdat ik het een mooie naam vond. Aangezien ik er tot mijn dood mee zou rondlopen, leek het me zaak om te kiezen voor een naam die ik graag hoorde. Kylie dus.

Niet Madonna, niet Ariana, niet Britney of Beyoncé, maar Kylie. Geen twijfel over mogelijk.

Ik heb er nooit spijt van gehad, die naam.

*

Ook idioten die tweehonderdduizend shotjes tequila drinken moeten de volgende dag naar hun werk. Dus daar zat ik dan, achter mijn uitklaptafel, verwikkeld in de strijd tegen mijn kotsneigingen. 'Look at Me, I'm Sandra Dee.' Sandy's gejengel was even weinig overtuigend als altijd. De regie was een ramp en de acteurs waren zo slecht gecast dat de zaal, ondanks alle gratis kaartjes die waren verstrekt, praktisch leeg was. Ik bedoel, kom op, wie zat er in godsnaam te wachten op de duizendste reprise van *Grease*? (Zegt de man die vrolijk duizend keer naar precies hetzelfde restaurant gaat om precies hetzelfde gerecht te bestellen, zolang het maar om een date met telkens een andere man gaat.) Mijn zelfverzonnen taakomschrijving in deze kermistent luidde: mijn constante gegaap verdoezelen en mijn oren beschermen tegen het tenenkrommende kabaal. Zelfs bij een miezerig theater als dit bungelde ik onder aan de ladder. Ik hoorde niet bij de cast, de productie of de marketing, ik was de nietsnut die voor het minimumloon bij de ingang voor zich uit zat te staren en programmaboekjes probeerde te slijten, ook al wist iedereen dat je ze aan de straatstenen niet kwijt kon. Waarschijnlijk bracht ik het theater maandelijks een krappe vierhonderdduizend won op, nog niet eens de helft van mijn salaris. Oftewel, ik kon erop rekenen dat ik binnenkort op straat stond. Wat was dit voor marteling, om hier op een zondagavond te moeten wegkwijnen, terwijl de rest van de wereld thuis op de bank lag? Om nog maar te zwijgen (ik meen het, *don't tell my boss*) van het feit dat ik tijdens de eerste akte twee keer naar de wc moest rennen om over mijn nek te gaan. Als het aan mij had gelegen, had ik de programmaboekjes allemaal terzijde geschoven en had ik tabee en tot morgen gezegd, maar Jaehie, mijn beste vriendin van de universiteit, had bergen verzet om dit grandioze bijbaantje voor me te regelen en ik kon haar niet teleurstellen. De manager was een of andere oppa die ze kende, wat volgens mij betekent dat ze jaren geleden een keer seks hadden gehad. Hoe dan ook, de tweede akte kon ieder moment beginnen, dus waarom stond die man daar nog steeds in de foyer te lanterfanten? Ik verplaatste mijn achterwerk, zwaarder dan de aardbol, in zijn richting.

– Meneer, de pauze is afge...

De man keek op. Verrek, hij kwam me bekend voor. Serieus? De barman van gisteren?

– Kan het dat wij elkaar gisteravond hebben gezien?

– Dat kan goed kloppen.

– Wow, toevallig. Ben je hier voor de voorstelling?

– Nee, voor jou.

Ha, die is grappig. Vind je me leuk of zo, had ik kunnen denken, maar ik kende mijn plek in deze wereld.

– O... Nou, je zult een kwartier moeten wachten als je nu niet naar binnen gaat.

Hij herhaalde dat hij hier oprecht alleen was om mij te zien. (Wilde hij me misschien aanklagen?)

– Hoe wist je überhaupt dat ik hier werk?

Blijkbaar had hij op Instagram een foto gezien van de gratis kaartjes die ik Ji-yeon had gegeven.

#musical #grease #VIPticket #goeieplekken #cadeautjevanYoung

Natuurlijk. Hij was een van Ji-yeons dertigduizend volgers. Het was me al vaak genoeg overkomen dat vreemden om die reden een gesprek met me hadden aangeknoopt. Niet omdat ze belangstelling voor me hadden, nee, omdat ze wilden praten met 'Vriend 3' van de mooie, gespierde, groot geschapen queer-influencer genaamd Ji-yeon. Jij, meneer de barman, was er waarschijnlijk op uit om via mij in contact te komen met Ji-yeon. Ik ben niet gek. Maar nu we het er toch over hebben, de eerlijkheid gebiedt me te zeggen dat ik als parasiet van zijn afdankertjes leefde. Ik was de moederkloek die haar best deed om voor haar veel aantrekkelijkere kuikentjes te zorgen. Kuikentjes die vaak te dronken waren om zelf een taxi te bestellen. Ik had verder geen problemen met mijn rol, maar die dag was ik een beetje moe. Te moe om voor iemand te zorgen.

– O, dat wordt lastig. Het duurt nog ongeveer twee uur tot de tweede akte voorbij is en daarna moet ik nog opruimen. Ik weet niet of het uitkomt vandaag.

– Geen probleem. Ik ga in de Starbucks hiertegenover zitten en speel een spelletje op mijn telefoon. Neem je tijd.

Voor ik antwoord kon geven draaide hij zich om en hij liep kordaat het theater uit. Ik ging terug naar mijn plek, rommelde wat met de programmaboekjes die niemand wilde hebben en haalde een doekje over de brandschone tafel, en nog eens, en nog eens. Dit was vreemd. Waarom glimlachte ik zo? Debiel.

Na de voorstelling verliet het publiek de zaal en ik verplaatste de levensechte kartonnen figuren van de fotohoek naar de berging en deed de zaallichten uit. Het was na tienen, hij kon toch niet serieus nog op me zitten wachten? Het was eigenlijk belachelijk dat ik me er überhaupt druk om maakte, maar je weet maar nooit, dacht ik, dus ik liep naar de Starbucks. Gewoon voor het geval dat.

Je zat in kleermakerszit op een chaise longue, je droeg een bril met schildpadmontuur en staarde naar je telefoon, waarop je een of ander spelletje aan het spelen was. De serieuze blik die je onder het gedimde licht van de dansvloer had gehad was verdwenen – wie was deze clown? Je leek als twee druppels water op de pinguïn van die ene strip, Pororo. Toen je opkeek sprong je meteen overeind en je zette haastig je bril af, zodat je er weer uitzag zoals in mijn herinnering. Ik kon mijn lachen niet inhouden en terwijl ik tegenover je ging zitten lachte ik nog steeds.

– Kun je misschien stoppen met lachen?

– Sorry. Maar wat doe je hier, even zonder gekheid?

– Je vroeg of ik je wilde vergeten. Dat is niet helemaal gelukt.

– O... Het spijt me van gisteren. Koffie op mijn kosten. Waar heb je zin in?

– Ik heb al genoeg koffie gehad. Hier, volgens mij is dit van jou.

En hij overhandigde me, God sta me bij, mijn witte Louis Vuitton-telefoonhoesje. Een cadeau van die schoft van een ambtenaar, het duurste verjaardagscadeau dat ik ooit had gekregen – ik kan me nog precies herinneren dat het voelde alsof de hele wereld als een neonlamp begon te gloeien toen ik het in ontvangst nam (een herinnering die inmiddels niets meer waard is, maar toch, mijn enige luxeartikel) – en ik was het kwijtgeraakt?

– Je was zo druk aan het dansen dat je het niet eens merkte toen je hoesje eraf vloog. Ik heb het maar voor je opgeraapt.

– Vergeet alsjeblieft de man die je gisteren hebt ontmoet.

– Waarom? Je danste de sterren van de hemel. Vooral tijdens 'Number Nine'.

Kon iemand me alsjeblieft neerschieten? Ik praatte twee octaven lager in de hoop mannelijker over te komen dan ik was, maar het was een verloren zaak. Terwijl de schaamte van mijn rood aangelopen gezicht droop, kwam een barista ons mededelen dat het sluitingstijd was, waarbij hij ons zo strak aankeek dat we de winkel min of meer uit werden gebonjourd. We liepen zonder iets te zeggen door de smalle straten van Daehak-ro tot ik een uithangbord van een oud café zag hangen, waardoor ik er in een reflex uit flapte:

– Zin in een biertje?

Een verre van snuggere actie, aangezien ik alle soorten drank kon verteren behalve bier, maar welbeschouwd was mijn leven niets anders dan een serie verre-van-snuggere acties. Als ik heb gedronken ben ik onnodig eerlijk en, erger nog, onmogelijk lomp. Zo ook die avond, toen ik aan de lopende band verhalen bleef vertellen waar niemand naar had gevraagd. Tot overmaat van ramp ging ik in geuren en kleuren de grote flaters van mijn liefdesleven opsommen, ongetwijfeld aangedikt met een flatteuze portie zelfmedelijden.

– Weet je wat het is? Ik heb een ware liefde meegemaakt. Ik ontmoette een oude vent, twaalf jaar ouder, een soort activist die boos op me werd omdat ik Amerikaanse kleren droeg. En toch hield ik van hem, kocht ik cadeautjes voor hem, kookte ik voor hem, sprintte ik naar zijn huis om hem als een brave hond op te wachten. En dan dumpt hij me gewoon. Gooit me in een bad met ijsklontjes. Niet dat ik er spijt van heb. Het was ware liefde, weet je. Hoe dan ook, toen dat gebeurde heb ik gezworen dat ik voortaan alleen nog met lieve mannen wil afspreken. Dus mijn eerstvolgende vriendje was middelmatig op alle fronten – gezicht, lichaam, lul, al die dingen – maar hij was lief. Dat was het enige wat telde. En weet je waarom *hij* me heeft gedumpt? Blijkbaar zing ik te veel liedjes op straat. Alsof hij volle zalen trekt! Mag je tegenwoordig niet meer zingen op straat? We leven in een vrije democratie...

Het moment suprême van de avond was toen hij me thuisbracht, ook al was het maar tien minuten lopen vanaf het café.

– Wil je mee naar boven?

Ik zag hem twijfelen en riep mezelf onmiddellijk tot de orde. Doe *even* normaal. *He's not that into you.* Aardig zijn is niet hetzelfde als belangstelling hebben. Ik probeerde het niet persoonlijk op te vatten dat hij zonder iets terug te zeggen naar zijn schoenen stond te kijken en gooide het over een andere boeg.

– Waar woon je eigenlijk?

– Incheon.

Hij was letterlijk helemaal uit Incheon gekomen? Voor een telefoonhoesje? Puur omdat hij aardig was? Dat gaf aanleiding tot een volgende vraag.

– Rijdt de metro überhaupt nog? Blijf anders gewoon tot de eerste metro.

– Ik neem wel een taxi.

– Zwem je in het geld of zo?

– Nee.

– Dus ik ben zo afzichtelijk dat je overweegt een taxi te nemen om maar te kunnen vluchten?

(Kon ik nog dieper zinken?)

– Dat niet, maar…

– Wat dan wel? Ben je bang dat ik je om zeep help en in mootjes hak?

(Alsjeblíéft, hou je smoel.)

– Ik heb gewoon een regel.

– Wat voor regel?

– Om tot de derde date te wachten… met seks.

Ik proestte het uit. Hoe oud was deze knaap, twintig? Had hij te veel *Sex and the City* gekeken? Dacht hij dat hij Charlotte was of zo? Het deed me vermoeden dat hij me gewoon echt niet zag zitten en ook al wilde ik mezelf niet nog meer voor schut zetten dan ik al had gedaan, ik kon het niet laten om zijn hand vast te pakken. Ik deed nog een laatste poging.

– Wie zei er iets over seks? Ik zei alleen: je kunt even binnenkomen en weer vertrekken als de zon opkomt.

Hij knikte. Zodra ik de deur opendeed werd de zwijnenstal waarin ik leefde zichtbaar, wat ontnuchterend had moeten werken maar dat niet deed. Nog even dronken als daarnet deed ik mijn jas uit en probeerde ik mijn broek naar beneden te trekken, maar waarom zat mijn spijkerbroek zo strak? Was ik aangekomen? Uiteindelijk stortte ik met mijn broek half omlaag neer op bed...

Tegen de tijd dat ik weer bijkwam stond de zon laag aan de hemel. Kenmerkend voor de vroege ochtend in mijn universiteitswijk was het lawaai afkomstig van omliggende bouwterreinen waar aan de lopende band nieuwe gebouwen met krappe kamers werden neergekwakt. Ik dacht aan de vele mensen die in al die kamers gingen wonen. Met een frons deed ik mijn ogen open. Ik lag in mijn onderbroek en sokken op bed, alleen. Toen ik rechtop ging zitten zag ik hem op de grond liggen, met al zijn kleren nog aan. Ik klom langzaam uit bed en ging naast hem zitten. Ik keek naar zijn gezicht en het rumoer van de wereld doofde uit. Alsof alleen wij nog bestonden. Ik wilde zijn voorhoofd, zijn neus, zijn lippen aanraken, maar ik was bang dat ik hem zou wekken. Voorzichtig hield ik mijn wijsvinger onder zijn neus om zijn vlakke ademhaling te voelen. Zijn nek was geplooid als een accordeon, zijn hoofd lag boven op mijn pluche Pororo-knuffel en naast hem lagen zijn horloge en portemonnee keurig op de grond. Ik keek van dichtbij naar de wijzerplaat van zijn horloge, waarin NATIONAL INTELLIGENCE SERVICE gegraveerd stond. Pardon? Voorzichtig, als een nieuwsgierig kind, pakte ik zijn portemonnee. Drie briefjes van duizend won, een betaalpas van de Shinhan Bank, een studentenpas van de Yoo Sulhee Nursing Academy in Juan en een standaard autorijbewijs. Min Gyu-ho, geboren in 1989. Hij rolde zich om en ik legde snel zijn portemonnee terug.

Hij deed zijn ogen open, keek hoe laat het was en pakte haastig zijn jas. Zonder een slok te nemen van het glas water dat ik hem aanbood wurmde hij zijn voeten in zijn schoenen. Hij was laat voor college, zei hij. Pas toen de deur in het slot viel, bedacht ik dat we niet eens onze nummers hadden uitgewisseld. Gyu-ho. De man met het horloge van de National Intelligence Service, barman in een gayclub, verpleger in spe.

Wie ben jij eigenlijk?

*

Dinsdag – het begin van een nieuwe week.

Ik had mijn eerste kantoorbaan opgezegd en was weer gaan studeren. Ik had er een gewoonte van gemaakt om laat op te staan en in de universiteitsbibliotheek uit mijn neus te eten terwijl ik me zogenaamd voorbereidde op de arbeidsmarkt. In het zonlicht bij het raam las ik romans, tikte ik op mijn laptop iets wat voor fictie moest doorgaan en probeerde ik mijn waardeloze gedachten onder woorden te brengen op een kladblok dat net zo blanco als mijn brein was.

Achtentwintig jaar oud. Yoo Sulhee Nursing Academy. Verpleger in wording. Barman. Min Gyu-ho.

Ik keek van mijn chaotische woordenbrij op naar de bundel zonlicht die door het raam naar binnen viel. Van vermoeidheid vielen mijn ogen even dicht en toen ik wakker werd was het vijf uur 's middags. Ik zeulde de natte dweil die voor mijn lichaam moest doorgaan mee naar het theater aan Daehak-ro. Ik deed de zaallichten aan en sjouwde de kartonnen figuren van de acteurs naar de kassa. Over een halfuur zou ik de binnenstromende mensenmassa begroeten met een luidkeels 'Programmaboekjes!', wetende dat niemand er een zou kopen.

Ik was op kamers gegaan met het excuus dat ik me moest concentreren op mijn zoektocht naar werk (maar eigenlijk kon ik niet langer met mijn moeder onder één dak wonen). Ik had bijbaantjes om de huur te betalen en mezelf in leven te houden. Maar zodra ik ervaarde wat het was om in de grotemensenwereld rond te lopen, verdween iedere motivatie om iets te bereiken of op te bouwen. Het had geen zin, het bleef altijd dezelfde sleur op een andere plek. Frustratie en woede, op hoop gebaseerde wanhoop, tijd die als zweet van me afdroop. Mijn liefdesleven was niet veel beter. Ik was al te ver afgegleden om er nog iets van te verwachten. Werk zoeken, schrijven, mannen – één pot natte schijt. Maar hoe kwam het toch dat ik de hele tijd jouw naam op papier wilde zetten? Ja, jij ja, Gyu-ho. De man die eigenlijk gewoon een van de vele voorbijgangers uit mijn saaie bestaan zou moeten zijn. Jouw naam.

*

Jaehie belde me toen ik van een zaterdagavondvoorstelling onderweg naar huis was. Haar vriendje was op zakenreis in Koeweit en ze had voor het eerst in tijden een avondje vrij – of ik zin had in een drankje. Ik stond niet bepaald te trappelen, maar ze zou trakteren, dus ik pakte de bus naar Hongdae met alleen mijn ov-kaart op zak. Ze had mensen van heinde en verre bij elkaar gesleept, mensen die afgestudeerd waren en een grotemensenleven leidden en ja hoor, waren begonnen aan de afgezaagde drankspelletjes die grotemensenmensen in vreemd gezelschap doen, om nog maar te zwijgen van hun slaapverwekkende levensverhalen, hun jaarinkomens en hun heteroseksuele liefdeslevens waar ik nul komma nul interesse in had – het was een knalfuif. Hij hield je handje vast? En toen zoende hij je? En een maand later gingen jullie met elkaar naar bed? Echt, ik ben zo blij voor je. Trouwens, waarom werd er alleen Chungha gedronken? Waar was de soju? Niemand werd dronken van dat slappe spul. 'Waar was ik gebleven? O ja, toen deze oppa hier werd gestationeerd bij de Zaytun-eenheid in Irak, nou, toen hadden die hufters van het Amerikaanse leger...' Een of andere lapzwans die aan Korea University had gestudeerd en inmiddels bij een bouwconcern werkte, ratelde door over zijn zogenaamde heldendaden waar niemand naar had gevraagd. Ik bleef Chungha achterovergieten zonder deel te nemen aan het gesprek.

– Hé, jij daar, snelle drinker, studeer je nog?

– Nee, ik ben afgestudeerd.

– Dan heb je je dienstplicht vast al achter de rug. Waar heb je gezeten?

Ik hield mijn lippen stijf op elkaar. Jaehie snapte de hint en bracht het gesprek op een ander onderwerp. 'Kom nou, oppa, wie praat er nog over zijn tijd in het leger op onze leeftijd?'

Als er een klassement voor verveling bestond, was die avond de onbetwiste nummer één. Terwijl de anderen uit hun nek kletsten, bleef ik drank achteroverkieperen en speelde ik met de gedroogde vis die als snack op tafel was gezet. *Jezus, wat verveel ik me*, dacht ik, *ik hoor hier niet thuis*. Elke dag, elke seconde voelde ik mezelf verder van de wereld vervreemden. Wat zouden de T-ara's aan het doen zijn? Ik opende de groepschat in de hoop dat iemand iets grappigs had gezegd, maar het was angstvallig stil. Waarschijnlijk hadden ze allemaal iemand aan de haak geslagen of sliepen ze thuis hun roes uit. Ik zei dat ik naar de wc ging, liep rechtstreeks naar buiten en appte Jaehie.

Sorry, Jaehie. Ik ben weg. Geen reet aan.

Ja, die gast praat veel te veel lol iedereen haat hem haha.

Haha zorg dat die oppa van Korea University zich bezat en laat hem voor de drank betalen.

Goed idee hihi.

Met een grijns op mijn gezicht liep ik naar de stoeprand. Tien voor halfvijf 's ochtends. En toch, ik wilde ergens heen, zolang het maar niet naar huis was. Ik kon maar één plek bedenken: Itaewon.

Als door de hemel gezonden stopte een oranje taxi voor mijn neus. Zonder erbij na te denken trok ik de deur open, stapte in en riep: 'Itaewon, brandweerkazerne alstublieft.' Schitterden de straatlantaarns en neonlichten altijd zo? Waarom was Seoel ineens zo mooi? Alles wat tot dan toe onbelangrijk was geweest leek nu bijzonder en geweldig. Je zou het niet geloven, maar de taxirit kostte me ruim tienduizend won, ook al gold het nachttarief niet meer. Nog maar twintigduizend won op mijn OV-kaart, hoe kwam ik straks thuis? Zorgen voor later. Liep wel los. Vanaf Hannamdong stond het verkeer vast. Ik stapte uit voor de ingang van het CJ-gebouw en rende door naar Club G. Ik stond nog uit te hijgen toen hij de trap van de club op kwam met een gigantische vuilniszak over zijn schouder, ongeveer net zo groot als hijzelf. Hij merkte me niet op terwijl hij kreunend naar de containers op de parkeerplaats liep, dus ik liep achter hem aan. Zodra hij de vuilniszak op de grond liet vallen, omhelsde ik hem van achteren. Een plan had ik niet echt.

– Ah!

– Liet ik je schrikken?

– Godallemaggies.

– Betekent dat iets liefs?

– Als ik schrik praat ik meteen in dialect.

– Sinds wanneer spreekt men in Incheon een dialect?

– Ik kom niet uit Incheon.

– Niet?

– Nee, van Jeju Eiland. Dit is mijn eerste jaar op het vasteland.

Bahaha. Op het vasteland? Ik lachte onbeleefd hard. Zijn ogen zeiden: *heb ik iets verkeerds gezegd?* Die blik, die zorgelijke blik. Cute.

– Ben je hier met je vrienden?

– Nope, solo. Om jou te zien.

– O god.

– Je hoeft niet zo dramatisch te doen. Ik was in Hongdae wat gaan drinken en ik had nog niet genoeg gehad. De zon kwam al op en ik kon alleen maar aan drank denken, dus dit leek me wel een goede plek. Jullie mixen hier pittig sterke cocktails, toch?

Hij grijnsde en sloeg opeens een arm om mijn schouder. Ik schrok een beetje van zijn plotselinge aanraking, maar ik liet het niet merken. Ik voelde zijn adem tegen mijn linkeroor. Schouder aan schouder liepen we naar de ingang, waar de beveiliging ons zonder oponthoud binnenliet. Hij trok me mee naar de kleine bar, pakte een dubbelgroot shotglas en schonk het vol met een kleurige likeur die ik nog nooit had gezien. Ik sloeg het meteen achterover. *Huh, hoezo smaakt dit spul naar perzik, dit is geen drank, dit is vruchtensap.* Hij schonk mijn glas nog eens vol. Ik dacht dat ik hem om alcohol had gevraagd, niet om limonade. Ik sloeg het evengoed achterover.

Gek, maar opeens *moest* ik dansen. Hij keek me aan en zijn zijdezachte voorhoofd weerkaatste het licht en vreemd genoeg leek het alsof ik de stad Seoel kon voelen. Het prachtige Seoel en de luidruchtige muziek. Donkere ogen, kort haar. Ik wilde met je dansen en een arm om je middel leggen en met mijn andere hand door je bezwete haren strijken. Ik wilde dicht tegen je aan staan en je lichaamswarmte voelen. Maar waarom vielen mijn ogen steeds dicht? Het was binnen veel te warm en veel te rokerig. Mijn ogen droogden uit. Zetten ze de muziek maar wat harder. Zetten ze de ventilator maar aan. Kon ik mijn ogen maar openhou...

Toen ik wakker werd, brandden de tl-buizen en alle feestgangers waren naar huis. Er waren alleen nog een paar werknemers die het slagveld aan het opruimen waren. Was het hier zo klein? Met de lichten aan zag de club er ranzig en shabby uit, heel anders dan in het donker. Het ranzigste van alles was ik natuurlijk zelf. Mijn aanwezigheid, in een hoekje op de bank. En dan was er Gyu-ho, die naast me zat.

– Meneer, we gaan sluiten.

Ik boog bij wijze van verontschuldiging naar zijn lachende gezicht en trok de jas die iemand over mijn knie had gehangen aan. Ik haastte me de trap op en werd meteen duizelig. Goeie genade, hoeveel had ik gedronken? Het was klaarlichte dag toen ik bovenkwam en mezelf met een hand tegen de muur overeind hield. Een medewerker van de Paris Baguette veegde de straat aan en ik liet me op de stoeprand voor de ingang van de club zakken. Mijn adem kwam in wolkjes naar buiten. Gelukkig maar dat ik niet op straat had geslapen – ik was ongetwijfeld doodgevroren. De dichtstbijzijnde bushalte was een halve avondvierdaagse ver weg. Dat trok ik niet. Ik maakte mijn woestijndroge lippen nat en wreef de slaap uit mijn ogen, terwijl een groep mensen de club verliet en zich in de ochtendzon begaf. En daar stond Gyu-ho weer, pal voor mijn neus.

– Moet u niet eens op huis aan, meneer?

– Sorry hoor, ik heb geen geld voor een taxi.

En daar gingen we, samen in een taxi naar huis. Gyu-ho zei tegen de chauffeur waar we naartoe wilden. Niet naar Incheon maar naar Daehak-ro. Uit de autoradio klonk 'Morning Dew', een van Yang Heeeuns betere ballads. Gyu-ho praatte door de kabbelende muziek heen.

– Wist je dat het vandaag de derde keer is dat we elkaar zien?

– Je houdt het bij?

– Dat weet je toch ook wel zonder te hoeven tellen?

– Nou, ik was anders aan het tellen. Tot de derde keer.

Het viel stil. Ik slikte, hoorbaar, en onze knieën raakten elkaar. Ik drapeerde mijn jas over onze benen, zodat we daaronder elkaars hand konden vastpakken. We streelden elkaars dijen en keken ieder een andere kant op. We reden langs het Ambassador Hotel, de Cheonggye Beek, Ewha Wedding Hall en na de kleine theaters van Daehak-ro kwam mijn huis in zicht, terwijl onze klamme handen zich verder verstrengelden.

*

We hielden ons aan de regel van de derde keer. Ook al was het geen groot succes.

Gyu-ho fluisterde, voor het eerst in informeel Koreaans: 'Mag het zonder?' en ik schudde mijn hoofd. Gyu-ho werd verlegen.

– Sorry. Ik word gewoon vaak slap als ik iets omdoe.

– (*Een veelgebruikte smoes van mensen met een erectiestoornis.*) Het is niet erg. Zal ik het doen?

– Nou... daar ben ik niet zo goed in.

*

Toen ik mijn ogen opendeed, stond Gyu-ho in de keuken. De rijstkoker, die ik minstens een halfjaar niet had gebruikt, stoomde en op het aanrecht stond mijn sojasaus naast allerlei specerijen waarvan ik niet eens wist dat ik ze in huis had. Er pruttelde iets op het fornuis. Toen ik de stoom door mijn krappe kamer zag trekken, voelde het alsof ik in een alternatieve werkelijkheid was beland. Gyu-ho, die zag dat ik opstond, zei dat hij bezig was een ontbijtje voor me te maken, als dank voor de overnachting. Ik pakte een kleine klaptafel onder mijn bed vandaan en veegde er met een nat doekje overheen. Hoe vaak ik er ook overheen ging, het stof bleef zitten. *Story of my life*. Ondertussen zette Gyu-ho udonsoep op tafel met een paar bijgerechten die ik nog nooit had gezien. Ik vroeg waar hij die allemaal vandaan had en hij antwoordde dat hij ze bij de supermarkt verderop had gekocht. Opeens zag ik dat er een gft-afvalzak naast de gootsteen hing en dat er een stoffen matje voor de badkamerdeur op de grond lag. Wat een overlever! Zelfs paardenbloemzaad schoot minder snel wortel. Ik at zwijgend van de soep die hij had bereid. Gyu-ho keek om zich heen.

– Je bent zeker net verhuisd. Blijkbaar nog geen tijd gehad om gordijnen op te hangen.

– Ik woon hier nu twee jaar. Ik heb ooit een keer gordijnen en lakens en dat soort dingen gekocht, maar volgens mij liggen ze ergens in een hoek. Te veel gedoe.

– Hoe kun je... Wow.

– Mag ik jou ook wat vragen?

– Tuurlijk.

– Je komt oorspronkelijk uit Jeju en werkt momenteel in Itaewon, waarom woon je dan in Incheon?

Omwille van zijn broer, zei hij. Na vier jaar lang proberen was zijn broer, een jaar ouder dan hijzelf, toegelaten tot de studie geneeskunde aan een universiteit in Incheon. Tegen het einde van zijn basisjaar was hun moeder hem komen opzoeken en had ze met eigen ogen gezien wat voor zwerversbestaan hij leidde, waarop ze Gyu-ho als helpende hand naar Incheon had gestuurd. Het was de bedoeling dat hij voor zijn broer zou koken, zou schoonmaken en zijn levenskameraad(?) zou zijn. Ik was verbaasd door dit typische jarentachtigverhaal van gelukszoekers die om te studeren naar de hoofdstad verhuizen, maar Gyu-ho keek er anders naar.

– Ik ben van jongs af aan een probleemkind geweest. Ik heb de middelbare school niet afgemaakt en ben zelfs gestopt met de beroepsopleiding waar ik met de hakken over de sloot was toegelaten. Ik voelde me schuldig tegenover mijn moeder. Daarbij was er niets te doen op het eiland en omdat ik gay ben wilde ik een keer proeven van het leven in Seoel. Niet dat Incheon in Seoel ligt, maar toch. Daarom ben ik hierheen gekomen.

– En het is niet vervelend om met je broer onder één dak te wonen?

– Heel vervelend. Verschrikkelijk zelfs.

Het verwende nest dat voor zijn broer moest doorgaan werd waarschijnlijk altijd al voorgetrokken, want hij bleek een etterbak van de bovenste plank te zijn. Hij vond de ribbensoep die Gyu-ho voor hem had gekookt niet lekker en at alleen het vlees van de botten om de botten zelf in de wc-pot te flikkeren, die daardoor nog altijd verstopt was. Als hij thuis was, zette hij zijn koptelefoon op en deed hij de hele dag niets anders dan gamen en hardop vloeken. Toen Gyu-ho zei dat ze in de zes maanden die ze samen hadden doorgebracht nog geen tien woorden met elkaar hadden gewisseld, zag ik iets vijandigs in zijn gezicht dat ik niet van hem kende. Ik opende mijn tactische trukendoos en stuurde het gesprek in een andere richting door te vragen wat hij doordeweeks deed, waarop Gyu-ho vrolijk antwoordde dat hij een opleiding verpleegkunde deed.

– De overheid betaalt het collegegeld en je krijgt er nog leefgeld bovenop. Ik heb het klinische deel van de studie al bijna afgerond. Ken je dit liedje? *Met z'n allen naar Yoo Sulhee, Yoo Sulhee Nursing Academy...*

Het 'liedje' was de jingle van de 'welbekende' verpleegkunde-opleiding. Ik lachte en zei dat ik het nog nooit had gehoord, waarop Gyu-ho met een teleurgestelde blik zei dat iedereen in Incheon het kende.

– Mijn ouders zeggen dat ik bij mijn broer in dienst kan zodra hij zijn eigen kliniek opent. Zodat ik voorgoed zijn slaaf kan blijven.

Zijn gezicht bleef emotieloos. Was hij als bronwater? Kristalhelder. Maar hoe wist hij dat ik een zwak had voor ingewikkelde familieomstandigheden? Die had ik niet zien aankomen. In al mijn jaren als gay was Gyu-ho de eerste die zich helemaal blootgaf, die zich niet beter voordeed dan hij was, die er geen doekjes om wond. Hij leek weliswaar zo koppig als een ezel, maar toch deed hij alles wat hem werd opgedragen. Ik kreeg de indruk dat hij een vreemde eend in de bijt was. Ik staarde hem aan zonder iets te zeggen en hij keek enigszins ontmoedigd terug.

– Echt waar, iedereen in Incheon kent het. Yoo Sulhee.

Ik at de laatste hap van mijn udonsoep en keek Gyu-ho aan.

– Heb je plannen vandaag?

– Hoezo?

– Ik kan gratis musicalkaartjes voor je regelen.

– Wow, echt? Kan dat? Ik heb nog nooit een musical gezien.

Dat de eerste musical die hij ooit ging zien de allerslechtste cast uit de geschiedenis van *Grease* had... Ik vond het jammer voor hem, maar wat kon ik eraan doen? Het lot bepaalt.

– Ik regel de beste plek in de hele zaal voor je. Onder één voorwaarde.

– Namelijk?

– Ik heb een goeie vriend genaamd Ji-yeon. Je weet wel, die gast die me toen een elleboogstoot gaf.

– Ik weet wie je bedoelt. Gespierd, mooi kleurtje, beroemd.

– Bingo. Soms kan hij een klootzak zijn, maar op andere momenten ziet hij bepaalde dingen heel scherp. Hij heeft me ooit een trucje geleerd. Dat als twee mensen van verschillende leeftijden informeel Koreaans met elkaar praten, dan weet je dat ze seks hebben gehad. Dus laten we voortaan informeel Koreaans praten.

– Hoe oud ben jij dan?

– Ik ben van 1988 en jij van 1989. Je hoort me eigenlijk 'hyung' te noemen.

– Huh, hoe weet je hoe oud ik ben? Trouwens, ik ben vroege leerling. Al mijn schoolvrienden zijn van 1988.

– We zitten niet meer op de basisschool. Het doet er niet meer toe dat je een vroege leerling bent.

Jammer maar helaas. Daarbij, je zei toch dat je je school niet had afgemaakt?

Hij zei niets.

– Sorry. Dat was grof. Maar goed, informeel dus, vanaf nu.

Gyu-ho tuitte zijn dunne lippen, wat in mij de drang aanwakkerde om hem op alle mogelijke manieren te plagen en tegelijkertijd alles wat ik in me had met hem te delen.

We liepen samen naar het theater, waar ik de jongen bij de kassa zover kreeg dat hij Gyu-ho een vrijkaartje gaf. Gyu-ho liep in zijn eentje de zaal binnen en ik ging zoals altijd in het kleine glazen hok naast de kassa zitten en staarde naar het enorme scherm met camerabeelden van de zaal. Danny klom in zijn strakke spijkerbroek boven op de auto.

– Greased Lightning!

De koplampen van de kleine auto op het podium zouden nu vast op Gyu-ho's gezicht schijnen. Was het raar als daardoor Danny's abominabele zang me dit keer een fractie draaglijker leek? Opeens betrapte ik mezelf erop dat ik voor me uit zat te neuriën. 'Met z'n allen naar Yoo Sulhee, Yoo Sulhee Nursing Academy.' Dit kon alleen nog maar fout gaan.

*

Op een willekeurige zaterdagmiddag kwam Gyu-ho mijn huis binnenvallen. Uit zijn enorme rugzak haalde hij een Bosch-borenset tevoorschijn. Hij zei dat hij vastbesloten was geweest om de set te kopen met de fooien die hij tijdens de feestdagen rond Seollal van Chinese toeristen had gekregen, niet dat ik begreep hoe iemand ooit vastbesloten zou kunnen zijn over iets als een borenset. Gyu-ho pakte de gordijnen en de bijbehorende gordijnrails die ik ergens had weggestopt en ging op een stoel staan. Hij begon de rails te bevestigen, terwijl ik de stoel met beide handen vasthield en naar hem opkeek.

– Wat heb jij met gordijnen?

– Je fronst de hele tijd in je slaap. Het ziet er niet uit.

Ik grijnsde. Toen de gordijnen eenmaal hingen, baadde Gyu-ho in het zweet. ‘Klaar is Kees,’ zei hij en toen hij naar beneden kwam veegde ik het zweet van zijn voorhoofd. Zijn warme voorhoofd. De gordijnen, gekreukeld omdat ze zo lang in een hoekje hadden gelegen, hielden daadwerkelijk elk lichtvlekje tegen. Alsof Gyu-ho en ik als enigen ter wereld over waren. Hij zette de borenset naast mijn bureau en zei dat hij naar zijn werk moest.

– Nu al?

– Ja. Ik eet vanavond met de hyungs.

– En de boor laat je hier?

– Hij is zwaar. En ik heb hem nergens anders voor nodig.

– (*Jezus, waarom heb je hem dan gekocht?*) Toe, blijf nog even.

Hij was al te laat, zei hij, en zonder zelfs maar een glaasje water te drinken vloog hij de deur uit. Ik staarde naar de dichte deur. Hij was helemaal hierheen gekomen om de gordijnen op te hangen? Uit Incheon?

Wat de hel? Die kwam hard aan.

Die avond werd ik wakker van luid geklop op de deur. Complete duisternis. Godver, welke gladiool kon dat zijn, midden in de nacht? Ik keek op mijn telefoon: (drie gemiste oproepen en) het was halfacht. Sinds wanneer was het 's ochtends zo donker? Het geklop hield aan en ik strompelde in mijn onderbroek naar de deur. Gyu-ho, met een doos macarons in zijn hand.

– Zoetigheid schijnt goed voor je humeur te zijn.

– Heb je gezopen of zo?

– Nee, we hadden een bedrijfsuitje, maar ik heb niets gedronken.

Ongevraagd banjerde Gyu-ho mijn huis binnen, drukte zich tegen me aan en propte een hemelsblauwe macaron in mijn mond. Ik kauwde. Het was zoet, veel te zoet voor iemand die helemaal niet van zoetigheid houdt, waardoor de frons op mijn slaperige gezicht nog dieper werd.

Gyu-ho streelde teder met zijn vinger over mijn voorhoofd. Van zijn hand steeg een zoete geur op.

– Zullen we iets gaan doen?

– Ben je gek? Ik heb meer slaap nodig.

– Je hebt meer dan genoeg geslapen.

– Hoe weet jij dat?

– Ik heb je sinds middernacht geprobeerd te bellen.

– (*De gemiste oproepen.*) Wat als ik geen zin had om op te nemen?

– Geloof je het zelf? Kom nou, we gaan.

Gyu-ho's smekende ogen trokken me mee naar buiten. Ik mag dan zo koppig als een ezel lijken, maar stiekem ben ik een mak schaap, zoals iedere Koreaan die braaf het onderwijscurriculum van de overheid heeft nageleefd. Ik zuchtte diep, deed over het trainingspak dat ik als pyjama gebruikte een winterjas aan en liet mezelf meesleuren, grommend en wel.

Er was zo vroeg in de ochtend bijna niemand op straat en we grapten wat heen en weer: *Waar wil je heen? Geen idee, jij? Maakt niet uit, als het er maar niet te warm is. Het is winter, het hele land is bevroren. Ik wil Seoel zien. Je kijkt ernaar.* En opeens bedacht ik waar we naartoe konden. Ik stopte mijn handen in Gyu-ho's capuchon en duwde hem als een kruiwagen de heuvel op. Er hing een tabakslucht in zijn haren. Binnen tien minuten waren we bij Naksan Park. De zweetdruppels biggelden over Gyu-ho's brede voorhoofd. Ik plaagde hem omdat hij op zijn leeftijd (ook al verschilden we maar één jaar) na een klein heuveltje al buiten adem was, maar bedacht toen dat hij de hele nacht had gewerkt en voelde me meteen schuldig. Niet dat ik dat liet merken. Gyu-ho leunde op de oude stenen muur aan de rand van het park en legde zijn hoofd op zijn armen.

– Hoe oud zijn deze grijze stenen eigenlijk?

– Tja.

Zonder iets te zeggen leunden we op de voormalige

vestingmuur. Ik keek naar de zon die aan de horizon opkwam en zag hoe de nacht en de dageraad elkaar aflosten. Gyu-ho keek neer op Seoel en zonder zich naar me om te draaien zei hij:

– Ik heb er altijd van gedroomd om naar het vasteland te verhuizen, naar Seoel. Ik wilde naar de hoogst mogelijke plek toe.

– Op Jeju had je de Mount Halla in je achtertuin.

– Weet je...

– Ja?

– Wil je... met me uit?

– We zijn toch buiten?

– Moet ik het echt twee keer vragen? Je weet wat ik bedoel.

Ja, ik weet het. Ik weet het en het is precies wat ik wilde horen, wat ik hoopte dat je zou zeggen, want ik wil het wel, maar... De woorden lagen op het puntje van mijn tong, maar er was iets wat me ervan weerhield ze uit te spreken. Hoe graag ik het ook wilde, er was iets wat ik hem eerst moest vertellen. Iets wat ik meteen al had moeten zeggen. Ik wist niet zeker of ik het hem kon vertellen, maar ik besloot mijn instinct te vertrouwen.

– Gyu-ho, voordat het serieus wordt zijn er twee dingen die je over mij moet weten. Ten eerste hou ik niet van zoetigheid. Dus laat de macarons maar thuis. Ik heb liever gewoon geld.

– Malloot.

– En dan nog iets. Het zit namelijk zo. Het geval wil...

*

Dat ik Kylie heb.

Ook al bekommer ik me gewoonlijk alleen om de kleinste details en negeer ik grote problemen, toen ik eenmaal met Kylie geconfronteerd werd kon ik twee maanden niet normaal nadenken. Ik werd op medische gronden uit het leger ontslagen en lag me op mijn kamer af te vragen of dit nu mijn leven was, of *dit* nu bij me hoorde. Maar ja, wat was nou eigenlijk het probleem? Er waren medicijnen. Ik besloot te doen alsof ik elke ochtend tot aan mijn dood een vitaminepil moest slikken. En als ik seks wilde moest ik altijd een condoom omdoen. Iedereen die een beetje fatsoenlijk was opgevoed deed die twee dingen toch al? Daarbij was ik al na zes maanden van mijn dienstplicht verlost, terwijl de rest bijna twee jaar lang moest wegkwijnen, dus eigenlijk had ik een gratis vakantie gescoord. Zo redeneerde ik. Tegen mijn moeder en de T-ara's zei ik dat ze me vanwege een hernia naar huis hadden gestuurd. Ik had dan ook een slechte houding en zware rugklachten. Maar blijkbaar was niet iedereen achterlijk, want een van hen stelde de hamvraag.

– Wat de fuck? Heb je hiv of zo?

– O nee! Je hebt me door!

Iedereen lag in een deuk. Als ik met de T-ara's ging drinken en er liep iemand langs van wie werd gezegd dat hij posi was, zei Eunjung, de komiek onder ons, 'Dames, houd een hand over uw glas', en iedereen lachte zich een ongeluk. Ik lachte net zo hard mee, maar dacht toen: *o, wacht, ik heb dat ook in mijn lichaam zitten*, waarna er een koude rilling langs mijn wervelkolom ging. Afgezien daarvan is er niets aan de hand. Ik heb Kylie al vijf jaar, dus ze is een soort familie geworden. Nee, meer zelfs. We delen dezelfde aderen, leven van dezelfde voedingsstoffen, ademen dezelfde lucht – ze is mij, met andere woorden. Onderdeel van mij. Ze zal altijd mij zijn, tot de dag van mijn dood, en zelfs daarna. En ze kan alleen van mij zijn... Als je iets met mij wilt beginnen, moet je dat weten. Ik ben ik en tegelijkertijd ben ik Kylie. Jij bent de eerste aan wie ik dit ooit heb moeten vertellen. Maar voel je niet bezwaard. Niet dat ik, als iemand die door een ander blind te vertrouwen in deze toestand verzeild is geraakt, iets over vertrouwen weet, maar ik wilde het vertellen omdat ik je op de een of andere manier vertrouw. Als het allemaal te veel voor je is, dan is dat iets volkomen natuurlijks, net zo natuurlijk als de natuur zelf. Als je weg wilt lopen, houd ik je niet tegen. Maar houd het alsjeblieft voor jezelf. Zodat ik door kan gaan met mijn leven zoals het nu is. Onthoud me gewoon als die grote harige reus die onder aan Naksan Park woont. Of nee, vergeet me gewoon. Wis mijn hele bestaan uit je geheugen en ga doordeweeks naar Yoo Sulhee en in het weekend naar de club, zoals je altijd doet.

Gyu-ho bleef lang stil, muisstil. Hij knipperde niet eens met zijn ogen en bleef omlaag kijken naar Seoel, terwijl ik nadacht over wat ik moest zeggen.

– Nou, dan ga ik maar. Geniet van het uitzicht, denk erover na en geef me belletje. Of niet, als je er geen zin in hebt. Ook oké.

Terwijl ik deed alsof ik oprecht oké was liep ik langs de muur naar beneden. Mijn voeten volgden als vanzelf het kronkelende, misselijkmakende pad, maar het voelde alsof ik ieder moment door mijn knieën kon zakken. En waarom beet ik op mijn lip, waarom trilde mijn kin? De weg naar huis was veel langer dan ik me herinnerde. Terwijl ik mijn best deed om de ene voet voor de andere te zetten, voelde ik een hand op mijn schouder en toen ik omkeek stond Gyu-ho voor mijn neus. Ook al was hij eigenlijk even lang als ik, hij leek nu een kop groter, want hij stond hoger op de helling. Uit zijn kleine ogen stroomden dikke tranen.

– Hoe kun je zoiets zeggen alsof het niets is?

– Omdat het niets is. Vergeleken met alle andere zooi die het leven met zich meebrengt.

– Maar toch... Waarom zeg je het met een glimlach? Ik word er verdrietig van.

– Ik ben degene die zou moeten huilen.

Daar stond ik, met een huilende Gyu-ho voor mijn neus. Hij was lelijk als hij huilde. Lelijk maar schattig. Schattig maar sneu. Grappig eigenlijk, dat *ik* hem sneu vond. Gyu-ho haalde zijn neus op en slikte zijn tranen weg.

– Weet je, ik hou van katten. Maar ik kan er geen in huis nemen. Ik ben allergisch.

– Wat heeft dat er nou weer mee te maken?

– Dat jij eruitziet als een dikke boze kat. Vanaf nu noem ik je Dikkie Dik.

Lang niet zo goed als Kylie. Maar leuk geprobeerd.

*

Maanden later, toen we op een avond samen in bed lagen, stelde ik Gyu-ho een vraag. Waarom had hij, ondanks Kylie, besloten om met mij te zijn?

– Omdat jij het bent, hoe je het ook wendt of keert.

Omdat ik het was – niet vanwege Kylie of ondanks Kylie, maar hoe je het ook wendt of keert. Ik vond het zo'n mooie uitspraak dat ik het zachtjes in mezelf bleef herhalen.

– Hoe je het ook wendt of keert.

*

Degenen die het meest uitbundig reageerden toen ik zei dat ik officieel iets met Gyu-ho had waren de T-ara's.

– Waa! Gefeliciteerd. Staan we nu voor altijd op de gastenlijst? Gratis drank?

Ongelooflijk, die bitches.

*

De eerste van ons tweeën die een echte baan bemachtigde was Gyu-ho. Toen hij zijn klinische training had afgerond, kreeg Gyu-ho meteen een functie aangeboden bij verschillende plastische chirurgiepraktijken en zelfs bij een in penisvergroting gespecialiseerde uroloog in de chique wijk Shinsadong. Behoorlijk indrukwekkend als je bedacht hoe moeilijk het vandaag de dag was om een baan te vinden. Gyu-ho stond weliswaar bekend als een harde werker en een doorzetter, maar wat het plannen van zijn levensloop en het nemen van belangrijke beslissingen betreft was hij een koekenbakker. Uiteindelijk nam hij mijn advies ter harte en koos hij voor de baan bij de penisvergroter. Het bleek een goed advies te zijn geweest, want hij zei dat het salaris fors was vergeleken met zijn vrienden van Yoo Sulhee die bij andere klinieken werkten, en het werk was simpel.

Als we samen waren, vroeg hij altijd hetzelfde.

– Dikkie Dik, wat te doen? Spelen?

Ik ging ervan uit dat het weglaten van de persoonsvorm een kenmerk van het Jeju-dialect was en liet hem uitpraten, waarna ik met een diepe zucht de opties presenteerde die het best bij onze situatie pasten, als een moedervogel die haar jongen voerde. Ik was misschien geen held in het huishouden en afval scheiden, maar je kon altijd bij me aankloppen om prangende kwesties op te lossen. Natuurlijk kan een monnik zijn eigen hoofd niet scheren, zoals het spreekwoord luidt, en mijn eigen levensloop was dan ook een zooitje. Ik werd afgewezen bij de meer dan honderd bedrijven waar ik had gesolliciteerd, wat me het gevoel gaf dat de wereld me de rug toekeerde. Toch was ik niet teleurgesteld, laat staan wanhopig, wetende dat mijn leven sowieso niet veel beter zou worden, zelfs al werd ik tegen alle verwachtingen in ergens aangenomen – dat had mijn vorige baan al uitgewezen. Hetzelfde gold voor de liefde. Ik had geen vlinders en koesterde geen hoge verwachtingen over onze toekomst samen. En misschien was dat juist de reden waarom onze relatie een lang leven beschoren was.

Afgezien van het hectische begin was onze relatie zo alledaags dat je er slaperig van werd. Maar dat maakte ons niets uit. Hoe je het ook wendt of keert, we hadden een relatie.

Het werd al snel een gewoonte dat Gyu-ho na zijn weekenddienst achter de bar bij mij bleef slapen. Hij sloop op zijn tenen naar binnen omdat hij wist dat ik een lichte slaper was, waste snel zijn gezicht en kroop naast me onder de dekens, waar hij binnen tien seconden in slaap viel. Ondanks de zachte geluiden werd ik wakker en terwijl ik probeerde weer in slaap te vallen duwde ik mijn neus tegen zijn achterhoofd om de tabakslucht in zijn haar op te snuiven.

We sliepen lang uit, kookten taugésoep of kimchistoof en liepen naar buiten. Tenzij iemand me dwong, had ik normaal gesproken mijn bed niet verlaten (laat staan verruild voor een plek met menigtes), terwijl Gyu-ho zich opgesloten voelde als hij te lang stilzat. Ik begreep niet hoe hij me precies had veranderd, maar dankzij Gyu-ho kreeg ik meer van de wereld te zien.

Onze dates volgden de gentrificatie van Seoel. De kunstgalerieën in Samcheongdong en Bukchon, de Serosugil in de buurt van Gyu-ho's werk, en de straten van Bokwangdong, Mangwondong, Haebangchon en Seongsudong... We kwamen allebei ruim vijf kilo aan. Meestal betaalde Gyu-ho de rekening, om de straatarme loonslaaf die zijn vriendje was tegemoet te komen. En als hij zei dat ik snel beroemd moest worden zodat ik hem terug kon betalen, riep ik altijd: 'Natuurlijk!' Maar we wisten allebei dat dat er nooit van zou komen.

*

Op een dag kwam Gyu-ho aanzetten met Australische biefstuk om te vieren dat hij was gepromoveerd tot leidinggevende op de afdeling intakegesprekken. Wat voor zaak geeft je zo snel al promotie, zei ik, terwijl ik het vlees in de pan liet glijden. Toen hij vertelde wat de nieuwe functie inhield, bleek die geen enorme verantwoordelijkheden met zich mee te brengen, maar hij was de CEO wel degelijk opgevallen. De man had blijkbaar gezegd dat hij Gyu-ho mocht, omdat hij 'niet zoals het grut' was.

– Wat denk je dat hij daarmee bedoelt? Niet zoals het grut?

– Dat je een verrekte provinciaal bent.

Stiekem snapte ik precies waar de CEO op doelde. Gyu-ho's spaarzame taalgebruik en zijn gedreven karakter, in combinatie met het uiterlijk van een jeugddelinquent – een totaalplaatje dat gek genoeg vertrouwen wekte. En ik kon het weten, aangezien dat precies de dingen waren die ik leuk aan hem vond.

Toen het einde van *Grease* in zicht kwam, sleepte ik quasi per ongeluk een baan in de wacht bij een middelgrote logistieke dienstverlener. Het bedrijf toonde zich bereid om me meer te betalen dan ik waard was, maar er was één probleem: het lichamelijk onderzoek, de laatste horde voordat ik officieel zou worden aangenomen. Aangezien ze relatief veel nieuwe mensen in dienst namen, lieten ze een medisch laboratorium alle tests, inclusief bloedonderzoek, doen. De dokter van het universiteitsziekenhuis waar ik mijn dagelijkse medicijnen kreeg voorgeschreven verzekerde me dat het illegaal was om zonder mijn toestemming op het virus te testen, dus ik hoefde me nergens druk om te maken. Maar zijn uitspraak leek geen vat op mij te hebben en het lukte me niet mijn slechte voorgevoel van me af te schudden. En inderdaad, nadat ik even op het internet had rondgesnuffeld, bleek dat iemand zijn baan bij een grote multinational aan zijn neus voorbij had zien gaan om precies de reden waar ik bang voor was. Toen Gyo-hu zag hoe ik zat te piekeren, kwam hij met een plan.

– Ik neem jouw plaats in. We hebben dezelfde bloedgroep.

In het begin van onze relatie, toen hij allerlei onzinnige dingen zoals mijn bloedgroep en mijn sterrenbeeld wilde weten om te zien of we een goeie match waren, dacht ik dat hij niet goed bij zijn hoofd was. Wie had gedacht dat dit ooit nog van pas zou komen? We waren inderdaad niet alleen even lang en even zwaar, we hadden ook allebei bloedgroep AB. Mensen die ons niet kenden hadden soms zelfs moeite om ons uit elkaar te houden (ook al begreep ik bij god niet waarom), des te meer nu we er allebei een paar extra kilo's bij hadden. Kortom, het was het proberen waard. Op de dag van het onderzoek, toen Gyu-ho met mijn ID op zak naar het lab ging, was ik de hele dag gespannen, bang dat hij iets stoms zou doen en de boel zou verknallen. Ik slaakte een zucht van opluchting toen Gyu-ho appte:

Appeltje-eitje.

En zo, met nog twee voorstellingen van *Grease* te gaan voordat het doek voorgoed zou vallen, begon ik mijn proefperiode bij de logistieke dienstverlener. De voorstelling, die met een triple cast van start was gegaan, eindigde met in de hoofdrollen de acteurs met het kleinste stembereik en met meer dan tweehonderd onverkochte programmaboekjes.

*

Ook nu hij een kantoorbaan had bleef Gyu-ho bardiensten draaien. Het ging steeds vaker mis met zijn broer toen hij zich op het nationale doktersexamen begon voor te bereiden. Gyu-ho zei dat hij wilde verhuizen zodra hij genoeg geld had gespaard om de borgsom voor een eigen kamer te betalen. Alsof vijf lange werkdagen bij de kliniek nog niet genoeg waren, draaide hij in het weekend twee nachtdiensten in de club en tot overmaat van ramp kreeg hij om de week een zaterdagochtenddienst bij de kliniek in de schoot geworpen. De frequentie van onze dates zakte van een of twee keer per week naar een of twee keer per maand. Wel kwam hij vaker bij me slapen, of beter gezegd, hij stortte op mijn bed neer alsof hij nooit meer wakker zou worden. Nu we allebei een redelijk inkomen hadden, gingen we af en toe bij een goed restaurant uit eten en als we zin hadden om chic te doen gingen we in een duur hotel op vakantie in eigen stad. Dan gooiden we een bruisbal in de badkuip, dronken we bubbels te midden van de bubbels en lieten we geen enkele kans schieten om daar foto's van te nemen en ze op Facebook en Instagram te posten, waarna we in onze badjassen het nachtelijke uitzicht op Seoel in ons opnamen – dingen die ieder koppel deed. We deden alleen het allerbelangrijkste niet. Of beter gezegd, we *konden* het niet. Die van Gyu-ho verslapte altijd, maar dan ook altijd, zodra hij een condoom omdeed, en als we van rol wisselden begon Gyu-ho te bloeden. We probeerden Viagra, maar daar kregen we constipatie en verstopte neuzen van. De verzameling remmers die ik elke ochtend moest slikken was al om gek van te worden en daar moesten de laxeermiddelen en de levermedicatie nog bij komen.

Op dat soort momenten hield Kylie, van wie ik normaal bijna vergat dat ze überhaupt bestond, mijn leven opeens in haar klauwen. Toch probeerde ik vooral niet zwaarmoedig te doen en ons te zien als een doodnormaal koppel met een geschiedenis van drie jaar. Soms vond ik nep-Viagra of orgasmevertragers in Gyu-ho's broekzakken. Hij zei dat het samples van farmaceutische bedrijven waren. *We zwemmen erin op de kliniek.* Ja, snap ik. Maar dan hoefde hij ze toch niet meteen in zijn broekzak te stoppen? Het deed me denken aan de keer dat Gyu-ho in zijn eentje naar Japan ging. *Scharrel de hele boel bij elkaar. Oké?* Ik had het zelf voorgesteld. Ik had Kylie en ik wist dat Gyu-ho daarom niet altijd aan zijn trekken kwam. Het had geen zin om dat te ontkennen. Ik was in staat Gyu-ho bij me te houden omdat ik nergens in geloofde. Zo beschermde ik mezelf. Het was oké. Je kunt niet alles hebben.

Kylie was mijn probleem.

*

Gyu-ho, die voor het eerst in tijden een halve dag vrij had en had gezegd dat hij thuis een dutje ging doen, stond ineens kokend van woede voor mijn deur.

– Wat is er aan de hand?

– Ik kan geen dag langer met die eikel samenwonen.

De eikel, namelijk zijn broer, wiens enige bestaansreden was dat hij het eten dat Gyu-ho voor hem kookte opat, was gaan klagen dat hij niet genoeg te eten kreeg nu Gyu-ho een drukke baan had. Toen Gyu-ho daartegenin ging, had hij een doos eieren uit de koelkast gepakt en ze een voor een tegen zijn hoofd gegooid. Alleen al door het verhaal aan te horen voelde ik mijn gezicht warm worden van woede. Het eigeel droop nog van Gyu-ho's nek.

– Kom, bel een verhuisbusje.

En daar gingen we, Gyu-ho en ik, rechtstreeks naar Incheon. Het was twee uur met de metro. De route die hij elke dag heen en terug nam, van en naar werk en mijn huis. Ik voelde me er enigszins schuldig over dat we nu al zevenhonderd dagen iets hadden terwijl ik nog nooit bij hem thuis was geweest. Toen we van de metro op de bus overstapten, galmde er door het station een jingle die me vaag bekend in de oren klonk: 'Met z'n allen naar Yoo Sulhee, Yoo Sulhee Nursing Academy. Dan halen we ons diploma in een, twee, drie.' Gyu-ho en ik keken elkaar aan en probeerden niet te lachen.

De lul-de-behanger was niet thuis – waarschijnlijk zat hij ergens zijn buikje vol te eten – maar de gebroken eieren lagen nog voor de koelkast. Ik spoorde Gyu-ho aan om snel zijn spullen te pakken. Hij verzamelde wat kleren, twee paar schoenen en een laptop – het paste in één koffer.

– Is dit alles?

– Yep. Dit, en het matras dat ik zelf heb gekocht.

Tot zover zijn aandeel in de inboedel. Precies op dat moment arriveerde het verhuisbusje en ondanks onze zwakke ruggen slaagden we er met vereende krachten en luid kreunend in om het eenpersoonsmatras het busje in te hijsen.

Die avond schenen er koude sterren aan de hemel toen we op de krappe bijrijdersbank van het busje kropen. We voelden de warmte van elkaars dijen, terwijl het busje over de snelweg naar mijn huis racete. Of nee, *ons* huis. Door de oranje straatlantaarns langs de weg kreeg ik tranen in mijn ogen en het voelde alsof alles weer opnieuw begon.

Dat gevoel was uiteraard van korte duur. Hoe we Gyu-ho's matras ook neerlegden, hij paste op geen enkele manier in mijn kamer. Uiteindelijk legden we hem in een vreemde positie voor de schuifdeur naar het balkon, waardoor we er telkens overheen moesten stappen om bij het balkon te komen. Na vier dagen bij mij in bed verklaarde Gyu-ho dat ik te hard snurkte en hij verhuisde naar zijn eigen oude matras. Daarbij tochtte het. Gyu-ho zei dat als hij de elektrische deken gebruikte, zijn lichaam warm werd maar zijn neus koud, wat hij op de een of andere manier hilarisch vond.

Niet lang nadat hij bij me was ingetrokken stopte Gyu-ho met zijn baan als barman. Hij zei dat hij het fysiek niet langer aankon maar volgens mij was hij de motivatie om te sparen voor een borgsom kwijt. Op zijn laatste werkdag kreeg hij van de clubeigenaar twee flessen Moët & Chandon. Gyu-ho's vrienden verzamelden zich samen met de mijne rondom een statafel om het te vieren.

*

Toen we eenmaal samen onder één dak woonden kregen we vaak ruzie. Niet vanwege een wezenlijk probleem – gewoon de gebruikelijke meningsverschillen als gevolg van het samenvoegen van twee verschillende levensstijlen.

Ik zag het drogen van wasgoed als een zaak van leven en dood en beschouwde het als vanzelfsprekend om A) kreukels te vermijden door natte kleren een paar keer uit te slaan, B) er bij het ophangen voor te zorgen dat er ruimte tussen de kledingstukken zat en C) een ventilator bij het droogrek te zetten en alle ramen open te doen. Gyu-ho daarentegen gooide de schone kleren lukraak over het rek – ik kan het echt niet anders verwoorden dan 'lukraak' – en liet alle ramen dicht, waardoor het huis in een stoomcabine veranderde. Onze kleren, die daardoor tergend langzaam droogden, stonken binnen de kortste keren naar natte hond. Hoe vaak ik hem er ook op aansprak, hij vertikte het om zich aan te passen, wat mij er op een avond toe aanzette om een T-shirt naar zijn hoofd te gooien.

– Zie je wel! De was ruikt muf!

– Je ruikt je bovenlip.

En zo begon een ruzie die voortging totdat een van ons zijn stem verhief...

Nu ik een degelijke baan had ontwikkelde ik de gewoonte om spullen te kopen als remedie tegen stress. Gyu-ho deed dat ook, maar waar ik voornamelijk boeken en hebbedingetjes kocht, gaf hij de voorkeur aan kleren en levensmiddelen. Hij eiste dat ik de boeken die ik niet las wegdeed en ik eiste hetzelfde wat betreft de kleren die hij niet droeg. Geen van ons wilde de ander tegemoetkomen, waardoor onze kleine studio met de dag kleiner werd.

Gyu-ho kon het niet uitstaan dat ik mijn spullen overal door het huis liet slingeren. Toen hij een keer zei dat alles zijn eigen plekje had, ging ik daar schreeuwend tegenin: 'Kijk eens om je heen! Er is geen plek in dit huis om alles een eigen plekje te geven! Waar ik ook ben en waar ik ook ga, daar zal ik een plekje vinden, en dat is de wil van God.' We gingen bijna uit elkaar na de ruzie die volgde.

Ook al haatte ik hem soms zo erg dat ik hem wel kon vermoorden, ik kwam altijd bij hem terug alsof er niets gebeurd was. Dan vroeg ik hem wat we die avond gingen eten en of hij niet wilde vergeten om nieuwe vuilniszakken te kopen, dat soort dingen. Meestal sliepen we ieder op ons eigen matras maar soms samen, in hetzelfde bed. Niet om seks te hebben, maar om beurtelings een kussentje van onze armen te maken waar de ander op kon liggen, om de geur van elkaars borstkas en oksels op te snuiven. We raakten er steeds meer van overtuigd dat dat het doel van liefde en samenzijn was.

*

We stemden onze vakantiedagen op elkaar af, zodat we samen op vakantie naar Thailand konden. We zouden een week wegblijven, voor ons een lange tijd.

Gyu-ho zeurde maar door, of ik niets was vergeten, of ik mijn paspoort wel bij me had. Normaliter zou ik hem hebben gevraagd zijn kop te houden, maar dat ging moeilijk na wat er de vorige keer was gebeurd. Toen we ons opmaakten voor de uiteindelijk mislukte reis naar Japan, waren we samen naar het stadsdeelkantoor van Jongno gegaan om paspoorten te laten maken. Het zou zijn eerste reis naar het buitenland zijn, maar hij gedroeg zich als een doorgewinterde wereldreiziger – dat vond ik dan weer schattig. In tegenstelling tot de vorige keer liep alles deze keer op rolletjes. Omdat een deel van het gebouw gerenoveerd werd, hadden we met flinke korting een kamer bij het Park Hyatt in Bangkok gereserveerd. Voor de grap hadden we bij 'overige opmerkingen' ingevuld dat we op huwelijksreis waren, en bij aankomst vonden we zowaar een fles champagne en een felicitatiekaart op ons bed. Bovendien bleken de automatische gordijnen van onze kamer defect, waardoor we werden omgeboekt naar een executive suite op de bovenste verdieping. Zodra we binnenstapten begonnen Gyu-ho en ik te gillen.

Die avond maakten we met behulp van de dure body cleanser van Le Labo een bubbelbad, iets wat we onszelf normaal niet konden permitteren. We dronken champagne in de badkuip, terwijl we giechelend het schuim als een Marie Antoinette-achtige pruik op onze hoofden drapeerden. We werden zo aangeschoten dat we een paar foto's op Instagram postten, dronken vervolgens de rest van de fles leeg en bleven in bad zitten tot onze vingertoppen begonnen te rimpelen. Toen onze lichamen rood kleurden van de hitte trokken we onze badjassen aan en gingen op bed liggen. Ik keek naar Gyu-ho's roze geworden gezicht tot ik in slaap viel.

Toen ik uit een diepe, droomloze slaap ontwaakte, lagen Gyu-ho en ik naakt in elkaars armen, en onze badjassen op de grond. Zoals altijd wanneer ik hem omhelsde maakte hij geen geluid. Ik raakte zijn wangen en het puntje van zijn lange neus aan. Door de airco voelde zijn huid koud en droog.

Die ochtend gingen we winkelen. Vervolgens zei Gyu-ho dat hij naar Khao San Road wilde omdat hij er zoveel over had gehoord en we besloten er met de watertaxi heen te gaan. Zodra we op de boot stapten begon het te stortregenen, waardoor we doorweekt waren toen we er weer af gingen. De regen hield aan en we konden nergens schuilen behalve bij een hostel in de buurt, waar we omgerekend vijftigduizend won voor een kamer mochten afrekenen. We namen om de beurt een douche in de gedeelde badkamer (in feite een cementen hok met een paar waterslangen aan de muur) en gingen naakt op het krakende bed liggen. Toen hadden we seks. Terwijl ik de plafondventilator de lucht zag doorklieven genoot ik van het gevoel dat onze lichamen zich hadden versmolten. Iets wat ik lang niet had gevoeld.

Toen de regen ophield en we eindelijk naar buiten liepen, ging de zon onder. We keken naar het lila licht van de ondergaande zon onder het genot van een biertje. We kochten twee hemden met Winnie de Poeh-opdruk en trokken ze meteen aan.

Op zaterdag trokken we onze Poeh-hemden weer uit de kast en gingen we ergens dansen. Rond middernacht werd er een nummer dat we maar al te goed kenden gedraaid: 'Sexy Love' van T-ara. Hoelang was dat geleden? Een groep locals – het plaatselijke equivalent van onze T-ara-squad – rende het podium op en begon de choreografie van de videoclip perfect uit te voeren. Gyu-ho en ik vlogen elkaar gillend in de armen. Zijn hoofd voelde warm en lief en we zoenden elkaar midden op de dansvloer.

Ik had ergens een keer gelezen dat ieder koppel dat naar Bangkok reist uiteindelijk voornamelijk loopt te bekvechten en ook voor ons gold dat. Dat een van ons naar andere mannen had staan gluren, dat we veel te lang in de file stonden en allerlei andere dingen waarvan ik me niet eens kan herinneren waarom we er in godsnaam over ruzieden of er moeilijk over deden – maar na een paar drankjes en een kus was alles weer goed.

Want we waren op vakantie.

*

Eenmaal thuis, terug in de dagelijkse sleur van het leven, zonken we weg in het drijfzand van ons werk en de bijbehorende vermoeidheid. De hemden die we in Bangkok hadden gekocht droegen we wanneer we lui op de bank hingen. Het gezicht van Poeh op de voorkant werd bedekt met vlekken van instant noedels, begon te vervagen en liet los. Soms lachten we om herinneringen aan de reis, maar over het algemeen klaagden we dat we zo verschrikkelijk moe waren – eerst de een, dan de ander, alsof we een potje tafeltennis speelden. Op een gegeven moment begonnen we elkaar te zien als onderdeel van de verveling. Een van de vele bouwstenen van ons monotone, zweterige leven.

Na de reis ruzieden we vaker dan ooit tevoren. We gingen tot twee keer toe uit elkaar. De eerste keer ging Gyu-ho weg, de tweede keer was ik het. We zagen andere mannen. Behoorlijk veel andere mannen, in mijn geval, en voor Gyu-ho gold waarschijnlijk hetzelfde. Na verloop van tijd vergaten we de haat, de bitterheid en de reden van onze ruzie, kwamen we weer terug naar huis en maakten we het zonder vragen te stellen goed. Zo hield onze relatie stand.

*

Een nieuw jaar brak aan en we schreven ons in voor Chinese les. Ik had het voortouw genomen, omdat Gyu-ho's kliniek had aangekondigd met een groot medisch concern in China te gaan samenwerken en van plan was om vestigingen in Peking en Shanghai te openen. Toevallig gingen er ook geruchten dat mijn werkgever zich in China ging vestigen. Nu we aanzienlijk minder tijd samen doorbrachten leek het me goed om aan een nieuwe gezamenlijke activiteit te beginnen. Als de les laat eindigde, namen we samen een taxi naar huis, waarbij we ieder in tegenovergestelde richting uit het raam staarden. Toen ik Gyu-ho net kende, was het alsof deze straten met neonlicht overspoeld waren. Als ik terugdacht aan mijn gevoelens in die tijd, verscheen er een grijns op mijn gezicht. Ik had me als eerste voor de Chinese les ingeschreven, maar Gyu-ho maakte veel sneller vorderingen. Ik kon geen woordjes leren en was van jongs af aan praktisch analfabeet geweest als het om Chinese karakters ging. Gyu-ho daarentegen was gedreven als altijd en ging met sprongen vooruit. Hij flikte het om binnen zes maanden te slagen voor niveau vijf van het HSK-examen. Ik zakte, maar solliciteerde alsnog naar de baan in Shanghai.

Twee weken later bleek dat ik en een collega die twee jaar langer bij het bedrijf werkte beiden kans maakten op de baan. Gyu-ho solliciteerde meteen naar de functie van branchemanager in Shanghai en werd aangenomen. Ze kenden hem zelfs een bonus toe. We oriënteerden ons op de vraag waar we in Shanghai wilden wonen, waar de gayclubs zich bevonden, hoe duur alles was, waar we meubilair konden kopen. Toen ik me verdiepte in de voorwaarden voor een werkvisum voor iemand met mijn baan, kwam ik erachter dat iedereen die langer dan zes maanden in China wilde verblijven ter plekke een lichamelijk onderzoek moest ondergaan. Inclusief bloedonderzoek. Een snelle zoekactie op internet wees uit dat China streng toezicht hield op soa's, die zich recentelijk razendsnel onder de bevolking hadden verspreid.

Kylie.

Ik had te veel gewild. Ik had de afgelopen drie jaar al zoveel gekregen. Als je te veel wilde, ging het geheid een keer fout.

De volgende dag zei ik tegen mijn teamleider dat het me vanwege de chronische ziekte van mijn moeder beter leek om af te zien van de baan in China. Tegen Gyu-ho zei ik dat mijn collega de baan had gekregen. Gyu-ho antwoordde dat hij zelf ook zou blijven, er waren in Seoel genoeg klinieken die hem wilden hebben. Zoals altijd gaf ik Gyu-ho het enige juiste antwoord.

– Je moet gaan. Je kunt zo'n geweldige kans niet laten lopen. Echt niet.

Gyu-ho zei niets.

*

Twee maanden lang gingen we verder met onze levens zonder dat er iets veranderde. We lachten om elkaars grappen, kusten elkaar, ontgraatten vis voor elkaar en legden de stukjes op elkaars lepels, en namen soms samen een douche. In de tussentijd werd Gyuho's nieuwe kofferset bezorgd en verdwenen zijn spullen daar een voor een in. Een flits, een ogenblik, een mogelijkheid – maar ik sloeg die weg niet in. Ik wist dat de sprongetjes van mijn hart maar van korte duur zouden zijn. Het einde van de nacht en het opkomen van de zon waren met elkaar verbonden. Het gevoel dat ik een kans had gemist kon er alleen op wijzen dat onze tijd samen definitief voorbij was.

De laatste nacht dat we samen sliepen staarde ik in het donker naar Gyu-ho's gezicht. Waarom maakte hij nooit geluid als hij sliep? Alsof hij bang was om iemand tot last te zijn. Alsof hij nog steeds te gast was, ook al woonden we al zo lang samen. Was dat mijn fout of de zijne, of gewoon iets waar we geen van beiden iets aan konden doen?

De volgende dag bracht ik Gyu-ho naar Incheon Airport. Toen we zijn koffers hadden afgegeven, restte er nog ongeveer een uur tot vertrek. Gyu-ho zei dat hij honger had, dus ik kocht bij de Paris Baguette de japchaekroket die hij zo lekker vond en wat melk. Hij vroeg of ik zelf niets wilde en ik schudde mijn hoofd. Ook al had hij gezegd dat hij honger had, hij nam maar één hap van de kroket en bleef er lang op kauwen voor hij me een vraag stelde.

– Wacht je op me?

– Het schijnt dat je het snelst een nieuwe taal leert door met een local te daten.

– Vanwaar die grijns? Valt er iets te lachen?

– Je weet dat ik altijd om alles moet lachen.

– Dus het is over tussen ons?

– Hou eens op met vragen stellen. Niemand die het iets kan schelen.

– Het kan jou niet schelen als we uit elkaar gaan?

Gyu-ho duwde de half aangevreten kroket in mijn hand. Alsof hij ieder moment van woede in tranen kon uitbarsten stond hij op en hij liep krampachtig in de richting van de gates. Hij was een beer van een kerel, maar hij bewoog als een boze kleuter. Hij had zelden last van emotionele uitbarstingen – waarschijnlijk kwam het doordat ik niet had gezegd wat hij wilde horen. Ik bleef zitten, keek toe hoe hij langzaam in de verte verdween en draaide me om.

De trein van het vliegveld naar huis was verrassend rustig, zelfs voor een doordeweekse ochtend. Buiten vlogen grijze wadden en dorre bundels geoogste gewassen voorbij. Ik staarde ernaar en realiseerde me dat ik me technisch gezien binnen de stadsgrenzen van Incheon bevond. 'Als je Incheon zegt, zeg je Yoo Sulhee.' Ik kon het Gyu-ho horen zeggen. Als een volslagen gek neuriede ik zachtjes de Yoo Sulhee Nursing Academy-jingle om vervolgens beschaamd om me heen te kijken. Ik was de enige die geen koffers bij zich had, alleen de koud geworden kroket in mijn hand. Ik keek naar zijn tandafdrukken. Opeens wilde ik naar iets opgewekts luisteren, iets van Kylie Minogue of T-ara, maar uitgerekend nu was mijn telefoon leeg. Normaliter zou Gyu-ho me zijn oplader hebben aangeboden. En wat nog meer? Hij zette elke ochtend mijn medicijnen en een glas water voor me klaar, gaf me zijn lippenbalsem als mijn lippen droog waren, hing verduisterende gordijnen voor me op, krabde aan mijn rug als ik jeuk had, nam als eerste een douche om de badkamer voor te verwarmen – jij was de enige die dat voor me deed, dus, ja, Gyu-ho, het maakt me wél uit dat we uit elkaar zijn, heel veel zelfs... Ik bleef naar buiten kijken, door het raam dat steeds waziger werd terwijl de trein voortdenderde op weg naar Seoel, de stad die ik zo goed kende.

Late moessonvakantie

Ik schrok nogal toen de Uber die Habibi voor me had besteld bij zijn bestemming arriveerde, want ik was niet bij een groot winkelcentrum aangekomen maar bij het Park Hyatt Hotel van Bangkok.

Toen ik de lobby binnenstapte, realiseerde ik me dat ik het hotel totaal was vergeten. Maar de abrikooskleurige aankleding, de spiraalvormige kroonluchters die even chic als ordinair waren en het kastanjebruine tapijt dat het geluid van elke voetstap dempte – alles was nog precies zoals vorig jaar. De Fransman die zich als de manager voorstelde stond op precies dezelfde plek in precies dezelfde kleren, alsof hij onderdeel van het meubilair was. Het was exact hetzelfde gebouw als toen, maar nu ik erover nadacht: dit keer stond ik er met een compleet ander gevoel.

De manager sprak me aan met 'Meneer Park' en schudde me de hand. Door deze onverwachte gastvrijheid kreeg ik een ongemakkelijke glimlach op mijn gezicht. Zijn Engels met een Frans accent. Het visitekaartje dat hij tussen mijn paspoort stak. Toen hij vroeg hoe het ging met de vriend van de vorige keer, bleef ik domweg glimlachen. En met zo min mogelijk gêne in mijn houding en stem, zo duidelijk mogelijk articulerend, noemde ik Habibi's naam en zijn kamernummer op de dertigste verdieping.

Toen zijn kamerdeur opengîng, schrok ik opnieuw, niet alleen omdat Habibi's gezicht veel ouder en afgeleefder leek dan toen ik hem voor het eerst had ontmoet, maar ook omdat ik de kamerindeling onmiddellijk herkende. Soms staat de herinnering aan een ruimte ons nader voor de geest dan een herinnering aan een mens of gebeurtenis. De halfopen automatische gordijnen, de stoffen bank die naar nieuw meubilair rook, de badkamer van zwart marmer – de ruimte was hetzelfde ingericht als de suite waarin ik een jaar geleden had gelogeerd.

Habibi legde een hand op mijn schouder en we omhelsden elkaar kort. Ik wist niet bijster veel over hem. Een bankier die economie had gestudeerd aan een Amerikaanse universiteit. Negenendertig op zijn Tinderprofiel, maar in werkelijkheid veel ouder. Hij liep rond in nette pakken, inclusief dasspelden en manchetknopen, droeg een Rolex om zijn pols en had een Louis Vuitton-portemonnee met allerlei verschillende valuta's in zijn zak. Hij had me eind oktober, aan het eind van mijn vakantie, gebeld.

Trouwens, over mezelf wist ik ook niet bijster veel. Een paar maanden geleden had ik, tweeëndertig zomers jong, nooit van mezelf gedacht dat ik in de maand oktober, aan het einde van het moessonseizoen, op vakantie zou gaan.

*

Het eerste wat ik deed nadat Gyu-ho was vertrokken was zijn matras bij het grofvuil zetten.

Tot voor kort hadden een queensize Tempur-matras en een eenpersoonsmatras naast elkaar gelegen in mijn krappe studio. Verder stonden er twee boekenkasten, een bureau en een koelkast, waardoor het bijna onmogelijk werd om je door de ruimte te verplaatsen. Het matras, dat Guy-ho had meegebracht toen hij bij me introk, was van een merk dat recentelijk in opspraak was gekomen omdat ze bij de productie kankerverwekkende stoffen schenen te gebruiken; ik herkende het logo met de Koreaanse vlag op de onderkant. Ik moest lachen toen ik terugdacht aan de diepe frons waarmee Gyu-ho over zijn toenemende rugpijn had geklaagd. Het Tempur-bed had ik voor mijn slechte rug van mijn vader gekregen toen een literair tijdschrift voor het eerst een van mijn verhalen had gepubliceerd. Ondanks de economische misère waarin het land verkeerde had mijn vader zijn bedrijf op alle mogelijke manieren uitgebreid en liep hij rond met een portemonnee die uitpuilde van de cheques, waardoor er een onheilspellende aura om hem heen hing. En inderdaad, nog geen jaar later werd hij beschuldigd van belastingontduiking en het wegsluizen van kapitaal met behulp van dubieuze contracten, en hij sloeg op de vlucht.

Hier ergens moest een sojasausvlek zitten.

Terwijl ik in mijn eentje het met radon gevulde,

kankerverwekkende matras naar buiten sjouwde, dacht ik aan de keer dat Gyu-ho en ik er met een bord sushi op schoot op waren gaan zitten. We hadden die dag vast iets te vieren gehad. We bestelden altijd sushi als er iets gevierd moest worden.

Onder het eten kiepte (onze kliedervos) Gyu-ho per ongeluk zijn bord om, waarna ik snel met mijn mouw de sojasaus probeerde op te deppen. Mijn reflex was uitstekend, maar er was alsnog een vlek achtergebleven.

Toen ik me realiseerde dat mijn rug er niet voor was gemaakt om in mijn eentje een zwaar matras te versjouwen, was het al te laat. Ik voelde een schok door al mijn zenuwen, van mijn kruin tot mijn tenen, toen het me ternauwernood lukte om het matras bij het grofvuil te dumpen. Terug in mijn kamer zag ik op het nieuws dat de fabrikant die verantwoordelijk was voor de kankerverwekkende stoffen, aanbood om de matrassen op afroep te komen ophalen en ze gratis te recyclen. De stekende pijn in mijn rug werd er niet minder om. Het was al te laat om de dingen terug te draaien.

*

Het tweede wat ik deed nadat Gyu-ho en ik uit elkaar waren gegaan was ontslag nemen.

In de tijd dat Gyu-ho vertrok was ik toegewezen aan het administratieve hulpteam. 'Administratieve hulp' was vakjargon voor het aanschaffen van toiletpapier, schoonmaakmiddelen, markeerstiften en andere kantoortroep die binnen het bedrijf gedistribueerd moest worden. Werk waar iedere kleuter toe in staat was, zolang hij kon optellen en aftrekken. Het paste perfect bij een ongetraind, ongemotiveerd iemand zoals ik. Het bedrijf was content en ik had ook content moeten zijn, maar elke dag borrelde er een onverklaarbare, stille woede in me op en elke ochtend, onderweg naar mijn werk, smeekte ik de goden dat ik de dag door zou komen zonder alles en iedereen te willen neerschieten. En zo veranderde ik binnen mijn nieuwe team geleidelijk in een behaarde wildeman die menselijk contact zo veel mogelijk vermeed en zich in zijn grot terugtrok in de hoop dat niemand van zijn bestaan wist. Ik waakte over mijn geestelijke gezondheid door mezelf plechtig te beloven, dag in dag uit, dat ik nooit meer een kantoorbaan zou nemen, ook al had ik tijdens mijn vorige baan exact dezelfde belofte gedaan. Mijn heupomvang ging al snel van maat 32 naar maat 36, ik werd gepromoveerd tot middenmanager en ik moest mijn kleren voortaan bij een online winkel voor uit de kluiten gewassen mannen bestellen. Mijn lichaam en mijn hart werden met de dag zwaarder.

Toen Gyu-ho weg was, werd het moeilijk om 's ochtends uit bed te komen. Ik kwam vaak te laat. Soms vergat ik mijn gezicht te wassen en het kwam wel eens voor dat ik me 's avonds bij thuiskomst realiseerde dat ik de hele dag met mijn gulp open en een scheef dichtgeknoopt overhemd had rondgelopen. Persoonlijke verzorging – scheren, nagels knippen, tandenpoetsen – zag ik als overbodige luxe. Ik zag er misschien uit als een baardaap, maar ik ben in de twaalf jaar dat ik naar school ging nooit één keer te laat gekomen of absent geweest en ik kreeg nog steeds lichte OCD-symptomen als ik zonder te douchen van huis ging, waardoor deze ervaring totaal nieuw voor me was. De spullen op mijn werkbureau nam ik een voor een van kantoor mee naar huis. Toen al mijn persoonlijke bezittingen in veiligheid verkeerden, leverde ik mijn ontslagbrief in. Ik voelde me niet opgelaten of opgewonden of opgelucht. Gewoon levensmoe.

*

Het derde wat ik deed na de breuk met Gyu-ho was een vliegtuig naar Bangkok nemen.

Als ik me aan mijn oorspronkelijke plan had gehouden, had ik een uiterst verstandig en verfijnd leven geleid. Slapen van middernacht tot acht uur 's ochtends, minder koffie drinken, drie uur per dag sporten, gitaar leren spelen, boeken lezen tot ik erbij neerviel, verhalen schrijven en zuinig met geld omgaan… Maar als ik mijn ogen 's ochtends opendeed wist ik amper welke dag het was, laat staan hoe laat. Mijn dagritme was volledig ontregeld. Aan het begin voelde ik me nog enigszins schuldig omdat ik mijn tijd verdeed, maar op een gegeven moment dacht ik: *ach, who cares. Laten we kijken hoelang ik het met mijn geld uithoud, hoe ver ik op deze manier kom.* En zo, languit op mijn Tempur-matras, kwam ik tot de conclusie: *wat een perfecte, donzige doodstoestand is dit eigenlijk, zelfs van verveling kun je verveeld raken*, waardoor ik mijn telefoon pakte en lusteloos op Tinder begon te swipen. Iemand, wie dan ook, het kon me niet schelen wie, als iemand me maar uit bed kon trekken voordat het mijn doodskist werd, me kon redden uit de beerput waarin ik me bevond. Ik swipete naar rechts alsof ik de hele mensheid wilde afgaan. Als ik met iemand matchte stuurde ik meteen: *waar ben je?* om zo uiteindelijk mijn bed uit te komen en slechte seks te hebben, want anders zou ik geen voet buiten de deur hebben gezet.

Dat ik met hem matchte was een ongelukje.

Een lichaam in pak. Leeftijd: negenendertig. Ik vond het grappig dat hij er zo prat op ging dat hij aan Columbia University had gestudeerd en klikte op zijn profiel om te zien wat voor angsthaas opzettelijk zijn gezicht verborg maar wel met koeienletters zijn alma mater vermeldde, want: Ivy League. De angsthaas bleek 'Alex' te heten, een Maleisiër met Singaporese roots. Favoriete boeken: *The General Theory of Employment, Interest and Money* van Keynes. Favoriete artiesten: Bach en Rachmaninoff. Natuurlijk. Waarschijnlijk ging hij vaak op zakenreis naar het buitenland, want zijn profielomschrijving omvatte zijn hele vliegschema met allerlei landen en steden en data. Hij was maar een paar dagen in Seoel. Terwijl ik nog even naar zijn belachelijke foto's staarde, gleed mijn duim per ongeluk over de superlike-knop. We matchten en hij stuurde meteen een berichtje. Of ik naar zijn hotel wilde komen. Ik dacht er ongeveer drie seconden over na en zei ja hoor, dat wilde ik wel. Hij gaf me zijn kamernummer in het Four Seasons. Ik nam de moeite niet om eerst te douchen en trok mijn trainingspak c.q. pyjama aan, deed een pet op en ging op weg naar het hotel. De receptionist keek argwanend naar me toen ik binnenkwam. Ik klopte bij Alex aan zonder enige verwachtingen. Want hoe laag mijn verwachtingen ook waren, het leven bleek er altijd onder te duiken.

Toen ik in zijn badkamer onder de douche stond dacht ik: *voor het eerst in vier dagen*. Ik vond het grappig dat je hoofdhuid zo kon jeuken dat het bijna pijn deed.

De seks met hem was niet goed, niet slecht. We hadden de lichten gedimd, de kamer was verrassend groot en ik rook Tom Ford Leather-parfum in zijn nek. Het enige waar ik aan kon denken was het feit dat mijn gezicht droog aanvoelde en dat ik er na het douchen iets op had moeten smeren.

Terwijl hij onder de douche stond, keek ik in de Louis Vuitton-portemonnee op zijn nachtkastje. Ik nam een foto van zijn ID, gewoon voor de zekerheid. Hij was halverwege de veertig en zijn naam was Habibi. Natúúrlijk gebruikte hij een schuilnaam. Chinees geld, Hongkong-dollars, Thaise baht en briefjes waarvan ik niet wist waar ze vandaan kwamen. Er zaten ook een paar briefjes van vijftigduizend won tussen en ik overwoog even om ze in mijn zak te stoppen, maar deed het niet. Ik weet oprecht niet wat me bezielde.

Hij kwam de badkamer uit met een grote handdoek om zijn middel. Ik had niets misdaan – of nou ja, ik had hem in ieder geval niet bestolen – maar ik voelde me op de een of andere manier schuldig en ontweek zijn blik. Hij staarde me aan en ik kromp ineen als een wild dier dat in de val was gelokt.

– Wat betekent *jeuk pai ching sai*?

– Pardon?

– Ik hoorde het voor de deur van het hotel. De demonstranten schreeuwen het de hele tijd.

– Bedoel je... *jeok-pye-cheon-san*?

– Ja, dat is het volgens mij.

Ik bulderde van het lachen, beschamend hard. Ik kreeg er buikpijn van en vroeg me af wanneer ik voor het laatst zo hard gelachen had. Wanneer was de laatste keer dat ik überhaupt had gelachen?

– Is het iets grappigs?

– Nee, dat niet, maar...

Jeok-pye-cheon-san. Weg met oude, kwade praktijken. Ik wist niet hoe ik het in het Engels moest uitleggen en zocht naar woorden. Een ongemakkelijke stilte volgde.

Habibi keek alsof hij diep in gedachten verzonken was en vroeg verder.

– Wil je met me mee naar Bangkok?

*

De kamer die Gyu-ho en ik oorspronkelijk hadden gereserveerd was een 'king bedroom' geweest.

Het Park Hyatt bevond zich op dat moment in de laatste fase van de renovatie en toen we aankwamen waren nog niet alle faciliteiten in gebruik. Het was dan ook niet druk. Gyu-ho raakte in paniek zodra hij een keuze moest maken, waardoor ik uiteindelijk onze vliegtickets, het hotel, zelfs de reisduur had gekozen. Van de 1.580.000 won voor de hotelkamer betaalde ik er 780.000 en Gyu-ho 800.000. Een exorbitant hoog bedrag. Ik wist dat ik geld over de balk smeet toen ik de reservering bevestigde, maar ik geloofde heilig dat het een noodzakelijk offer was. We waren aan rust en ontspanning toe.

Zodra we in onze kamer op de eenentwintigste verdieping aankwamen, gooiden we onze tassen op de vloer en lieten we onszelf met onze schoenen aan op bed vallen. Gyu-ho wreef zachtjes over de rimpels in mijn voorhoofd en ik likte aan zijn hand. Zijn ongewassen handpalm smaakte zout. Zij aan zij keken we door de ramen om ons heen naar buiten. We keken neer op een soort residentie met een enorme tuin, zo majestueus en verzorgd dat het eerder aan een attractiepark deed denken dan aan iemands huis. We namen het uitzicht een tijdje in ons op, maar ik snakte naar een dutje en trok mijn schoenen en kleren uit. Gyu-ho begroef zijn neus in mijn borstkas en ik rook een bekende geur in zijn haar. Mijn lichaamsgeur was waarschijnlijk net zo. Ik drukte op de knop om de gordijnen dicht te doen. De kamer werd langzaam donker. Ik was al bijna weggedommeld toen ik merkte dat de gordijnen niet helemaal dicht waren. Er sijpelde nog altijd licht naar binnen. Ik liep op mijn blote voeten naar het raam en zag dat de gordijnrail in het midden blokkeerde.

– Hebben wij weer, hoor.

– Kom terug naar bed.

– Kijk nou even. De gordijnen gaan niet helemaal dicht.

– Kom slapen, godsamme.

– Hoe kun je in godsnaam slapen met al dat licht?

Ik belde de receptie en zei dat de gordijnen defect waren, terwijl Gyu-ho zijn gezicht in een kussen begroef en mompelde: 'Daar gáán we weer.' De conciërge kwam naar boven om de boel te inspecteren, waarna hij ook de manager erbij haalde, een net geklede Fransman van middelbare leeftijd. De manager zei vriendelijk dat het hotel officieel nog niet heropend was, dat een aantal dingen nog niet naar behoren werkte en dat hij ons een upgrade wilde aanbieden. Toen ik Gyu-ho inlichtte, glimlachte hij op zijn typische vermoeide manier. De manager gooide onze zware rugzakken over zijn schouders. Zijn nette pak en onze oude versleten tassen vormden een raar maar grappig contrast. We liepen als twee reuzenhamsters achter hem aan. De kamer waarin hij onze tassen op de grond zette bleek zich direct onder de penthouse-suite te bevinden. Hij sprak me bij mijn achternaam aan, overhandigde ons een nieuwe sleutelkaart en wees ons erop dat we ons in de Park Suite King bevonden. Gyu-ho grapte dat die naam hem deed denken aan de eindbaas van een of andere RPG-game. Vervolgens zei de manager dat hij ons ter compensatie wilde uitnodigen voor de receptie die later die avond op het dakterras zou plaatsvinden, met gratis drankjes. Ik deed mijn bobo-imitatie en antwoordde dat we ons uiterste best zouden doen om acte de présence te geven. Zodra de manager de deur achter zich dichttrok, vlogen Gyu-ho en ik elkaar gillend in de armen. De kamer was gigantisch en luxueuzer dan we ooit voor mogelijk hadden gehouden

Ik pakte onze paspoorten en Thaise baht uit het voorvakje van Gyu-ho's tas. Op onze paspoorthoesjes stonden Pororo-figuren. Ik noemde Gyu-ho soms Pororo, omdat zijn ogen kleine stipjes werden als hij zijn bril droeg. En omdat ik juist een groot hoofd en prominente neusgaten had stond op mijn hoesje de dinosaurus Crong. Ik stopte onze paspoorten en de envelop met geld in de met stof beklede kluis.

Toen Gyu-ho en ik naar het stadsdeelkantoor van Jongno gingen om paspoorten te laten maken, had hij getwijfeld over de vraag hoe hij zijn naam in het Engels moest spellen. Ik schreef 'Q-ho' voor hem op. Hij was blij dat het makkelijk te onthouden was. Ik fluisterde in zijn oor:

– Staat voor 'Queer Homo'.

– Wil je dood?

Gyu-ho's Engels was verrassend slecht als je bedacht hoe snel hij zich Oost-Aziatische talen als Chinees en Japans eigen had gemaakt. Ik was zijn absolute tegenpool en had op de middelbare school een keer het laagst mogelijke cijfer gehaald voor een toets over Chinese karakters, ook al had ik er oprecht met volle overtuiging voor geleerd. De leraar vertelde de hele school over mijn waardeloze resultaat, een vernedering die ik nog lang met me mee zou dragen. Maar ik keek zo vaak naar series als *Friends*, *Will and Grace* en *Sex and the City* dat ik een aardig woordje Engels sprak.

Die avond deden we er onmogelijk lang over om elkaars outfit uit te kiezen. De verzameling kleren die we hadden ingepakt bestond vooral uit korte broeken waar we ook in konden zwemmen en goedkope T-shirts van H&M, dus het was zaak om de minst goedkoop uitziende opties te vinden. Het bleek dat een kraagje meteen een stuk formeler oogde, waardoor we uiteindelijk kozen voor matchende polo's, spijkerbroeken zonder gaten en sneakers die onze kromme tenen aan het zicht onttrokken.

De lift bracht ons naar de dertigste verdieping. Ik kneep mijn neus dicht om mijn oren te laten ploppen.

Toen de liftdeuren opengingen, bleek er een heus feest gaande te zijn. Mannen met strak achterovergekamd haar in nog strakkere pakken met pochetten in hun borstzakjes, vrouwen met blote schouders en zware make-up... Een dj van onbestemde herkomst draaide dancemuziek. Cartier-armbanden,

Patek Philippe-horloges, Van Cleef & Arpel-colliers en Hermès-schoenen passeerden ons aan alle kanten. De hotelbediende die op ons afkwam noteerde ons kamernummer, deelde ons mee dat het een staande receptie was en wenste ons een fijne avond. Gyuho liep naar de dj-booth die bijna twee verdiepingen hoog was en bewonderde de subwoofers en versterkers, tot het me uiteindelijk lukte om hem mee te sleuren naar een zithoek met uitzicht over de stad. We gingen naast elkaar op een zachtleren bank zitten en keken uit over het centrum van Bangkok. We pakten het cocktailmenu (zonder prijsaanduidingen!) en bestelden een 'motorcycle'. De randen van onze glazen waren bedekt met een zoet-zoute specerij en toen we eraan likten bleek de drank des te makkelijker naar binnen te glijden. En dit geweldige drankje kostte ons geen rooie cent? We raakten overenthousiast, bestelden elk drankje op de kaart en dankzij de cocktails op whiskybasis waren we in een mum van tijd dronken. Het ene drankje smaakte naar gras, het andere zoet, het andere bitter, het andere... Al snel maakte het niet meer uit wat we precies dronken, we keken simpelweg naar elkaars vuurrode gezicht, raakten elkaars gloeiende voorhoofd aan, likten de specerijen van de rand van ons glas en bleven drinken. Als kleine kinderen met ijsjes in hun hand. Het zag er zo grappig uit dat we niet konden stoppen met lachen. Niet alleen wij, iedereen leek met ons mee te lachen. Hoe beschonkener we werden, hoe beter we ons voelden. En terwijl we elkaar in de klamme nachtlucht omhelsden, namen we de langzaam vervagende skyline van Bangkok in ons op, zo gelukkig als vijfjarige kleuters.

*

Nadat Gyu-ho en ik uit elkaar waren gegaan bracht ik een verhalenbundel uit.

Gedurende onze hele relatie had ik verhalen geschreven. Ik kwam thuis van mijn werk, vastbesloten om iets op papier te zetten, gooide mijn sokken op de grond en ging achter mijn bureau zitten. Als Gyu-ho thuiskwam van Chinese les en over mijn verfrommelde sokken struikelde, liet hij ze met een luide zucht in de wasmand vallen. En dan kwam hij me tot mijn grote frustratie zoetigheid aanbieden. Hij hield vol dat er niets boven zoetigheid ging als je je humeur wilde opvijzelen. Vervolgens ging hij op bed zitten, keek mijn Doraemon-knuffel diep in de ogen en zei:

– Man man man, wat een literaire grootheid hebben wij in huis, hè?

– Je haalt me uit mijn concentratie

Ik klaagde verder terwijl ik naast hem in bed ging liggen. Zijn pink die zachtjes de rimpels in mijn voorhoofd gladstreek. De geur van water aan zijn hand. Ik beet voor de grap in zijn vinger en Gyu-ho deed alsof het pijn deed. (Of misschien deed het echt pijn.) Telkens als het niet lukte om te schrijven wat ik wilde schrijven of als ik inzag dat er dingen in de wereld waren die ik wel wilde maar niet kón bereiken, kwam Gyu-ho thuis met Japanse curry of gebakken rijst van een afhaalrestaurant.

– Waarom eet je zo weinig?

– Nou, Gyu-ho.

– Ja?

– Ik... hou niet van curry.

In mijn verhalen ging Gyu-ho altijd dood.

Hij dronk pesticiden, hing zichzelf op, werd overreden, sneed in zijn polsen...

Soms was hij hetero, soms was hij gay, soms vrouw, soms kind, soms een soldaat... Hij nam allerlei vormen aan, maar uiteindelijk ging hij dood, elke keer weer.

En na zijn dood werd hij het object van mijn liefde, mijn herinneringen, mijn dromen – maar altijd een object. In mijn herinnering is Gyu-ho een momentopname, perfect bevroren.

Zo blijven mijn herinneringen aan Gyu-ho bewaard achter een glazen deur, veilig en voor altijd buiten bereik.

*

Soms lijkt het gewoon alsof het allemaal mijn schuld is geweest en soms lijkt het allemaal zo oneerlijk.

Dat was het eerste wat ik dacht als ik 's ochtends wakker werd. Gevolgd door allerlei onlogische, van-de-hak-op-de-tak-hersenspinsels waarmee ik mijn tijd verdeed. Was het voor of na Gyu-ho's vertrek dat die ongewilde gedachten mij bezighielden, zodra ik even niets te doen had? Mijn horloge zei dat het na twaalven was. Oftewel, ochtend was het al niet meer.

De vorige avond was ik met Habibi naar de rooftopbar gegaan. Alles was nu open, inclusief het gedeelte dat vorig jaar nog in aanbouw was geweest, en we gingen aan een tafel onder de sterrenhemel zitten en deelden een fles champagne. Dit keer had ik een overhemd en een nette broek meegenomen. Ik vroeg om een deken, want het was fris. Habibi moest erom lachen dat ik mijn champagneglas weigerde neer te zetten, ook al rilde ik van de kou met een deken om mijn schouders. Ik kon vrij weinig behalve teruglachen, omdat we vanwege onze verschillende nationaliteiten en leeftijden bar weinig gemeen hadden. Ik vroeg hem naar zijn studententijd in Amerika. (Ik wist dat elitekindjes maar al te graag over die dingen praten.) Habibi's antwoord was verrassend kort.

– Het was intens. En eenzaam.

– O ja?

Daarom, legde hij uit, had hij zijn bachelor binnen drie jaar afgerond en had hij meteen een baan bij een internationale investeringsbank in Hongkong gezocht en gevonden. (Hij zei het uiteraard met een mengeling van trots en zelfspot, zoals het een waar elitekindje betaamt.)

– Bij de bank moest ik mijn emoties zo onderdrukken dat ik er maagzweren, migraine-aanvallen en slaapproblemen aan overhield. En toen kwam de duisternis.

– Sorry?

– Wat ik zeg, de duisternis. Het werd pikzwart voor mijn ogen. In het ziekenhuis zeiden ze dat ze niet wisten wat het was. Ik kwam twee weken lang mijn huis niet uit. Toen de lichten uitgingen, besefte ik dat ik helemaal niets over mezelf wist. Wat ik leuk vond, hoe mijn kamer eruitzag, wat voor leven ik leidde, wat ik met mijn vrije tijd aan moest, wat ik moest doen om het licht weer aan te krijgen… Het was de eerste keer dat ik geen duidelijke richtlijn, geen blauwdruk voor mijn leven had. Ik voelde me machteloos.

– Ik snap het.

Ik kon me in zijn verhaal vinden. Overwerk, stress, ik wist heel goed wat voor effecten dat soort dingen teweeg konden brengen. Maar een complete blackout leek me een beetje overdreven. Ik was niet blij met hoe het gesprek zich ontwikkelde en probeerde wat anders.

– Heb je daar ook mannen ontmoet?

Habibi knikte met een glimlach.

– In het Arabisch betekent mijn naam 'liefde'.

Hij wilde nog wat zeggen, maar leek zich te bedenken en goot zijn champagne naar binnen. Had hij een Arabische man ontmoet? Ik zag een mooie bos krullen en lange wimpers voor me. Trouwens, werkte deze gast bij de CIA of zo? Waarom gaf hij niet gewoon fatsoenlijk antwoord op mijn vragen? Hij probeerde me nieuwsgierig te maken door de hele tijd abrupt te stoppen met praten. Het leek alleen niet alsof hij daadwerkelijk iets boeiends te zeggen had. Zijn stem riep me terug naar het gesprek.

– Betekent jouw naam iets? Ik heb gehoord dat alle Koreanen een naam hebben die iets betekent.

– 'Schitterend vanuit de hoogte'. Mijn vader heeft er geld voor moeten betalen.

– Schitterend als een ster?

– Als een kernwapen.

Het was niet mijn beste grap ooit, maar Habibi grinnikte. In het maanlicht leek zijn gezicht des te vermoeider. Opeens voelde ik de (voor mijn doen veel te altruïstische) impuls om hem te troosten, maar ik kwam tot de logische conclusie dat ik last had van zelfmedelijden. We namen aangeschoten de lift terug naar beneden en ik staarde naar een hard geworden gelpropje op zijn achterhoofd terwijl ik achter hem aan naar onze kamer liep.

*

Ik werd wakker van een luid krakend geluid uit de badkamer. Wat de fuck? Ik had blijkbaar meer gedronken dan ik dacht, want ik was met mijn kleren aan in slaap gevallen. Ik zwalkte naar de badkamer. Achter de schuifdeur lag Habibi op de grond, met zijn armen om de wc-pot. Ik wist niet of hij had geprobeerd om over te geven of gewoon met de wc in zijn armen in slaap was gevallen, maar het zag er behoorlijk vreemd uit. Gelukkig lag er niets onsmakelijks in de pot. Wel zat er een flinke barst in. Had hij zichzelf aan de bril omhoog willen trekken? Zou het hotel de reparatiekosten bij hem in rekening brengen? Gelukkig was de prijs van een nieuwe wc voor hem een lachertje. Toen ik hem overeind hielp, voelde hij als een nat slablad en ik zag dat zijn gezicht was bedekt met zweet of tranen. Was hij hier huilend in slaap gevallen? Op de grond lag zijn telefoon met het scherm in duigen. Er stond een gesprek open met iemand genaamd Lu, wat zowel een mannen- als een vrouwennaam kon zijn. Ik scrolde door het gesprek, een mengeling van Engels en Chinees. Ik wist het niet zeker, maar het leek alsof iemand in zijn familie kanker had en hij zo snel mogelijk naar huis moest komen. Op basis van de woorden en namen leek Lu zijn Hongkongse echtgenote of echtgenoot te zijn. Hij had in ieder geval een partner.

Ondanks mijn zwakke rug tilde ik de zeker niet tenger gebouwde Habibi op en droeg hem naar het bed. Het voelde raar om hem te zien liggen waar ik net had gelegen. Ik hielp hem uit zijn pak. Shirt van Hugo Boss, onderbroek van Burberry, sokken van Missoni. God, de smaak van een Ivy League-veertiger was zo cliché dat ik er moedeloos van werd.

Waarom had hij me meegevraagd?

*

Toen ik die ochtend wakker werd, zag ik dat Habibi een briefje op het nachtkastje had achtergelaten. Hij was naar een congres en zou die avond laat terugkomen. Op tafel lag een dienblad met de restjes van zijn roomserviceontbijt en vijf briefjes van duizend baht. Het leek me een beetje overdreven voor een fooi, dus ik ging ervan uit dat het voor mij was bedoeld. Ik stak het geld in mijn zak en at van de overgebleven kippenpoten. Er zat zo weinig vlees aan dat ik me afvroeg of de kip op dieet was geweest. Het eten was koud geworden en smaakte niet geweldig. Aan het bonnetje op het dienblad te zien had het hem omgerekend twintigduizend won gekost. Gezien de voedselprijzen in Bangkok en de grootte van de portie was het een prijzig kippetje. Ik ging op de bank zitten en masseerde mijn benen. Wat was er mis met mijn bloedsomloop? Ik was toch niet bejaard?

In de middag ging ik naar het buitenzwembad op de tiende verdieping om in de zon te zwemmen. Een wit heterostel was elkaar enthousiast aan het natspatten. Op de zonnebedden lag een drietal Chinezen, zoals je ze overal ziet. Toen ik voorbijliep hoorde ik ze in het Chinees iets fluisteren over 'die dikke Koreaan daar'. Ze dachten zeker dat ik ze niet kon verstaan. Ik deed mijn best om niet te lachen.

Wie had gedacht dat mijn belabberde Chinees toch nog eens van pas zou komen? Ik dook onder water en keek naar de magere benen van het witte stel.

Na het zwemmen douchte ik en nam ik een kijkje in het Central Embassy-winkelcentrum onder het hotel.

Mijn maag knorde. Naast de Prada op de tweede verdieping zat een broodjeszaak genaamd Paul, waar ik nog nooit van had gehoord, en ik liep impulsief naar binnen. Ik bestudeerde het menu – beschikbaar in het Frans en Thais – en bestelde een latte en een broodje met olijven en jalapeños. Het broodje was pittiger dan ik had verwacht en mijn neus prikte ervan. Tot zover de claim dat de Koreaanse keuken 's werelds pittigste keuken is. Ik snoot mijn neus in een servetje en stuurde een appje naar Habibi.

Ik heb gezwommen en geluncht. Hoe gaat het op het werk? Je kernwapen.

Hij antwoordde vrijwel meteen dat het congres uitliep en dat hij was uitgenodigd om op de Britse ambassade te dineren, dus hij zou pas heel laat terug zijn, sorry.

Sorry waarvoor? Mij hoor je niet klagen. Ik dacht na over mijn antwoord en stuurde uiteindelijk: *'Is oké... Zo gaan die dingen...'* met extra veel puntjes tussen de zinnen, zodat ik verdrietiger overkwam dan ik was. Ik dronk mijn latte, opende Tinder en begon te swipen. De een had aan de Chulalongkorn Universiteit gestudeerd, de ander aan Thammasat, de een had design gestudeerd, de ander was Chinees, kwam uit een gemengde familie, was achtentwintig, was veertig... Ik matchte met massa's vreemdelingen. Het was leuk geweest als ik voor elke match een stuiver had gekregen, dacht ik, terwijl ik door de verzameling mannen die in de buurt waren heen swipete, tot ik er schoon genoeg van had en mijn telefoon weglegde.

Wat als ik eens maniakaal ging winkelen? Tot ik de limiet op mijn creditcard bereikte?

Ik verliet de broodjeszaak en struinde het winkelcentrum af. Nike en Yves Saint Laurent en Coffee Beans by Dao en Vivienne Westwood en Zara en Roberto Cavalli en Versace – ik liep overal naar binnen, maar vond nergens iets wat ik wilde hebben. Ik nam de roltrap naar boven, maar ook daar was niets wat mijn interesse wekte. Maar toen ik bij de hogere verdiepingen aan was gekomen en met mijn vuisten op mijn vermoeide bovenbenen trommelde, herkende ik het uithangbord van een lenzenwinkel.

*

Rond deze tijd vorig jaar was ik in die winkel, gespecialiseerd in kleurenlenzen, geweest. We waren de nacht ervoor uitgegaan en Gyu-ho had tijdens het dansen zijn hoofd zo enthousiast in zijn nek gegooid dat hij een van zijn lenzen was kwijtgeraakt. Gyu-ho's zicht was zo beroerd dat ze in de winkel maar één paar lenzen met de juiste sterkte op voorraad hadden. Het bleken van die wegwerplenzen die je pupillen vergroten te zijn. Gyu-ho zei dat hij liever vervelende lenzen droeg dan zijn Pororo-bril, die zijn ogen in mosterdzaadjes veranderde. Ze boden een korting van vijftien procent op contante betalingen, maar we bleken niet genoeg baht op zak te hebben. Toevallig had ik wel nog wat won en toen ik googelde of ik die ergens in de buurt kon wisselen, bleek er een paar deuren verderop een juwelier te zitten waar ze een gunstige wisselkoers hanteerden. Onderweg terug naar de lenzenwinkel zag ik in de etalage van Zara een prachtig nylon jasje dat ik niet kon laten hangen. Toen ik eindelijk bij de lenzenwinkel terugkwam, waren de pupillen van Gyu-ho's normaal slaperige ogen zo groot dat het leek of hij een pilletje had genomen dan wel was veranderd in een detectivekonijn uit een Japanse anime. Gyu-ho knipperde met zijn fonkelende ogen en haalde naar me uit.

– Waar bleef je? Nog iets langer en je had me dood aangetroffen.

– Sorry. Je ziet er trouwens té grappig uit. Ik groet u, Usami.

– Kumakichi! Wat heb je nou weer gekocht?

Ik pakte het jasje uit de winkeltas en Gyu-ho zuchtte. Hij betaalde voor zijn lenzen met het geld dat ik gewisseld had en deed het lenzendoosje in het heuptasje dat hij altijd droeg (of we nou in Thailand of in Korea waren). Ik liep met Gyu-ho en zijn dubbel zo grote pupillen het winkelcentrum uit, terwijl hij op Google Maps het adres invoerde van de apotheek die hij voor vertrek had opgezocht. Met de BTS Skytrain nog geen twintig minuten van het hotel.

Toen we het station in de buurt van de apotheek uit liepen, nam ik de navigatie van Gyu-ho over, omdat hij geen richtingsgevoel had. Ik had verwacht dat de apotheek in een verlaten steegje zou zijn, maar hij was gevestigd aan een drukke hoofdstraat. Ook vanbinnen was de apotheek net als alle andere. Ik liet de apotheker een foto zien van de generieke medicijnen die ik nodig had. De apotheker, als hij daadwerkelijk apotheker was, gaf ons een flesje pillen en legde in het Engels de gebruiksaanwijzing uit. Hij zei dat de ziekte volledig werd bestreden door elke dag op hetzelfde tijdstip één pil te nemen. Dat woord gebruikte hij: 'volledig'. Hoe kon hij zo zeker zijn? Vervolgens zei hij dat het nemen van twee pillen voorafgaand aan risicovolle geslachtsgemeenschap en twee erna, één per vierentwintig uur, overdracht uitsloot. Ik noteerde de instructies in Notities op mijn telefoon en vroeg me af hoe anders mijn leven was geweest als ik deze pillen zeven jaar geleden had gehad.

Had ik dan anders geleefd? Op wat voor manier anders – beter of slechter? Of toch praktisch hetzelfde? De ene gedachte wakkerde de andere aan, maar ik riep mezelf een halt toe voordat het uit de hand liep. We kochten drie flesjes van het generieke medicijn en een doosje vloeibare Kamagra. Het was nog geen tweehonderdduizend won in totaal, maar omdat we tien procent korting kregen als we cash betaalden deden we dat. Met het gevoel dat we te veel geld in één dag hadden uitgegeven gingen we terug naar het hotel. We pakten de wodka die we bij de Duty Freeshop hadden gekocht, mixten het met kalamansivruchtensap van de dichtstbijzijnde avondwinkel en lagen tot zonsondergang aan het zwembad.

Toen we de volgende ochtend wakker werden, lachten we om de donkere kringen onder onze ogen.

Waarschijnlijk het gevolg van de hele nacht wodka drinken en zoute snacks eten. Met zijn ogen halfdicht bracht Gyu-ho me het flesje pillen en een glas water. Ik stopte één pil van het onbekende medicijn in Gyu-ho's mond en één in die van mij.

– Kylie mag ook met vakantie.

– Yes.

We poetsten onze tanden samen voor de spiegel, namen samen een douche in de enorme douchecabine en gingen zo snel mogelijk op pad. Zo snel mogelijk, want anders zouden we de hele dag in bed blijven liggen. We liepen zonder plan over straat.

– Waar zullen we naartoe gaan?

Gyu-ho zei dat hij de zee wilde zien. Ik kon niet geloven dat hij meer dan twintig jaar aan zee had gewoond en er nog steeds niet op uit was gekeken. Was de zee niet overal hetzelfde?

– De zee is hier ver vandaan.

– Hoezo? We zijn toch in Thailand? Thailand is omringd door zee.

– Je zit met eilanden zoals Phuket en Koh Samui in je hoofd. Dit is Bangkok. Het is een behoorlijk lange rit naar de zee. Net als in Seoel.

– Dus Bangkok ligt ook op het vasteland.

Gyu-ho was werkelijk de eerste persoon ooit die ik de uitdrukking 'het vasteland' had horen gebruiken.

Ik herinnerde me wat hij, toen we elkaar net kenden, had geantwoord op mijn vraag waarom hij naar Seoel was gekomen:

– Ik heb er altijd van gedroomd om naar het vasteland te komen.

'Het vasteland', 'altijd van gedroomd'. Hij klonk als een sentimentele oude man van de naoorlogse generatie of als een Noord-Koreaanse vluchteling, wat me even van mijn à propos bracht. Onwillekeurig barstte ik in lachen uit.

– Waarom lach je?

– Je klinkt zo grappig! Daar heb je je accent weer.

– Stop met lachen.

– Sorry. Waar droom je nu dan van?

– Waar ik van droom? Hmm. Bakken met geld verdienen. En...

– En?

– 's Ochtends met jou over straat lopen, zoals nu.

– Ugh...

Ik krabde aan mijn arm om mijn verlegenheid te verbergen en haakte hem vlug in die van Gyu-ho. Iets wat ik normaal niet deed, maar het was nu eenmaal zijn droom en waarom zou ik hem zijn dromen ontzeggen? Zelfs de dikke laag smog die bij het Ewha-kruispunt in de lucht hing droeg in mijn ogen bij aan de romantische setting. We liepen naar huis met het gevoel alsof we de enige overlevenden in een dystopisch landschap waren. Ik had te snel gedronken en voelde de alcohol bij elke stap verdampen, maar ik was oké, want ik had Gyu-ho.

En binnen een paar tellen zou ik mijn rommelige kamer binnenlopen en mijn gammele wc-pot vullen met urine die naar vergif stonk, waarna we onze kleren zouden uittrekken, zouden douchen en met onze huid tegen elkaar aan geplakt voor een ventilator zouden gaan liggen. Want alleen wij bestonden nog.

Ik kon nauwelijks geloven dat we al twee jaar iets hadden. Ik kreeg opeens een nostalgisch gevoel en streelde zachtjes langs Gyu-ho's elleboog. Zo ver en niet verder mocht ik in het openbaar van hem gaan sinds we in Thailand waren, zogenaamd vanwege de hitte. Hij keek met zijn fonkelende ogen naar me om en vroeg:

– Wat zullen we doen?

– Bij gebrek aan zee, zullen we naar de rivier? De Chao Praya is enorm, net zo breed als de Han-rivier. Twintig minuten met de taxi en dan zijn we er. Daar kunnen we een boot naar Khao San Road nemen.

– Klinkt goed. Heb ik ook van gehoord, Khao San Road. Doen we.

We sprongen in een taxi naar de dichtstbijzijnde aanlegsteiger en stapten daar op de watertaxi, een lange boot die bij het aanmeren zwarte rook produceerde, waar we nog geen zevenhonderd won voor hoefden te betalen. De watertaxi vormde hier een belangrijk vervoersmiddel, getuige het grote aantal kinderen in schooluniform en forensen onderweg naar kantoor. Alsof we op een rondvaartboot waren gestapt gingen we naast elkaar zitten op oranje plastic stoelen waar we met onze achterwerken nauwelijks in pasten. Toen iedereen aan boord was, voer de boot hevig schokkend en met luid gebrom uit. We waren nog geen vijf minuten onderweg of er verschenen zwarte donderwolken aan de hemel.

– Gaat het regenen? Je zei toch dat de droge tijd was begonnen?

– Ik zei dat het moessonseizoen bijna voorbij was.

– Dat zeg ik, droge tijd.

– Het einde van het moessonseizoen is nog altijd het moessonseizoen.

– Hé, moet je dat zien.

De wolken kwamen zo snel op ons af dat je ze met het blote oog kon zien bewegen en van het ene op het andere moment bevonden we ons in een zware regenbui met windhozen die tegen de zijkanten van de boot sloegen. Onze medepassagiers, die schijnbaar volledig aan de situatie gewend waren, stonden op en begonnen een plastic zeil van het dak over de rand van de boot naar beneden te trekken. We volgden hun voorbeeld en trokken mee aan het zeil. Het zeil was nog maar net bevestigd of een heuse storm sloeg toe. De motor pruttelde uit alle macht, maar de boot kwam nauwelijks nog vooruit. Er volgde een bliksemflits, een donderslag en regendruppels zo zwaar als hagel kletterden op het dak. Het regenwater stroomde langs de zeilen naar beneden en het werd mistig. Gyu-ho en ik hielden elkaars knieën vast en schudden met de boot mee. Met mijn hand op Gyu-ho's warme knie voelde ik me vreemd genoeg slaperig. Het schokken van de boot maakte me helemaal niet angstig. Ik liet mijn hand op zijn been rusten tot hij klam werd van het zweet. Gyu-ho zei dat zijn knie te warm werd en legde mijn hand in zijn ijskoude handpalm. De boot meerde aan bij twee of drie verschillende steigers en bijna alle passagiers gingen van boord. Toen we onze zweterige handen verplaatsten naar de koude reling, regende het nog net zo hard. We waren van plan bij de eerstvolgende halte uit te stappen en een taxi te nemen, maar de stortregen hield aan. Hoe minder mensen op de boot overbleven, des te heviger schokte hij heen en weer. Gyu-ho zei dat hij zeeziek werd.

Uiteindelijk besloten we ondanks de regen uit te stappen bij de volgende steiger.

– Het vasteland, Gyu-ho, waar je altijd van hebt gedroomd.

– God, ik dacht dat ik over mijn nek zou gaan.

Het had geen zin om onder een afdakje te wachten tot het zou ophouden met regenen. Dit was geen buitje, maar een stortvloed. Om ons heen zagen we geen winkels, geen mensen, niets.

– Gyu-ho, wat doen we nu?

Opeens pakte hij mijn telefoon uit mijn handen en stopte hem samen met zijn eigen telefoon in de rode heuptas die schuin over zijn borst hing. Hij pakte mijn hand. We renden door de regen. Binnen dertig seconden waren we doorweekt. We wilden in een avondwinkel een paraplu kopen, maar er was in de wijde omtrek geen uithangbord te bekennen. Ik raakte buiten adem, mijn voeten deden pijn en ik vroeg me af wat deze hardloopsessie voor zin had. Ik smeekte Gyu-ho om te stoppen, of we alsjeblieft gewoon konden lopen, maar hij leek me niet te horen en bleef aan mijn arm trekken. Ik kon het niet meer aan – langzamer, blafte ik. Gyu-ho keek met zijn verbaasde konijnenogen naar me om. Ik wilde naar hem glimlachen, maar ik kon alleen maar fronsen. Er hing even een stilte tussen ons in, voordat Gyu-ho languit op de grond ging liggen.

– Wat doe je?

– Wat ik doe? Ik ben moe, dus ik ga liggen.

– Leuk idee, maar waarom midden op straat?

– Dat deed ik vroeger in Seogwipo altijd.

– Op straat gaan liggen?

– Ja, soms lag ik de hele dag op de weg langs het strand. Dat was mijn ding.

– Waaghals. Je mag van geluk spreken dat je überhaupt nog leeft. Waarom zou je zoiets doen?

– Gewoon omdat ik het leuk vond. En verfrissend. En rustgevend. Ik keek rechtstreeks naar de hemel en het voelde alsof ik erdoor werd bedekt, alsof ik onder een deken lag.

– Gaan we poëtisch doen? Kom, sta op.

Toen ik Gyu-ho bij zijn arm probeerde te pakken, trok hij me naar beneden. Ik viel om en landde op mijn achterwerk.

– Ga eens liggen.

Jezus, was hij de kluts kwijt? Maar toen ik zijn gezicht zag – Gyu-ho, die altijd vrediger uit zijn ogen keek dan wie dan ook – smolt ik vanbinnen. Ach, ik was toch al nat. En dus ging ik naast hem op straat liggen. De regendruppels landden op mijn gezicht, waardoor ik mijn ogen half dicht moest knijpen om naar de lucht te kunnen kijken. De hemel met zijn duizenden kreukels, alsof iemand een glas water over een vel crêpepapier had gemorst. Het was alsof ik samen met Gyu-ho onder een smoezelige deken lag. Hij deed zijn ogen dicht en zei:

– Dit is geweldig.

– Onze onderbroeken zijn drijfnat, wat is er zo geweldig?

– Samen hier liggen. Dat is geweldig.

*

Habibi kwam die avond laat thuis. Toen ik de deur voor hem opendeed zag ik dat hij in één hand een winkeltas droeg. Er hing een rode gloed over zijn normaliter grijze gezicht – waarschijnlijk had hij tijdens het etentje een paar drankjes gehad. Ik had pas twee dagen met hem doorgebracht, maar hij voelde al als familie. Misschien omdat hij daadwerkelijk een family man was, gewend om samen met anderen ergens wortel te schieten en te bloeien. In de tas zat een doos macarons met het logo van het Oriental Hotel erop. Habibi zei dat hij had gezien dat ik van macarons hield en daarom had hij er een paar voor me meegenomen. Terwijl ik Gyu-ho van hot naar her had gevolgd in zijn zoektocht naar zoetigheid, was ik zelf op een gegeven moment aan suiker verslingerd geraakt. Habibi stopte een roze macaron in mijn mond. Ik at de helft op en legde de rest op het nachtkastje. Als ik met Habibi in één ruimte was, voelde ik me nu eens een klein kind, dan weer een ouder. Habibi trok zijn broek uit en vertelde me over zijn dag (alsof ik er benieuwd naar was). Het grote huis naast het hotel was geen privé-eigendom, maar de Britse ambassade. Ze hadden tafels neergezet in de mooie Engelse tuin en hij had biefstuk en kreeft en coquilles met ravioli gegeten, te midden van Britse en Thaise bureaucraten. Later die avond zou er een vuurwerkshow plaatsvinden om de handelsbetrekkingen tussen de twee landen te vieren en daarom had hij een kamer met uitzicht gereserveerd. Habibi liep in zijn onderbroek naar het raam en wees ergens in de verte.

– Vanavond krijgen we de allermooiste vuurwerkshow ter wereld te zien.

Vuurwerk is vuurwerk, wat nou 'de allermooiste'? Waarschijnlijk de allerduurste. En wat dan fucking nog.

– Het wordt zo'n kabaal dat je niet zult kunnen slapen. Ze gaan voor de deur van de ambassade een mat afsteken.

Opeens kon ik het allemaal niet meer verdragen. Ik liep zonder iets te zeggen naar de badkamer en liet het bad volstromen. Nog voordat het bad vol was, dompelde ik mijn hoofd onder. Onder water kon ik niet meer zien dan de schimmen die op het wateroppervlak dansten. Het was muisstil. Het enige wat ik hoorde was het geluid van het neerkletterende water. Een aangenaam geluid. Ik wilde dat het hele universum zou bevriezen, precies op dat moment.

Ik bleef net zo lang als ik mijn adem in kon houden onder water en hief mijn hoofd op.

– Was je in je vorige leven een vis of zo?

Dat zei Gyu-ho een keer tegen me, omdat ik in elk motel waar we kwamen een bad nam.

– Je realiseert je toch wel dat een vorige gast daar waarschijnlijk ooit heeft gepoept en geplast?

Als ik hem aanmoedigde om erbij te komen zitten, bedankte hij alsof ik hem had gevraagd om een duik in het riool te nemen. Ik liet me niet uit het veld slaan en vulde het bad tot de rand, zodat ik tot mijn kruin onder water kon zakken. Als mijn kruin helemaal onder was, staken mijn knieën boven water en, andersom, als ik mijn knieën onderdompelde, stak mijn hoofd boven water. Als ik later rijk was, wilde ik een badkuip zo groot als een zwembad.

Ik leegde een heel flesje badschuim van Le Labo in de badkuip, waardoor er onmiddellijk schuimbergen ontstonden, alsof het slagroom was. Ik sloot mijn ogen en hoopte vurig dat ik in het schuim zou stikken.

*

Die stormachtige dag belandden we uiteindelijk bij een vaag hostel.

In Bangkok stopten de taxi's gewoonlijk voor je neus als je met je vingers knipte, zoals op tv, maar die dag niet. Het regende zo hard dat het water tot onze enkels kwam en er was geen taxi te bekennen. Hand in hand zwierven we door een doolhof van straten met woonhuizen in de hoop dat we een plek zouden vinden om even op adem te komen. Zo kwamen we een bord tegen met de tekst GUESTHOUSE. We liepen meteen naar binnen.

Het was vijftigduizend won voor een kamer zonder eigen wc en met een plafondventilator in plaats van airconditioning. Gezien de gangbare prijzen in Bangkok en de krakkemikkige staat van het gebouw werden we flink afgezet, maar we waren niet bepaald bij machte om af te dingen. Toen we de kamer binnenliepen barstten we in lachen uit. Het enige meubilair was het matras, dat zo ongeveer de hele ruimte in beslag nam, zodat die eerder op een doodskist dan een kamer leek. Gyu-ho en ik namen om de beurt een lauwwarme douche in de gedeelde badkamer (een mooi woord voor het hok waar je toevallig een douchekop en een afvoerputje kon vinden), spreidden de twee badhanddoeken die we bij aankomst hadden gekregen op het matras uit en gingen naast elkaar liggen. De ijzeren plafondventilator ratelde boven ons hoofd en ik maakte de stomme opmerking: *Als dat ding naar beneden komt, zijn we gehakt*, waarop Gyu-ho zijn arm onder mijn hoofd legde en lief zei: *Dan zijn we voor altijd samen een hamburger*. Zijn relatief korte arm paste niet goed om mijn relatief grote hoofd, maar we deden alsof we lekker lagen en verroerden ons niet. Ik weet niet wie er begon met zoenen. Onze vochtige lichamen verstrengelden zich en Gyu-ho besteeg me.

– Heb jij er een?

Het enige wat enigszins in de buurt kwam waren twee oude verkreukelde sachets glijmiddel in Gyu-ho's heuptas. Waarschijnlijk waren we al door onze voorraad condooms heen.

– Wat nu? Denk je dat het kan?

Ik keek naar Gyu-ho's bezorgde gezicht en scheurde met mijn tanden een sachet glijmiddel open.

We hadden seks. Voor het eerst in de twee jaar dat we samen waren hadden we onveilige seks.

Ik keek hoe Gyu-ho zich over me heen boog, ik voelde zijn gewicht. Zijn lichaamswarmte, zijn ademhaling en zijn grote zwarte pupillen. Iets wat onderdeel van hem was geweest stroomde bij mij binnen en werd onderdeel van mij.

Na de seks deed ik mijn ogen dicht. En toen ik ze weer opendeed lagen we in het halfdonker. Het was niet te zeggen of het dag of nacht was, laat staan hoe laat, maar de regen was eindelijk opgehouden. Gyu-ho's gezicht was dicht bij het mijne. Hij sliep. Ik staarde naar hem, lang en indringend. Ik veegde een druppel zweet van het puntje van zijn neus, keek omhoog naar de ratelende ventilator en wenste dat ik het universum op pauze kon zetten.

*

Soms denk ik nog steeds dat ik mijn hand maar hoef uit te steken om het puntje van zijn neus te kunnen aanraken.

Maar dat was een illusie – in werkelijkheid had ik niets anders voor ogen dan mijn dikke hand met mijn gerimpelde vingers. Zelfs mijn vingertoppen en nagels waren niet om aan te zien nu ik zo was aangekomen. Mijn gewoonte om overal waar ik kwam in slaap te vallen moest ik maar eens afzweren. Ik stapte uit bad en zag dat het vier uur 's ochtends was. Habibi lag op bed. Wanneer was hij teruggekomen? Was hij zo dronken geweest dat hij me gewoon in bad had laten zitten? Misschien dat hij in zijn eentje naar de vuurwerkshow had gekeken, maar dat leek me onwaarschijnlijk. Ik schoof zijn haar achter zijn oor. Hier en daar een grijze lok. Zijn rimpels leken onder het licht van het bedlampje nog dieper.

Waarom, echt waarom, had hij me meegevraagd? Had hij gewoon iemand nodig gehad om hem op te wachten als hij 's avonds thuiskwam? Iemand om de lichten aan te doen, de kamer rommelig te houden en de stilte op te vullen, zij het in een taal die hij niet sprak? Allemaal omdat hij zo vaak op zakenreis ging? Omdat hij de kilte van een kussen waar je in je eentje op lag kende, het gevoel alsof de lakens in je huid sneden? Misschien vanwege al die dingen. Maar waarom was ik dan gekomen? Ik staarde een tijdje naar het kapotte scherm van zijn telefoon op de grond.

Ik dimde de lichten en liep naar buiten. Zodra ik de deur achter me dichttrok kon ik me Habibi's gezicht niet meer herinneren, gek genoeg.

*

Op de eerste dag van het jaar maakten Gyu-ho en ik een uitstapje naar Wolmi Eiland. We aten gefrituurde hotdogs met een dikke laag deeg eromheen en gingen in een achtbaan met karretjes waarvan de beugel zo hevig schudde dat het leek alsof we elk moment te pletter konden vallen. We gilden om het hardst en ik was binnen tien seconden mijn stem kwijt. Naast het pretpark waren selfservice-karaokemachines, waar we break-up-ballads zongen met uithalen die we net niet aankonden, gevolgd door hyperenergieke popliedjes van alle bekende sterren. Na ongeveer tien liedjes kwam de zon op. We liepen naar het strand in de hoop op een mooi uitzicht. Ondanks mijn gevoerde winterjas had ik het koud. Ik stak een arm onder Gyu-ho's oksel.

– Wat heeft dit te betekenen, Kumakichi!

Ik lachte en omhelsde hem van achteren. We waggelden als één lichaam verder. Er zaten groepjes mensen verspreid over het strand. Terwijl de meedogenloos kille zeewind langs mijn wangen sneed, vroeg ik me af hoe de jonge Gyu-ho zijn winters aan zee had doorgebracht.

De meeste mensen zaten bij de golfbrekers aan de kustlijn, waar wij ook naartoe liepen. Een vrouw met rode lippenstift, opgestoken haar en een lieve glimlach liep rond om lampionnen en zwarte stiften uit te delen. Ze gaf er ook een aan ons en zei dat we aan de binnenkant een wens konden opschrijven en dat zij hem dan zou aansteken en weg zou laten vliegen. Gyu-ho fluisterde:

– Volgens mij is ze Chinees.

Ik knikte en de vrouw ging verder.

– In China is het traditie om op de eerste dag van het jaar een nieuwjaarswens op een lampion te schrijven en hem te laten opstijgen.

We legden de lampion op de grond en begonnen te schrijven. Gyu-ho leek precies te weten wat hij wenste, maar ik twijfelde. Eeuwige liefde tussen Kumakichi en Usami, de loterij winnen, het universum beheersen... Uiteindelijk koos ik net als Gyu-ho voor het eerste wat er in me opkwam.

Toen we onze wensen hadden opgeschreven gaven we de lampion terug aan de vrouw. Ze vouwde behendig de ijzerdraadjes aan de onderkant in elkaar en legde een klein waxinelichtje in de houder die zo ontstond. Ik bood haar een chocolaatje aan (dat ik al ik weet niet hoelang in mijn zak had zitten) en ze glimlachte naar me als iemand die nog nooit in haar leven verdriet had gekend. Een aantal lampionnen steeg tegelijk op. We joelden en staarden naar de lampionnen die vredig naar de hemel zweefden. Iedereen blij. Alsof onze wensen al waren vervuld.

*

Ik liep het hotel uit en sloeg lukraak een straat in. Het was nog donker, maar er liepen al mensen in nette kleren over straat, op weg naar hun werk. Ik zag er ook altijd zo uit als er een schrijfdeadline naderde. Een man in pak, voor zonsopgang over zijn laptop gebogen in de koffiezaak naast het kantoor waar hij werkte, als een bezetene bezig zinnen uit te typen of te corrigeren.

Het had waarschijnlijk geregend, want de lucht rook muf. Na tien minuten wandelen liep ik een avondwinkel binnen. Ik had geen honger, maar ik wilde iets kopen en koos uiteindelijk voor een zak zeewierchips met een foto van Koreaanse popsterren op de verpakking en twee pakjes aardbeienmelk, want het tweede was gratis. Met de plastic tas in mijn hand liep ik verder, zonder enig doel. Ik liep langs een muur en kwam uit bij een steeg die zo nauw was dat er maar één iemand tegelijk doorheen kon. Aan het begin van de steeg zat een afvoerput waar ongetwijfeld ratten in rondrenden. Ik deed mijn best om niet naar beneden te kijken, liep erlangs en al snel verschenen er ijzeren schuifdeuren in de muur. Er zaten glazen raampjes in, zoals ik vroeger altijd bij rijstcakewinkels en buurtsupermarkten had gezien. Ik liep naar binnen en realiseerde me dat ik niet in een winkel stond, maar in een hofje. De schuifdeuren van de omliggende huizen stonden wijd open, zonder horren, zodat volledig te zien was wie er woonden en in welke omstandigheden. Ik maakte me zorgen omdat ze waarschijnlijk oneindig veel insecten binnenkregen. Ik was opeens ontzettend nieuwsgierig en keek ongegeneerd bij alle huizen naar binnen, ook al wist ik dat het onbeleefd was. De mensen leken te druk bezig om zich om mij te bekommeren. Een man waste zijn gezicht in een wasteil, de vrouw naast hem maakte groenten schoon, een oude man zat op de grond als een machine maïs te pellen en een tweede vrouw zat voor haar spiegel ijverig haar haar te drogen. Achter in het hofje stond een huis met op de grond een versleten matras. Twee kinderen van vier of vijf gebruikten het als trampoline. De kat ernaast, met een melkwit vlies op zijn ogen, verkrampte telkens als de bedveren kraakten. *O jee, al dat stof*, dacht ik. Ik bleef als vanzelf stilstaan. Ook al konden ze er bij lange na niet bij, de kinderen staken hun armen in de lucht en deden hun uiterste best om het plafond aan te raken. Ik moest denken aan iets wat Gyu-ho ooit tegen me had gezegd.

– Ik wil op een beng-beng springen.

– Een bong-bong bedoel je? Zo'n pogostick?

– Noemen ze het een bong-bong waar jij vandaan komt?

– Ja, zeggen jullie beng-beng op Jeju?

– Misschien niet het hele eiland, maar bij ons in de buurt zeggen ze beng-beng.

– Vroeger zag je die dingen overal.

Zonder erbij na te denken ging ik in iemands voortuin op mijn hurken zitten. De kat schoot weg. De kinderen zagen me en stopten met springen. Het net iets kleinere kind verschool zich achter het net iets grotere. Ik haalde de pakjes aardbeienmelk uit het plastic tasje. Ik trok er eentje open, nam een slok en bood de kinderen het andere aan.

Ze kwamen niet dichterbij. Ik zette het pakje met een glimlach op de grond. Alsof ze getuige waren van de meest merkwaardige gebeurtenis ooit keken de kinderen toe hoe ik de melk dronk. Toen ik die ophad vroeg ik de kinderen of ze afgelopen nacht het vuurwerk hadden gezien. Ze leken me niet te begrijpen. Ik vroeg waar hun ouders waren. Weer geen antwoord.

Waar zouden ze kunnen zijn, dat jullie hier moederziel alleen op een matras staan te springen?

Ik praatte in mezelf, maar opeens begon mijn neus te prikken van opwellende tranen, wat een teken moest zijn dat ik oud werd. Ik keek op naar de hemel in een poging mijn tranen weg te slikken. Aan het afdakje hingen regendruppels die ieder moment naar beneden konden vallen. Het had die nacht vast geregend. Was de vuurwerkshow daarom afgelast?

Ook aan het einde van het moessonseizoen viel soms nog regen. En tranen kwamen soms veel te laat.

*

Nadat Gyu-ho en ik uit elkaar waren gegaan kreeg ik last van nachtmerries.

In mijn dromen lachen we en praten we en zegt hij dat hij van me houdt. Maar ook in zo'n droom weet ik dat hij niet echt is. Zodra ik naar hem toe loop en zijn ademhaling hoor en hem bij zijn schouders pak, gaat hij in rook op. Hij valt als los zand uit elkaar of stroomt als afvalwater de grond in. Ik kan niets anders doen dan op een paar stappen afstand blijven staan. Om vanaf daar naar hem te kijken en naar zijn stem te luisteren en te hopen dat dat moment voor altijd zal duren.

Als ik uit zo'n droom wakker word, ben ik doorweekt van het zweet.

De laatste tijd voelt het alsof ik beetje bij beetje afbrokkel. Net als Gyu-ho in mijn herinneringen vergruis ik tot as. Het is zo'n heftig gevoel dat ik me er niet zo makkelijk van kan losrukken als normaal.

Soms zie ik zijn bestaan als evenredig met het bestaan van liefde.

Volgens mij probeer ik al lange tijd aan te tonen, door middel van alle verhalen die ik heb geschreven, dat de relatie tussen Gyu-ho en mij zo speciaal voor ons was dat niemand dat ons kon afnemen, dat het honderd procent echt was. Door Gyu-ho op allerlei manieren af te schilderen en hem in de gedaante van allerlei karakters te gieten heb ik geprobeerd om onze relatie en onze tijd samen zo compleet mogelijk weer te geven, maar hoe harder ik mijn best doe, hoe verder ik verwijderd raak van hem en mijn emoties van toen. Uiteindelijk zijn mijn pogingen veel vager en vertekender dan de werkelijkheid. In mijn verhalen verwondt de fictieve Gyu-ho zich steeds of hij gaat dood en blijft alleen over in de vorm van liefde, maar de echte Gyu-ho leeft voort en ademt en doet wat hij doet. Hoe groter de afstand tussen die twee Gyu-ho's, hoe moeilijker het wordt om verder te leven. Ik heb tot nu toe echt mijn best gedaan, maar ik ben er alleen maar zekerder van geworden, terwijl ik hier zit te krabbelen, dat er uiteindelijk alleen een handjevol lege woorden overblijft en niets anders. Mijn schouders voorovergebogen, diepe rimpels in mijn voorhoofd en de wereld zo klein dat ik mijn eigen ademhaling kan horen.

*

Onze lampion kwam niet ver. Zodra hij de golfbrekers passeerde vloog hij in de fik en gaf hij zwarte rook af terwijl hij in een schuine lijn ter zee stortte. Een paar mensen om ons heen begonnen te lachen. De vrouw met de rode lippenstift zei met een onverminderd lieve glimlach dat er waarschijnlijk een gat in het papier had gezeten. Ik keek beurtelings naar de verzameling opstijgende lampions van de anderen en de plek waar de onze was gezonken. Terwijl de andere mensen zich terugtrokken en wegliepen, bleef ik staren. Ook Gyu-ho draaide zich om, maar ik stond als aan de grond genageld. Ik kon niet geloven dat mijn wens letterlijk in rook was opgegaan.

Ik had zo veel verschillende wensen op de lampion geschreven, ieder over een ander aspect van mijn leven. Om me aan mijn dieet te houden, om de huizenloterij te winnen, om een Porsche Cayenne te kunnen kopen, om van mijn debuut een bestseller te maken… Maar er was niets geweest waar ik echt om gaf en ik had alles doorgekrast. Misschien had er daarom een gat in de lampion gezeten.

Uiteindelijk liet ik twee lettergrepen op de lampion staan.

Gyu-ho.

Mijn enige wens.

Noot van de vertaler

Hyung, *oppa*, *unni*. In Korea hoor je termen als deze – zogenoemde *kinship terms* of verwantschapstermen – overal. Je zult ze in *Liefde in de grote stad* herhaaldelijk tegenkomen. In vergelijking kent het Nederlands een minder uitgebreid systeem van verwantschap. Waar het Nederlands bijvoorbeeld geen onderscheid maakt tussen 'zoon van oom/tante' en 'zoon van broer/zus' (beide: 'neef'), kent het Koreaans drie verschillende woorden waarmee men 'broer' aanduidt: een voor een oudere broer van een meisje/vrouw, een tweede voor een oudere broer van een jongen/man en een derde voor een jongere broer van om het even wie. Daarbij reikt het gebruik van kinship terms verder dan de biologische familie. Zo is het niet ongebruikelijk om de eigenares van het restaurant op de hoek aan te spreken met 'tante' of om je beste vriend 'grote broer' te noemen. Of, als je Jaehie bent, om de verpleegster die je net hebt ontmoet als 'unni' ('oudere zus') in de armen te nemen.

Bij het kiezen van de juiste kinship term speelt leeftijd een cruciale rol. Neem 'hyung' ('oudere broer'): vrienden die ouder zijn dan jij, noem je hyung – niet andersom. In principe hoor je ouderen (zelfs een hyung die maar één jaar ouder is dan jij) aan te spreken in *jondaemal*, formeel Koreaans, waarbij elke zin eindigt met een beleefdheidsvorm van het werkwoord. Alleen onder leeftijdsgenoten, tegen jongeren of binnen het eigen gezin spreek je *banmal*, informeel Koreaans, waarbij de beleefdheden worden weggelaten. Young en Gyu-ho doorbreken daarom een spreekwoordelijke wand op het moment dat ze besluiten voortaan informeel Koreaans met elkaar te spreken.

Vaak is het onmogelijk om een geschikte vertaling te vinden voor kinship terms, zeker wanneer deze in ruime zin worden gebruikt. Tenzij hyung letterlijk 'broer' betekent, wordt het overwegend vertaald met de naam van degene die aangesproken wordt, of simpelweg achterwege gelaten. In het geval van *Liefde in de grote stad*, waarin hyung voornamelijk tussen geliefden wordt gebruikt, ligt er zo veel nuance in het woord verscholen dat ik heb besloten om het in pure vorm te bewaren. De context doet de rest.

Mattho Mandersloot

Over Das Mag

Das Mag Uitgevers is in 2015 opgericht omdat we vonden dat er in de boekenwereld een hoop beter, mooier en eerlijker kon. De missie van Das Mag: minder boeken uitgeven, met meer aandacht. Inmiddels zijn we de trotse uitgever van o.a. Lize Spit, Thomas Rueb, Jelle Brandt Corstius, Maartje Wortel, Bregje Hofstede, Brian Elstak, Frank Heinen en Saskia de Coster. Ook zijn we bekend van ons jaarlijkse Zomerkamp en de podcast Boeken FM.

Wil je op de hoogte blijven van onze grootse plannen? Abonneer je dan op onze nieuwsbrief: dasmag.nl/nieuwsbrief

TAXI
서울 00 가0000